我亲历的中国科幻

银河礼赞

谭楷 著

四川人民出版社

科幻世界

图书在版编目（CIP）数据

银河礼赞：我亲历的中国科幻 / 谭楷著. -- 成都：四川人民出版社，2023.11

ISBN 978-7-220-13476-0

Ⅰ.①银… Ⅱ.①谭… Ⅲ.①回忆录—中国—当代 Ⅳ.①I251

中国国家版本馆CIP数据核字（2023）第173989号

YINHE LIZAN WO QINLI DE ZHONGGUO KEHUAN

银河礼赞：我亲历的中国科幻

谭楷　著

出　　品	黄立新　刘成树
策　　划	秦　莉　拉　兹
统　　筹	王其进
责任编辑	唐　婧　吴珍华
封面设计	李其飞
责任印制	祝　健
出版发行	四川人民出版社（成都三色路238号）
网　　址	http://www.scpph.com
E-mail	scrmcbs@sina.com
新浪微博	@四川人民出版社
微信公众号	四川人民出版社
发行部业务电话	（028）86361653　86361656
防盗版举报电话	（028）86361653
制　　版	成都编悦文化传播有限公司
印　　刷	四川新财印务有限公司
成品尺寸	165mm × 240mm
印　　张	20.25
字　　数	251千
版　　次	2023年11月第1版
印　　次	2023年11月第1次印刷
书　　号	ISBN 978-7-220-13476-0
定　　价	118.00元

ISBN 978-7-220-13476-0

9 787220 134760 >

导中国人群以进行，

必自科学小说始。

鲁迅，1903年

《月界旅行·辨言》

目录
CONTENTS

第二章　乍暖还寒时节

Chapter Two　The Chill of Early Spring

第三章　磕磕绊绊寻路难

Chapter Three　Stumbling to Find a Way

第五章　青山遮不住，毕竟东流去

Chapter Five　The Unstoppable Force

第六章　1992开始，背水一战

Chapter Six　The Beginning of 1992, the Last Stand

第八章　陪同美俄宇航员游中国

Chapter Eight　Accompanying American and Russian Astronauts on a Tour of China

第九章　银河群星，冉冉升起

Chapter Nine　The Rise of the Galactic Stars

第十章　一个老兵的回望

Chapter Ten　Looking Back as a Veteran

序章：中国科幻宇宙大爆炸的“奇点”

有人敲门。

在没有弄清楚敲门的人是谁之前，我得问一声：“请问，你是谁？”

若是回答：“谭老师，我是科幻迷。”我会立即开门。不用说，我的任务是带他到科幻世界杂志社去“打卡”。

在节假日，整个科协大楼关闭之时，总会有科幻迷如同不可预测的流星突然闯进人民南路四段11号——四川省科学技术协会大院，要求去科幻世界杂志社看一看。保安见他们态度诚恳，又是远道而来，只好说：“你们去找谭老师，他会带你们上楼。”

科幻迷的打卡地：科幻世界杂志社

我家就住在省科协大院。二十多年来，每年春节，或一些节假日，我都要充当义务导游。

有白发苍苍的老人带着自己孙儿来的；有夫妇俩带着孩子来的；有澳大利亚、美国来的中学生；有中国各地来的青少年。有青春痘女孩，也有公鸭嗓男孩。有一位新加坡景观设计公司老板，带着他迷醉于写科幻，有提不完的问题的小女儿；最近，有一位山东青年，是带着他的铁哥们儿一起来的。他说："我姐嫁到了成都，我来参加姐姐的婚礼，趁机来看看科幻世界杂志社是什么样子。"

六楼，电梯一开，面对科幻世界杂志社漆黑的玻璃钢大墙，黑得华贵而深邃，如同宇航员看到的外太空。大墙旁边，是一排圆弧穹顶、彩光闪烁的"时光隧道"。穿过"时光隧道"是荣誉大厅，玻璃柜中是金光闪闪的奖杯，国家、部省授予的奖状。

这里有：中国出版政府奖、全国百种重点期刊奖、全国优秀期刊奖；

这里有：刘慈欣荣获的世界科幻最高奖——"雨果奖"的火箭造型的奖杯。

还有邮购部堆积如小山的科幻书籍，正在打包，准备发往全国各地；还有44张电脑工作台，把500平方米的大办公区挤得满满当当。这是《科幻世界》《科幻世界·少年版》《科幻世界·译文版》《科幻世界画刊》杂志，以及"图书视野工程"丛书的30多名编辑的工作之地……

科幻迷在这里不停地拍照，感慨不已。临别时，跟我握手、道谢。

科幻世界杂志社以前是完全自负盈亏的事业单位，2019年以来则改为国有企业。所以，我很骄傲，这里的每一块铺地砖，都是我们辛辛苦苦挣来的。

我更自豪，这里是中国科幻宇宙大爆炸的“奇点”。

我们知道，现在主流科学认为，是137亿年前的“奇点”大爆炸产生了宇宙。目前，可观测宇宙的直径是920亿光年。宇宙中，银河系的直径有20万光年，在离银河系中心2万多光年的名为猎户臂的支旋臂上，是我们的太阳系——在银河系，至少有2000亿颗恒星。在离我们的太阳约1.5亿千米的地方，有一颗蓝色星球，这就是我们生命的家园——地球。

地球上，东经104.07度、北纬30.67度的交叉点，是成都市，位于成都市中轴线人民南路四段11号，科协大楼六楼，是全球发行量最大的科幻类杂志《科幻世界》所在地。

人类活动的能力，体现于告别了太阳系的“旅行者一号”。它孤独地飞行在黑夜无边的外太空，就像一只小蚂蚁，刚走完一棵大树，尚未走出树林，树林外还有无边无际的大森林。

但是，中国科幻作家的想象力空间，从郑文光离地球2.5光年的半人马座，不断扩展、再扩展，到了刘慈欣，已远远超过了太阳系，银河系，扩向整个宇宙。套用维克多·雨果的名句，让我赞美中国科幻作家：

世界上最宽阔的是海洋，
比海洋更宽阔的是天空，
比天空更宽阔的是科幻作家的大脑
——每一个脑细胞里都容得下，
　　一颗星球转动！

中国科幻的银河系，从20世纪的50年代兴起，就有郑文光、叶永烈、童恩正、肖建亨、刘兴诗等几大明星闪耀；到70年代末及80年代，又有金涛、宋宜昌、魏雅华、王晓达、吴岩、吴显奎、绿杨、姜芸生等明星升起；再到90年代，开始进入“超新星大爆发的新纪元”：韩松、王晋康、刘慈欣、何夕、星河、凌晨、柳文扬、赵海虹、郝景芳、程婧波、钱莉芳、夏笳、江波、陈楸帆、宝树、西夏、阿缺……绝大多数的新星，都是从《科幻世界》这一平台上冉冉升起的。

回想1979年，《科幻世界》创刊伊始（那时还叫《科学文艺》），称得上“作家”的科幻作者寥若晨星，而2022年出版的长篇原创科幻小说就有近一百部，网上发布科幻作品的作者，更是多达51万之众！这真有一种“爆炸”的感觉。

真怀念20世纪90年代中期的那几年。每天，胀满信箱的来稿、来信和购书汇款单给编辑带来由衷的喜悦，天天必拆来信的杨潇眉飞色舞地给大家念几段读者来信的精彩片断，引发舒心的笑声和感叹声——这是读者给“老编”最好的酬劳。

90年代充满惊喜。1993年，王晋康的《亚当回归》发表；1999年，刘慈欣以《鲸歌》登场。从此，中国科幻有了强大的能源——来自石油战线的王晋康，佳作迭出如同特高产油井，三十年“井喷”不止；来自电业战线的刘慈欣，如同超大功率发动机，二十余年高速运转——他们以惊人爆发力上升、上升，犹如光芒四射的银河巨星，带着一大批新星，宣告中国科幻黄金岁月来临。

2006年，《三体》在《科幻世界》连载，引起轰动，推动了中国科幻长篇的出版热潮——目前，《三体》三部曲在中国已发行了3000万套，形成了中国文艺类图书发行量的珠穆朗玛峰。科幻世界杂志社，由出版杂志跃升为出版杂志加科幻图书，再向着影视全面发展。由姚海军主编的“图书视野工程”丛书，获得了很好的“双效益”。

2014年，刘慈欣的《三体》英文版荣获世界科幻大奖“雨果奖”，译成英文、日文、西班牙文等14个国家文字，仅英文版发行量就超过200万册。

刘慈欣在2000年7期《科幻世界》上发表《流浪地球》后，时任总编的我签发的稿费是2700元。没想到电影《流浪地球1》和《流浪地球2》的国内票房总收入突破了80亿元！2023年，郭帆、吴京率《流浪地球2》剧组在峨影厂路演时，我称赞：“这是中国科幻电影的天花板！”科幻文学强力推动了科幻电影产业崛起，这又是一次“爆炸”的感觉。

1979年初春，我们没有办公地点，在茶馆里取出塑料网兜装的稿件，编辑《科学文艺》，真感到寒碜，心想：“中国科幻的地位在哪里？”到2023年，我来到成都市郫都区第81届世界科幻大会的主会场，置身于银河般璀璨的雨果奖颁奖大厅，更有一次经历“爆炸”的感觉。

我从科幻世界杂志社退休近20年，却像一条忠实的老狗迷恋

与《流浪地球》剧组郭帆、吴京合影

自己的家园，有事没事都会到杂志社逛一逛，感受一下那忙碌的气氛，和老同事打声招呼。不为什么，只因为在纸媒体大规模消亡的大环境中，《科幻世界》还活着，还鲜活地活着。想起为了她奋斗的那些经历，80岁的我——真是太值得了！

作为一位老编辑，最爱看到的画面是青少年“追星族”，抱着一大摞中国科幻作家们的新著，排着长队，等待作家签名。那些一脸稚气的读者，若干年后，会成为爸爸、妈妈，他们会把飞翔在科幻世界的绝妙感觉，传于后代，再传后代——他们中间，必然会产生一批又一批富于创造力的栋梁之材——优秀科幻作品的价值，与星月同辉，不可估量！

作为一位老编辑，我深深感谢刘慈欣、王晋康、韩松、何夕等科幻作家，他们如巨星般引领着中国科幻，在浩瀚的太空走过。

亲历中国科幻成长史，难忘在科幻世界杂志社经历的酸甜苦辣，我写下了这一部《银河礼赞》。

星云奖奖杯

第一章　1979年那个春天

1. 我写《银河礼赞》

在成都七中读高中时，我和好友邓吉刚便狂热地爱好诗歌，特别是英美、俄罗斯的诗歌。我们认为，大诗人的特点就是狂放，因狂放而出好诗，出千古绝唱。结果，我俩诗还未写出两三行，便先“狂”了起来。

我对吉刚说：“英国的大诗人，拜伦36岁死，雪莱31岁死，济慈26岁死；俄罗斯的普希金38岁死于决斗。看来，要想做拜伦、雪莱、普希金那样的大诗人，恐怕要短命。”

吉刚说：“如果能成为大诗人，短命何所惧。你看马雅可夫斯基，37岁达到巅峰，然后就一枪结束了自己。”

我问道：“36岁成不了大诗人，怎么办？”

吉刚说：“离36岁，还有20多年，努力吧！成不了大诗人，就去图书馆当管理员，天天跟大诗人、大作家打交道，也很安逸！”

回顾高中，自我评价：因无知而狂妄，因狂妄更显得无知。

36岁那一年，我没能成为大诗人——这是肯定的！却以一位业余诗作者的身份走进了《科学文艺》编辑部，成为一名编辑。

到2023年，中国科幻小说的银河奖已举办了33届。1986年，我建议我们杂志的科幻小说征文奖，起名为“银河奖”，灵感来自我的一首诗《银河礼赞》。

“文革”后期，我家住成都红旗剧场2楼的市歌舞团宿舍。3楼住着诗人胡笳，我常说：“欲穷千里目，更上一层楼。”那时

诗集封面

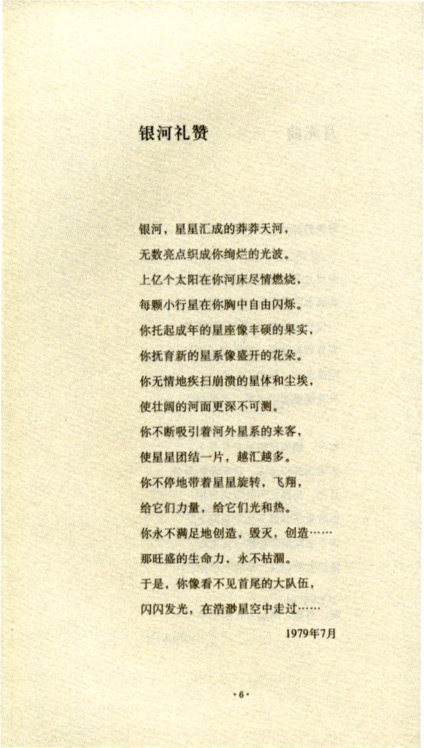

银河礼赞

银河，星星汇成的莽莽天河，
无数亮点织成你绚烂的光波。
上亿个太阳在你河床尽情燃烧，
每颗小行星在你胸中自由闪烁。
你托起成年的星座像丰硕的果实，
你抚育新的星系像盛开的花朵。
你无情地疾扫崩溃的星体和尘埃，
使壮阔的河面更深不可测。
你不断吸引着河外星系的来客，
使星星团结一片，越汇越多。
你不停地带着星星旋转，飞翔，
给它们力量，给它们光和热。
你永不满足地创造，毁灭，创造……
那旺盛的生命力，永不枯涸。
于是，你像看不见首尾的大队伍，
闪闪发光，在浩渺星空中走过……

1979年7月

·6·

《银河礼赞》

候，诗人孙静轩常来聊天，渐渐与我这个业余作者混熟了。中学时代曾读过孙静轩的《海洋抒情诗》。我知道，他是13岁参加革命的红小鬼，是从20世纪50年代的朝阳中走来的诗人，他的诗充满了那个时代的童真，一片纯洁的蔚蓝。

可是当时，我面前这位著名的诗人却是灰色的：衣服是灰色的，面容是灰色的；瘦削的脸，很明显刻着近20年的坎坷经历。从劳改农场归来，孙老师孑然一身，就住在东风路省文联宿舍角落，一间阴湿的小屋。落实政策之前，他常常早起出门，到成都棋园下围棋。有人说他棋臭瘾大。有时候下棋下晚了，出了成都棋园，大街上已经是一片漆黑，才想起一天没有吃饭，便到市歌舞团来吃“消夜”。所谓“消夜”，只不过是排练和演出之后，食堂卖的热腾腾的大馒头和稀饭。他对大馒头评价很高，戏言：“真馒头比假诗好。”

有一夜，我估计孙老师该出现了，可他却久久没来，我便买了馒头去他家。他从不锁门，因为小偷进门来也没啥可偷的。推门进屋，他不在家，我在一张破藤椅上小坐片刻，想起这就是以《海洋抒情诗》闻名的诗人的家，便有一种凄神寒骨的感觉，鼻子阵阵发酸。

1979年夏天，《星星》诗刊复刊的消息令我兴奋不已，孙静轩、胡笳更是高兴得“一跳八丈高”。后来，《诗刊》的寇宗鄂来成都出差，诗人陈犀和我陪他去乐山，与铁道兵出身的诗人周纲在一起，谈十年“文革”造成的深重灾难，都很激动。深夜推窗，新月如钩，繁星满天，我才觉得，从来没有看过如此灿烂的星星与银河。

星月之下，三江汇流，遥望峨眉，深感羞愧。我们这些弱智的后来人，写过那么多“狗屁诗”，在这李白、苏东坡留下足迹的古嘉州，有何脸面说诗、论诗？

猛然想起，在僵化的中世纪，传教士们认定地球是宇宙中心，地球是不动的，满天星月，包括太阳都是围着地球转的。这就是“地心说”。而哥白尼却认为，地球是围绕太阳转的，这就是“日心说”。“日心说”被认为是亵渎了上帝的“反动理论”，千年来，凡是怀疑“地心说”的知识分子都没有好下场：女天文学家希帕蒂娅惨遭活剐；布鲁诺被绑上火刑柱；伽利略被监禁，不得不缄默数年。

哥白尼说，地球是一颗旋转的星，
顿时，全世界的教堂八级地震！

发疯了：监狱、神父、圣经，

一齐来绞杀哥白尼响亮的呼声……

望星空，心中冒出这么几句诗来。我想用一组写星空、银河的诗来祝福《星星》诗刊复刊。1979年，《星星》复刊后的第二期，我发表了11首以《星河世界》为题目的组诗。其中有一首《银河礼赞》，为《科幻世界》杂志的小说评奖起名为“银河奖”提供了思路。

后来，我又在《星星》《长城》《红岩》发表了四组《星河世界》。

在诗思喷薄的1979年，与我相处甚融洽的陈犀老师已被任命为《星星》诗刊副主编，他认为我适合当编辑，我也有意去《星星》诗刊工作，但《科学文艺》的创刊给了我新的选择。

举棋不定之时，两件小事让我做出了终生不变的抉择。

2. 雷锋难当，让我尴尬

性格决定命运，此话不假。

1976年至1979年间，我供职的深居永川县山沟的微电子研究所派我常驻成都，做物资采购工作。作为驻成都的代表，其重要任务是购买飞机票和火车卧铺票。记得有好几次，为了买飞机票，我凌晨排队，居然没有买到票，这让我很沮丧。怎么办呢？

偶然听两位售票大姐在议论：春节将至，做汤圆粉子要用石磨，在单位宿舍楼，用小石磨也要排长队。于是，我说了一句："大姐，我送你一副石磨！"大姐觉得我这插话很唐突，也没搭理我。我回到研究所，在所门口的市场上，用10斤全国粮票，换得一副做工精细的上好青石磨，运到成都。再坐三轮车，把石磨运到目的地。售票大姐住的是四楼，我只得用绳子将磨子的两大块拴好，挂在脖子上，硬是撑起腰杆，把沉重的石磨背上四楼。大姐见状，先是惊奇，后是感动，因为我的后颈生生磨出了血痕！

从此，我买飞机票不再难。

后来，我在写自传时戏言：什么是科幻杂志的编辑？就是自己背着石磨，为作者飞上天买机票的人！

再说，我那时精力充沛极了，大事小事，都肯帮忙。重庆作协的一位老编辑，就认定由我给他买卧铺票。他总是选晚上10点过的成渝快车，在成都龙门阵摆够了，酒足饭饱了，上卧铺一觉睡到大天亮，就到家了。恰恰有一回，招呼打晚了，我实在想不到办法给他买卧铺票，他一脸不高兴，好像我做了很对不起他的事，让我很难堪。

事后一想，我只是想当雷锋，做好事，又没有收取你任何报酬，你哪来那么大的火气？这个雷锋，真是不好当啊。

又一事，给我刺激更深。

孙静轩老师与女友李萍要结婚了，我主动请缨，替他办酒席。因为我在成都七中读高中时结交的诗友、书法家兼藏书家，再版35次的《大众川菜》的作者之一的胡廉泉，在成都市饮食公司任职，在餐饮界颇有名望。我拜托他出面打招呼，在一家著名的餐馆包了10桌，以当时的高规格，满桌美味佳肴大宴宾客。

酒酣耳热之际，我尊敬的革命老前辈李累把我叫过去，直劈劈地问我："你说，这一桌，好多钱？"我报了一个数，他瞪圆了眼睛，表示不可思议，然后说道："谭楷，你娃娃想发表作品，也不至于这么车前马后，跑来跑去嘛，还要自己掏包包。"

众老一阵哄笑。我不断地做解释，众老师哪里会相信呢？

其实，我一点儿也不怪李累误会了我。我反思：我这样天天奔忙，为什么？再一细想：我可能不适宜走进布后街二号省文联省作协那样的衙门去工作！比如：如果我到了《星星》诗刊，编辑们全是我敬重的老师，我必须提前上班，打好开水、扫地擦桌子肯定是我的事。然后呢，是先给陈犀老师沏茶，还是先给流沙河老师沏茶呢？

智力有限，雷锋难当；关系微妙，差错难免。

罢，罢，罢。

《科学文艺》正在创刊。说科学，我是雷达专科，懂点科学；说文学，我已经发表了上百篇诗、散文作品，懂点文艺。也许到一个完全陌生的地方，还能发挥自己的所长。

况且，当时编辑部的负责人刘佳寿，非常欢迎我加盟。

3.《科学文艺》有个“谭楷兄”

《科学文艺》创刊词由马识途撰写，还发表了艾芜的重要文章。

创刊号重点推出了由童恩正的同名科幻小说改编的《珊瑚岛上的死光》电影文学剧本。这篇小说发表于1978年第8期《人民文学》，获首届全国优秀短篇小说奖，影响很大，是进入改革开放新时期里程碑式的作品。此外，还发表了刘兴诗、肖建亨、李贤琅、张昌余的小说、散文，以及我和杨世运合写的科学诗《显微镜下的城市》。这是我对大规模集成电路形象化的解读，在当时还算有点儿新意。

当时，科幻小说在中国大受欢迎。叶永烈的《小灵通漫游未来》一开机就印了240万册。与此同时，郑文光的《飞向人马座》、肖建亨的《密林虎踪》、刘兴诗的《美洲来的哥伦布》、金涛的《月光岛》也大获好评。

我在总府街报刊亭买到一本《北京文学》，该刊发表了魏雅华的《温柔乡的梦》，给了我很新鲜的感觉，至今记忆犹新。

1979年春天，《科学文艺》一亮相就受到读者欢迎。创刊号发行量达18万册。我们曾推着自行车、三轮车，载着《科学文艺》沿街叫卖。最好销的地方是春熙路，还有北门火车站、新南门长途车站，来往人多，喜欢读书的旅客顺便买一本，在车上慢慢阅读，好不快哉。

刘佳寿原来是四川师范学院物理系教师，为创办《科学文艺》借调到省科协。他思路清晰，作风踏实，注重学习，还会用

1979年初冬，在国防工办招待所合影
前排左起：胡季英、莫树清、张晓帆、贾万超；后排左起：韩承训、谭楷、孙乃煌、刘佳寿

人之长。为办好创刊号，他把川师中文系的骨干教师张昌余、范文瑚、范其龙等都请来，反复打磨每一篇稿件。所以，新创刊的杂志。一亮相就很成功。

第二期开始，文学编辑有张晓帆、莫树清、贾万超、谭楷，美术编辑特约印刷一厂的画家陈瑟担任。贾万超、莫树清负责编辑科幻小说，谭楷负责编辑报告文学、科学童话、小品、科学诗。

当时，苏联的文学理论还深深扎根于某些领导人头脑中，“泛工具论”还颇有市场，“文学是普及科学知识的工具”这一观念被一些资深科普作家全盘接收。此事，为后来科幻姓“科”还是姓“文”之争，早早埋下了伏笔，这里按下不表。

期刊草创，没有办公地点。稿件用塑料网兜装上，在茶铺里一坐，一边喝着盖碗茶一边阅稿。饿了，点一碗担担面；困了，在竹椅上一靠打个盹儿，很是自在。

后来，在省国防工办招待所租了三间房子当编辑部，才有了个窝。那个招待所，是火砖砌的筒子楼，没有做墙面，非常简陋。由于招待所紧邻军事重地东较场，客人大都来自军工单位，有介绍信才能入住，显得有些神秘。守门的丁大爷盯得很紧，来一个作者他也要盘问一阵。我后来给丁大爷说，只要是来投稿的作者，就放行。他总担心："要是来了坏人，盗窃了你们《科学文艺》的机密，咋个办？"

选择这个国防工办招待所做临时编辑部，是因为它离印刷《科学文艺》的成都军区印刷厂很近，下厂排版、一校、二校、三校，来来往往，非常方便。招待所的服务员训练有素，每一张废纸都不敢轻易处理，把码在桌上的每一篇稿件都当成"秘密图纸"。

这样，我每天便骑车从红旗剧场出发，到国防工办招待所上班，轻车熟路，非常快乐；而每天阅读科学散文、科学童话、科学诗等，高低立断，择优选用，一大堆来稿，不用半天，处理完毕，真是得心应手，快乐非常。

那几年，是思想解放的年代，也是科学诗的丰收季节。《科学文艺》发表了不少优秀的科学诗。比如，湖南的年轻作者徐晓鹤，将从森林古猿到人类的进化，提炼为一个"走"！虽然古猿刚开始在地上行走，晃晃悠悠，非常可笑，但只有"走"，"才能昂起高贵的头"。诗的结尾铿锵有力：

走，光明在前；
不走，森林在后！

《科学文艺》还开辟了一个新栏目"当代科学家诗选"，收到了黄树则、杨钟健、童弟周、苏步青、钟惠澜、程良骏等科学家的旧体诗手稿，让我喜出望外。老科学家的谦逊、幽默，让我受宠若惊。因为，他们来信称我："谭楷兄！"

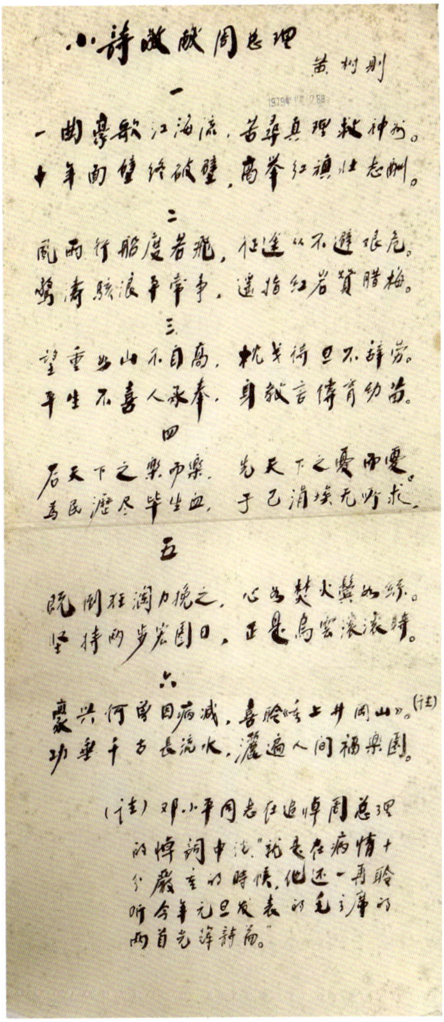
小诗敬献周总理

黄树则

一

一曲哀歌江海流，英华真理树神州。
十年面壁终破壁，高举红旗壮志酬。

二

风雨行船度若飞，征途从不避艰危。
惊涛骇浪寻常事，遥指红岩赞腊梅。

三

望重如山不自高，枕戈待旦不辞劳。
平生不喜人承奉，身教言传育幼苗。

四

后天下之乐而乐，先天下之忧而忧。
为民沥尽毕生血，于己涓埃无所求。

五

既倒狂澜力挽之，心如焚火鬓如丝。
坚持两步宏图日，正是乌云滚滚时。

六

豪兴何曾因病减，喜聆《重上井冈山》。（注）
功垂千古长流水，灌遍人间福乐园。

（注）邓小平同志在追悼周总理的悼词中说："就是在病情十分严重的时候，他还一再聆听今年元旦发表的毛主席的两首光辉诗篇。"

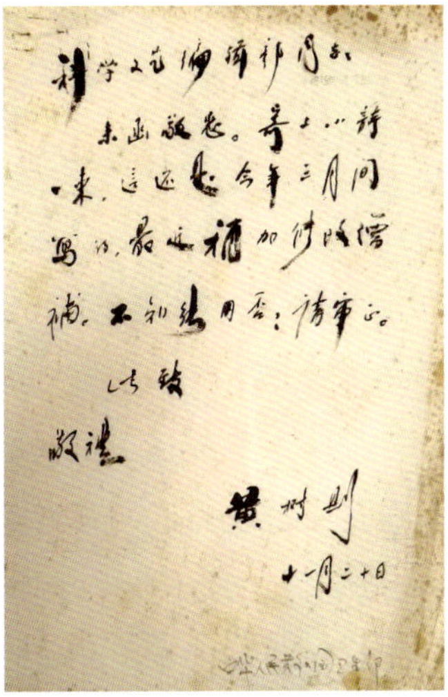
科学文艺编辑部同志：

来函敬悉。寄上小诗一束，这还是今年三月间写的，最近稍加修改润补。不知能用否？请审正。

此致

敬礼

黄树则

十一月二十日

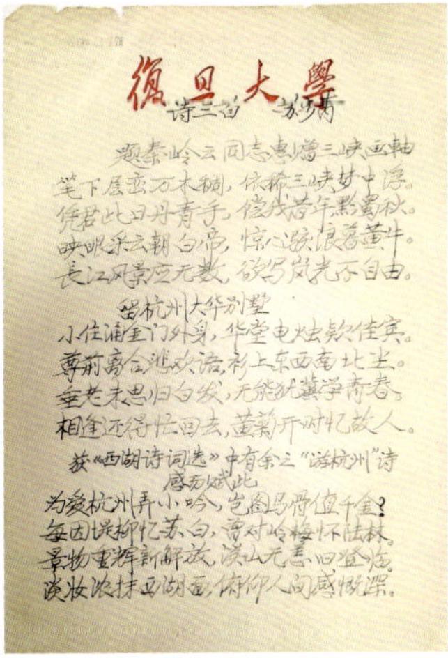
复旦大学

诗三首　苏步青

题秦岭云同志惠赠三峡画轴

笔下层峦万木稠，依稀三峡梦中游。
凭君此日丹青手，偿我昔年黔蜀秋。
映眼采云朝白帝，惊心骇浪落黄牛。
长江风景应无数，欲写岚光不自由。

留杭州大华别墅

小住涌金门外身，华堂电炬款佳宾。
尊前离合悲欢语，衫上东西南北尘。
垂老未思归白发，无能犹冀学青春。
相逢还得忙回去，黄菊开时忆故人。

获《西湖诗词选》中有余之"游杭州"诗感而赋此

为爱杭州弄小吟，岂图马骨值千金？
每因堤柳忆苏白，曾对岭梅怀陆林。
景物重辉新解放，湖山无恙旧登临。
淡妆浓抹西湖面，俯仰人间感慨深。

黄树则、苏步青诗稿

4. 杨潇、吴显奎、董仁威

一天，一位衣着朴素、面容清秀的女子来到编辑部，刘佳寿介绍说："她姓杨，叫杨潇，曾在山西农村当过知青，毕业于北京航空学院，现在在719厂工作。"她频频与大家打招呼，显得落落大方。

翻阅了杨潇递上的材料后，刘佳寿说："你发表在《四川文学》的那篇文章，写得好啊。"

那一篇文章，以"杨桦"之名发表，我也读过，印象很好。

杨潇骑一辆女式自行车，肩背挎包，挎包里总是装着一台半导体收音机，准时收听英语教学节目，简直是一个好学上进的小女生。

刘佳寿对我说，她倒是有工科背景，有作品发表，但要到《科学文艺》来当编辑，你还是"测试"一下她的水平如何。

闲聊中，杨潇谈到自己的审美情趣："一个时代有一个时代的审美情趣。我不喜欢林黛玉病病哀哀的样子。我觉得美，首先要健康，充满活力，青春健美。"

因为《科学文艺》很需要科学题材的报告文学，她便主动出击，去偏僻的中江县农村，采访了一位在"文革"高压下，仍坚持搞沼气实验，最终取得可喜成绩的土专家陈锡祐，很快写成了报告文学《他偷偷点燃了蓝火》，发表在《科学文艺》上。后来才知道，她是"晕车大王"，车行农村土路，颠得她五脏六腑移位，吐得脸色惨白，连县上陪同她采访的同志都吓了一跳。

编辑部的同人们对杨潇颇有好印象，都说："高干子弟，却没有某些高干子女身上的'娇骄'二气。"

1980年底，《科学文艺》召开年终总结会，省科普作协、省文联的领导来了，《四川文学》《星星诗刊》，还有《戏剧与电影》等省内期刊的编辑都来祝贺新生的《科学文艺》。更令大家喜出望外的是省委书记杨超来了，做了热情洋溢的讲话。

成都的普通老百姓是在“文革”高潮中搞大批判时才认得杨超的。每次批斗杨超，他都衣冠整洁，态度和蔼，非常坦诚，语言幽默，不时引起台上台下哄堂大笑。难怪有人说：“人家是延安马列学院的哲学教研室副主任，江青说他是‘右派黑格尔’，理论水平高得很！”

每当我看到“四川航空”那沉稳敦厚的颜体字，就会想起幽默风趣的杨超书记。你看那“空”字，宝盖下两沱墨，真是有趣得很。

杨潇在《科幻世界》如日中天之时辞去社长之职，后来，朋友们才明白，她急于抢救历史——撰写一部关于杨超的长篇传记文学著作《百年长歌》。因为她父亲年已过九旬，与父亲一起参加革命的“幸存者”很多都离世了，再不抢救父辈头脑中那些珍贵记忆，就来不及了。退休后那几年，她全国奔走，收集资料，用眼太狠，让视力急剧下降，身体上也吃了大亏。好在《百年长歌》成功出版，让她了却了一大心愿。

魏雅华评价：《科幻世界》首任社长杨潇的巨著《百年长歌——追寻父亲杨超的人生印迹》，我只读了几页便被强烈地震撼了！

《科学文艺》刚创刊，就收到成都气象学院的热心读者吴显奎的来信，对刊物提出了一些很好的建议。一天傍晚，我骑车顺路到了学院的男生宿舍，拜访了这个吴显奎。

天哪，那是多么拥挤的宿舍。七八个精壮小伙子挤在一个狭

谭楷与作者吴显奎交换改稿意见

窄的空间里，那气息以臭胶鞋为主旋律，夹着汗气和热气，能顶你一个大跟斗。胡子拉碴的显奎不满20岁，他来自黑龙江大兴安岭达斡尔族聚居的诺敏河畔，在家乡担任生产队队长、支部书记。我们聊了一阵，从此成为好友。我鼓励他趁着精力旺盛，多读书，多练笔，生活的路会越走越宽阔。

鄂华的《盗火者的足迹》是一本非常出色的科学家传记，吴显奎深受其影响，写了几篇科学家传奇故事，发表在《科学文艺》上。经过几年努力，1986年，他的科幻小说《勇士号冲向台风》获得第一届中国科幻小说银河奖首奖。

来成都参加银河奖颁奖大会的鲍昌、温济泽，非常看好这个淳朴的东北小伙子，给吴显奎极大鼓励。

以后，吴显奎担任公职，做了四川省人民政府副秘书长。四十年来，他一直热心于科普和科幻事业，现任四川省科普作家协会理事长。最近几年，他领导的四川省科普作协正热火朝天地推进“科普科幻青年之星千人计划”，为中国科普和科幻事业培养后备力量。用他的话来说：“四川是中国地理上的洼地，却是科普和科幻的高地。”

当时，董仁威骑一辆旧车，专程来国防工办招待所投稿。他身体微胖，戴一副黑边眼镜，和颜悦色，很有亲和力。他自称是成都味精厂的工程师，毕业于四川大学生物系，是方文培教授的研究生。结合本专业，他写了一篇科幻小说《分子手术刀》，很快就发表在《科学文艺》上。

之后，董仁威成为意大利赞助的“儿童食品研究中心”主任。中心引进的膨化食品“泡司”，做成儿童喜欢的小狗小猫形象，下油锅一炸，长大若干倍，又酥脆又好吃。《科学文艺》颁发银河奖、举办重大活动时，得到了老董的赞助，大家都夸奖“泡司”是科幻食品。

老董始终是一位雄心勃勃、有想法的作家、策划专家和实干家。进入21世纪之后，他和姚海军、吴岩创办了“全球华语科幻星云奖”，并成立了时光幻象公司，连续举办十四届华语科幻星云奖，先后组织创作出版《流浪地球——中国科幻星云奖奠基作品选》《中国科幻名家名作大系》等科普科幻图书100余部。

董仁威凭一把“分子手术刀”闪亮登场，在科幻和科普界舞得风生水起，真可谓：四十余年，“宝刀”未老！

5. 祖国啊，我要燃烧

在百废待兴的20世纪70年代末80年代初，全国掀起了办杂志的狂潮，四川省内每个地市州都在办文学杂志，有的县也在办文学杂志。当时，诗人、作家是很吃香的，加入了省作协，就可以享受工程师待遇。

《科学文艺》初创的前三年，保持着10万册的期发行量，能养活自己，尚有盈余。作为编辑，完全没有危机意识。国防工办招待所简直就是年轻人的俱乐部。

那真是激情燃烧的年代、诗歌丰收的岁月。在北京工人体育馆举办的诗歌朗诵会上，有一首诗中有一句“必须平反一切冤假错案”，引起暴风雨般的掌声，数千人的泪水潸然而下。后来细想，这不是一句诗而是一句口号啊，怎么会引起那么多人共鸣呢？这是氛围的作用。只要让群体陷入一种热烈的氛围，定会出现奇迹。

那时，整个国家的氛围都是非常好的。挤公交车，你会发现备战高考的回城知青，嘴里在念叨什么；到饭店酒馆，可能碰见落实政策的老人与全家大团圆；一篇报告文学《哥德巴赫猜想》风靡全国；连蹬三轮车的师傅闲暇时也喜欢跷个二郎腿，翻阅报纸，或凑在一起议论天下大事，粗声大嗓，热火朝天。

科幻作家王晓达向刘佳寿介绍了曾在《成都晚报》工作、落实政策已恢复党籍的段星樵来编辑部工作。段星樵又介绍了有同样经历的陈泽昆、孙乃遑、李理来做编务。不久，陈泽昆被四川人民出版社挖去创办旅游杂志，火了一把；孙乃遑做了一年多也离开了。段星樵是中共党员，做事非常谨慎，曾在《科学文艺》负责人暂缺时任临时负责人。唯有李理留下来，被年轻人称为“李爷爷”，一直勤勤恳恳地做了十余年编务工作。

有一首歌唱道：“年轻的朋友来相会，比什么都快乐。”

莫树清是云南知青，保送读四川大学中文系，毕业后分配到四川省科协机关工作，听说省科协在创办《科学文艺》，便主动申请从机关调到编辑部。她性格开朗，喜欢唱歌，尖溜溜的嗓音，颇有穿透力。她的男朋友小邱，常来编辑部“探亲”，若遇上诗人张新泉来此小住，便由新泉吹笛子，小邱拉二胡，小莫唱歌，年轻的朋友来相会，比什么都快乐。

锦江河畔

前排左起：杨潇、胡季英；后排左起：李理、向际纯、谭楷

后来，编辑部又来了张问渔、胡季英、晏开祥等年轻人。他们与招待所、食堂服务的年轻人很快熟悉起来。晚饭后，不想回家的编辑就聚在一起摆龙门阵、唱歌。

由于招待所有吃有住又好耍，我的诗人朋友纷至沓来：北京的叶文福、四川富顺的张新泉、重庆的傅天琳、四川永川的杨世运、陕西的渭水等，前前后后都曾来此玩耍或住宿。

张新泉、傅天琳，后来成为荣获鲁迅文学奖的诗人。他们见证了中国科幻期刊草创时期的快乐。诗人是易燃品，一点就着。小小招待所，夜夜激情燃烧，最受欢迎的是叶文福朗诵诗歌。

叶文福走到哪里，只要一报叶文福大名，总有诗歌爱好者围上去，一睹风采。他多次在招待所朗诵他的诗作，吸引了不少“粉丝”。

他点上一支烟，在房中踱步，仿佛在旷野沉思，旁若无人。

激情酝酿到位，他猛地按灭烟头，开始朗诵，声音是低沉的：

当我还是一株青松的幼苗，
大地就赋予我高尚的情操！
我立志做栋梁，献身于人类，
一枝一叶，全不畏雪剑冰刀！……
伟大的造山运动，
把我埋进深深的地层，
——我死了，那时我正青春年少。
……
漫长的岁月，
我吞忍了多少难忍的煎熬，
但理想之光，依然在心中灼灼闪耀。
我变成了一块煤，

还悲愤地捶打地狱的门环：

“祖国啊，祖国啊，我要燃烧！”

我渴望——渴望面前闪出一千条向阳坑道！

我要出去，投身于熔炉，化作熊熊烈火，

“祖国啊，祖国啊，我要燃烧——”

他的音调由低沉到高亢，最后大喊“祖国啊，祖国啊，我要燃烧”之时，双臂伸向上，做屈原“天问”状，眼中泪光闪烁。满屋掌声雷动，年轻人个个热泪盈眶。

以后数日，连炊事员都举起勺子呼喊：“祖国啊，我要燃烧！”

四十多年后，回望《科幻世界》的艰难历程，常想起为“祖国啊，我要燃烧”叫好时，真是幼稚、单纯。转念一想，只有幼稚、单纯的人，才会天不怕、地不怕，勇往直前。

走进科幻世界，渐离“星河世界”，诗歌创作数量陡减。即使是诗写得少了，但我自觉还保存着一颗容易被点燃的诗人之心。

生活，不能没有激情。

第二章　乍暖还寒时节

1. 首任主编张尔杰

刘佳寿一直是《科学文艺》的临时负责人，未获正式任命。由于上级认为他很能干，就把他调去创办新刊《大自然探索》。四川省科协党组书记李力众，才是《科学文艺》实质上的主编。

李力众是南下干部中的秀才，原来在山东的革命老区办报，“文革”前后曾在《四川日报》任社长。《科学文艺》创刊后，所有稿件均由他终审。有时，他在外地出差，编辑部也要派人星夜赶去，“逼”得他蹲坑时也捧着稿件审读。他几乎没有随便“枪毙”什么稿件，只是善意提了一些修改意见。一大堆稿子，他熬更守夜也要当天审完。那认真细致的态度令我们感动。

1980年底，上级派来了曾任温江地委宣传部部长、郫县县委书记的张尔杰同志主持《科学文艺》的工作。张尔杰来自山西农村，很年轻时就入了党，随军“南下”。成都解放后，曾当过《四川日报》记者，后来在党政机关任职。他廉洁奉公，严格律己，生活简朴，平易近人。他喜欢抽旱烟，转田坎，跟农民交朋友——这个习惯一直保持多年。

他令我想起赵树理笔下的党的好干部“老杨同志”。

他耳朵背，听力差，经常要跟他大声说话，他才能听明白。他说，“文革”中挨批斗，把他的耳朵打聋了。他曾经在金马河边，面对滔滔洪水蹲了一天。一位好心的炊事员盯了他一天，直到黄昏时才把他拖回县委机关。他说：“要不是炊事员拽着，我这一条命就没啦！”

刚刚开始批判“精神污染”，北京来了一位著名科普作家T某，一下火车就直奔省军区招待所（那时，编辑部已由国防工办招待所搬到此），张尔杰立即叫大家停止工作，听T某讲“严峻的形势”。

那T某讲了些什么？不过是某大报副刊指出的科幻小说中的个别知识性错误，我想也不至于上到导向问题的高度吧。我对汗流满面的T先生最深的印象是：因为太匆忙，他来不及漱口，门牙上沾有一片绿绿的韭菜叶子。

T某的“形势分析”让张尔杰非常紧张，每一篇稿件他都要反反复复逐字审读。后来他去省上开会，宣传部表扬了《科学文艺》办得好，回到编辑部，他非常高兴地说：“上级越是表扬，我们越要谨慎，越要严格要求自己！”他让我们把创刊以来的每一期，从封面到内文，都来一次全面核查。

1981年5月，《科学文艺》作者短训班合影。前左五：主编张尔杰

当时，四川省博物馆传来消息，为我刊画插图的著名画家被抄家，抄出许多裸体画（其实，是意大利文艺复兴时期的名画），全部上缴；还有，拍裸体照的摄影家被以流氓罪论处，已经被捕，这更让张尔杰同志高度警惕。有一期封面，画的是一位身材丰满的女宇航员，他说："大家看看，这个胸脯画得那么高，黄不黄？"我看了看，反问他："如果这也要说是'黄'，就该发一个文件——胸围多大算不黄。"

众人哈哈大笑，张尔杰也大笑不止。我晓得，他是一番苦心，让大家对即将到来的大风暴早做心理准备。

那时，与张尔杰相知甚深的老上级李力众调到了省人大，新来的书记（且叫他新书记）与张尔杰相处得不是太好。新书记反复强调："科协的干部，一定要多交科学家朋友，我们是党与科学家相连接的纽带与桥梁。"据说有一次，省科协中层干部开会，新书记又讲"多交科学家朋友"时，有几个人把目光投向了张尔杰，令他大为不快。

像张尔杰这样的干部，从心眼里瞧不起他认定是凭"口才好"高升的干部。他对我说过："粮食都是从泥巴里长出来的。人得靠粮食活命，靠嘴巴吹，能吹出个啥？"

后来，新书记和张尔杰分歧严重，吵了一次。不几天，张尔杰写了退休报告，提前两年退休了。

张尔杰一直是我的好邻居，他的家有很好的家风，女儿和儿子工作勤奋，为人正派，十分孝顺，在省科协家属院深得众人好评。

张尔杰在病倒之前，还一直骑一辆旧车去越来越远的农村，与家人都不认识的农民朋友喝茶，摆老龙门阵。我们偶尔相遇，闲聊几句，发觉他对"三农"问题很有真知灼见。

我想，如果张尔杰一直在他熟悉、有兴趣的岗位工作，肯定是一位成绩卓著的“三农”专家。现在看来，他在执掌《科学文艺》期间的小心、谨慎，是一件大好事，让我刊在后来的批判“精神污染”中顺利过关。所有的老同志也都一致认为：“张尔杰，好人哪！”

2. 老贾进入“科幻状态”

说到科幻世界杂志社的早期历史，不得不说说非常梦幻的贾万超。

贾万超从苦寒的安岳县农村招到420厂当工人，只有小学文化程度，个子瘦小，其貌不扬，却已经是小有名气的工人作家。据他说，为了写作，他将狭窄的阳台打造成能放下一张小桌子的“书房”。在最寒冷的冬天，他烧一壶开水，放在桌子下，脚踩着那一壶水写作，感觉浑身暖和。不知不觉就写到天亮，一壶水都已经冻成冰，粘住了袜子，双腿已经麻木——他的刻苦与勤奋，很让我佩服。

进入《科幻文艺》之后，他一边做编辑，一边开始创作科幻小说。他曾经与峨影厂编剧周永年，以及一个业余作者张凤江三人合作，创作了电影剧本《最后一个癌症死者》，发表在1980年第一期《科学文艺》上。它以“鲨鱼从不得癌症”作为科学硬核，讲述了一位科学家从鲨鱼身上提取抗癌药物，为科学献身的故事。这个剧本拍成了电视剧上映后，颇受好评，应当算是中国第一部科幻电视剧。

贾万超想要再接再厉，创作他的长篇小说《玫瑰梦》，并由《成都晚报》连载，为此，就请了一个长假。张尔杰让我接替他的工作。一接手，我才发现一大堆在处稿签上写下“已阅”和尚未处理的稿子。我有点蒙了！

老贾曾作为“工农兵登上了上层建筑舞台”的代表，在《四川文学》当编辑，处理稿件非常认真细致，颇得老编辑好评。我接手老贾那一大堆稿子时才发现，他处理稿子极为草率，给作者回信更是马虎。而那些经他手登上刊物的稿子，细细看也瑕疵不少，令我大吃一惊。我问小莫，这个老贾怎么会是这样？她实话实说：“他忙得很，上班时间也在赶稿子。”

原来，一个作家要是当上职业编辑，常处于“两难”之中：当作家，要写出好作品，全力以赴还嫌不够；当编辑，要编出好稿子，给作者提出最好的修改意见，常让人伤透了脑筋。如果编辑工作是你的“明媒正娶”，写作往往会成为你的诱惑力极强的“小三”——静静地想几秒钟，可爱的老贾痴迷于“小三”，我非常理解。

天天盼着老贾快快回来，突然听说他出事了——《成都晚报》报道“工人作家贾万超遇车祸”，轰动一时。

那年，东风路正在改造，挖得稀巴烂。有一种装卸泥巴的车子，前面是装卸货物的车斗，车斗后面才是驾驶台，来来回回，在东风路工地上奔忙。贾万超硬要说这台车完全是“违规”“倒起开”，他戴着近视眼镜，骑一辆破车，便迎头撞了上去。

我们到医院去看他，医生说：“天黑，又下雨，人家开运泥巴车的驾驶员见他骑车过来，减速按喇叭，他还是撞了车。好在头部没有受伤，右手指头受伤，上点药就好了。”

躺在病床上，打着吊针的老贾还在对我们说：“我以为——那辆车在‘倒起开’，完全违规！”

“倒起开”撞伤了老贾，成了编辑部的笑话。编辑部的小胡平时不爱说笑，想起“倒起开”，就情不自禁笑起来。

一晃两个月过去，老贾仍在“养伤”。我决计去看他。

我先转到房子背后。在由阳台改作的“书房”，老贾正聚精会神于写作，伤愈的右手握笔，笔尖正在稿纸上急行军。最引人注目的是桌上有一个卷成筒状的纱布圈儿，那是他准备好的“道具”。我心中有数了。然后，我转到前面去叩响了他的房门。

老贾应着声，打开房门，笑容灿烂。

我问：“身体恢复得怎么样哦？”

他扬起手指裹着纱布的右手说：“身体嘛，没得啥子问题，就是指头上的伤，好得慢。”

我心知肚明他在演什么戏，又不好当面揭穿，说了几句“好好休养”之类的无关痛痒的话，便匆匆离去。

老贾回到编辑部，读到了《只有一个地球》那本书，又爆发了新灵感，决定写一部唤起人类醒来的长篇科幻小说《地球！人类！》。他要以宇宙的高度，全球的大视野，大气磅礴的构架，纵横捭阖的手笔，写一部惊世骇俗的巨著。主人公是一位外国大老板，生活场景也在异国他乡。小说刚写了几章，他就开始“操作”，联系拍电影或电视。他激动地对我和美编向际纯说：“这是一部大戏，中国海军要派出两艘核潜艇参与拍摄，东海舰队也要配合。”他甚至谈到了物色演员，对老向说：“你爱人秦医生，就可以演医生嘛——也是一个重要角色。”

难怪著名作家周克芹见到我之后，紧皱眉头说：“你们那个贾万超，一进入科幻世界就神了。他缠着我讲他的构思，讲着讲着，又说起他的工作，我听了半天，不晓得哪些是他的小说构思，哪些是现实生活，把我也整晕了！”

我说：“老贾还拉我参加《地球！人类！》的拍摄筹备。他说，明年，我们在法国巴黎的塞纳河畔相见！”

正当我们期待着老贾的大部头长篇科幻问世之时，他突然宣布要下海经商了。他的决心之大，再次让我佩服：工作，不要了；省科协分给他的“一套三”新房子，不要了。他摆出了背水一战、势在必得的英雄姿态。

四川省作家协会也对老贾“勇敢下海”表示了充分理解与信

任，为他的贷款担保，还把经营项目给他做。他去了几趟深圳、广州之后，口气强硬地对我说：“我已经接触了一些大老板，他们智商低得可怜，我只需要用百分之一的智慧也要赢惨！”

答记者问时，他声称：“我下海的最主要目的是——作家们过得太苦了，我要挣钱给省作协盖一座大楼，让作家们安居乐业，静下心来写作。”

1984年，《科学文艺》由民选的主编杨潇掌舵，老贾从深圳来信，表示支持与祝贺。杨潇读到老贾的南方来信，乐不可支。我们问杨潇笑什么，杨潇说：“贾万超说，要给我们运一些钱来。他用的是一个‘运’字，不晓得是用汽车运钱，还是用火车运钱。关键的关键，他还说：‘数钱，要把你们的手指拇数痛！’”

老贾的来信，给编辑部带来了美妙的幻想、愉快的笑声。

日复一日，老贾的“运钞车”不见影子，有关他的坏消息却不断传来：因经济问题被逮捕入狱，省作协因为替他担保，被执法部门扣了一辆小轿车，还把《四川文学》主编送上了法庭……

多年后，我想起老贾的信，虽是一张香喷喷的“画饼”，但总觉得他的心眼儿是好的，是想让《科学文艺》的兄弟们过上好日子啊。

3. 美术编辑向际纯

最先，我是在《四川文学》上发现了画题花的向际纯。

《四川文学》的美编毛钧光说："题花是南充医专的向际纯老师画的，他是专门研究黑板报、墙报的报头、题花的美术家。"

当时，向际纯已经画了上万枚题花，出版了三本题花集，印刷量相当大。我戏称他是"中国题花大师"。

我想，一位美术家，不去追求"高大上"，却俯下身子去研究平民百姓办黑板报需要的参考资料，集中精力画报头、题花，为"下里巴人"服务，这个人想法怪怪的，但很可取。

我请向际纯为我的组诗《星河世界》画插图，他画好后，《星星诗刊》的编辑很满意。我感到他是一个办事很认真的人，便向刘佳寿推荐了他，请他来《科学文艺》做美编。刘佳寿便派我去南充了解一下向际纯的情况。

红砖砌的筒子楼，公用厕所、厨房、自来水。在极其狭窄的南充医专家属区，我见到了向际纯一家三口：夫人秦学玲是医生，女儿向帆还是幼儿园的小姑娘。热情的向际纯留我吃饭，隔壁是向际纯的好友刘久成，他竟然从阳台围栏翻越过来，递上白酒和花生。于是，大家挤在一起，吃吃喝喝，摆起了龙门阵。

向际纯讲到他从医专毕业后，遇上三年经济困难时期，在"临时医院"的见闻，说到农民的疾苦，激动得流泪。我们非常庆幸，赶上了改革开放的新时期，中国一片欣欣向荣，大家都觉得"有盼头，有奔头"。临别，他表态："我这个人，不会说什么崇高理想，只会说实话，干实事。脾气不太好，容易得罪人，你们看着办吧。”

1980年初，向际纯拿着介绍信来到了国防工办招待所。

这样，《科学文艺》的美术装帧、版式设计就有人顶着干了。向际纯对四川美术界的情况比较熟悉，为《科学文艺》画插图的都是赫赫有名的画家：何泽生、戴卫、沈道鸿、吴绪经、张启文、张自启、陈瑟、程国英等。

向际纯为1991年WSF年会设计的会标

记得戴卫特别较真儿，把三审通过的小说稿反复阅读，认为这是一篇平庸又有些毛病的稿子，退给了编辑部，说是无法为这么孬的稿子画插画，还建议不用此稿。当期负责编小说稿的贾万超颇有点儿不高兴。后来，此稿在编辑部传阅后，定下来不予采用。一位画家“枪毙”了文稿，在我的编辑生涯中，实属罕见。

1980年10月的一天，向际纯收到一封电报，内容是：秦学玲被中国医科大学研究生部录取，将赴沈阳读研。我热烈祝贺，向际纯抱着我，高兴得跳起来，眼圈发红，声音嘶哑。

我深知，这一对好夫妇，奋斗得何等不易。

秦学玲心地善良，勤奋好学，从医专毕业后认识了钱慧田老师。钱老师不仅学问功底深厚，还精通日语。她对秦学玲说：“你要趁年轻，多学习。先跟我学日语吧！”

原来，钱慧田的先生是西南农大的蒋同庆教授。我曾采访过这位被称为“天下一怪”的令人尊敬的遗传学家。

蒋同庆20世纪30年代留学日本，师从日本遗传学开山鼻祖田中义磨，学习的是摩尔根的遗传学理论。他对苏联米丘林、李森科那一套伪科学嗤之以鼻，被划作顽固右派分子，倍受冷落。他

向际纯的电脑科幻画

性格倔强，曾与日本同学争论“咱们中国空军击落了多少架日军飞机”，被当作“中国间谍”送进监牢。酷刑之下，死不认“罪”。若不是田中出面营救，早死在日本监牢之中了。“文革”中，他被发配农场守桑田，被打断了脊骨，又摔断了股骨，用钢筋固定后，手拄拐杖才能站稳。就这样，熬到平反冤假错案，恢复教学和科研。他去蚕房，去实验室，去课堂，腰似弯弓，来去匆匆，疾走如风。拐杖敲得石板噔噔响，仿佛心急火燎去追赶一个目标。

面对蒋同庆教授，让我想起曾卓的《悬崖边的树》那首诗中的名句：“他弯曲的身体，留下了风的形状。”

秦学玲，出自蒋同庆夫人钱慧田门下，令我尊敬。我相信，她走出南充医专那筒子楼，肯定会一飞冲天。

这样，向际纯带上女儿向帆，以编辑部为家，一直到1982年省科协分配房子，才算真正在成都安家。

向际纯出身于苦寒的川东北武胜县，曾做过一点小生意。就这一段经历，使他具备了经济头脑。后来，在《科学文艺》走向市场求生存的苦斗之中，他的“经济头脑”发挥了重要作用。

令人非常遗憾的是，熬过了最艰难的八年后，1993年，老向急于要去北京中央工艺美院进修，同时，国家投巨资搞动漫，北京的老编辑相中了老向，加之长期卖书养刊，让老向耗尽了耐心。在与杨潇的一场激烈争执之后，他愤而离职。

老向的离职对杨潇是不小的打击，好在她坚强地扛住了！

时间，让冲动的老向冷静。老向越老越觉得很对不起杨潇，他真诚地致以歉意，大家又和好如初。

4. 多年形成“熊猫性格”

从2022年开始，中国科幻元老肖建亨不断打来越洋电话。

叶永烈病逝后，留下了一万多封信，其中有一百多封是有关中国科幻的。此信原件交给了吴岩，吴岩又转交给肖建亨。肖建亨读到有关谭楷的内容时，大吃一惊。原来，所有对谭楷的“告状”内容全是莫须有。

1995年《科幻世界》在天津开笔会时，肖建亨就堵住我问：“谭楷，你在背后说我坏话啦？”我不禁一愣。他见我不知所云，也产生怀疑：谭楷凭什么要背后去败坏肖建亨的名声？也不知道哪些人在背后乱挑拨。当时我挺生气，转念一想，懒得去追究。

百丈禅师《丛林要则二十条》中，我最喜欢的一条是：“是非以不辩为解脱。”只要是是非问题，我从不想去解释什么。四十多年后，93岁的肖建亨通过越洋电话对我说：“对不起，谭楷。”

20世纪80年代，四川科普作家们和童恩正一起，在带江草堂的“邹鲢鱼”聚餐，我喝了不少酒，也说了不少酒话。

我说话很直白：“中国的科幻作家群，要出鲁迅、茅盾、巴金、老舍、曹禺那样级别的大作家，就不至于被几个宵小之徒随便泼脏水。”

有人写信给叶永烈“告状”说：“谭楷口出狂言说‘叶永烈，比纯文学大作家差远了’……”

其实，我对叶永烈的勤奋、才华非常佩服。他一生写下了1400万字的科普著作、1500万字的纪实文学、500万字的行走文学。其中《十万个为什么》《小灵通漫游未来》等，已经成为科普和科幻永远的经典，真是“前无古人”的高产作家。我只是认为，他不必写得那么快，能降下速度，写出文学的经典巨著该多好！

1980年8月，我背着三岁多的小儿子，去上海出差、组稿，到了漕溪新村叶永烈的家。我们聊得很高兴，小儿子看上了一把玩具水枪，叶永烈说：“拿去玩儿好了。”我很坦诚地对永烈说：“别人都猛吹你高产高速度，我建议你，写文学作品时，是不是可以慢一些。”叶永烈当时很赞同，但因稿约太多，他说一时慢不下来。

我坚持“是非以不辩为解脱”，少了许多烦恼。

其实，“杨老板”——杨潇才真正了解我内心的烦恼，就是“编”与“创”的矛盾。如何调整好当一个好编辑与当一个好作家的矛盾。按我自己的想法，当一个好编辑，有时间种点“自留地”，保持写作的那一根神经不萎缩，就挺好了。

《科学文艺》初创那两年办的是季刊，1981年改为双月刊，业余时间充裕得多。贾万超负责1980年第三期时，说：“缺头条的好稿子。”我说：“我写一篇吧。”当时，我正在开省文代会，天天晚上喝酒摆龙门阵，哪顾得上爬格子？最后，文代会结束之前，连熬了两个通宵，写了一篇《死神的吻》，算是我的科幻小说处女作吧。

《死神的吻》实际上是我阅读苏俄文学的收获，加之我对现代流行病和芭蕾舞略有了解，写出了超级病菌的危害。此作发表之后，改编成三个版本的连环画，又先后于2001年和2020年第二次和第三次在《科幻世界》上发表。刘慈欣评价说：

这篇小说在科幻想象上十分节制，属于由现实向前一步的科幻类型，作者用沉稳厚重的笔触讲述的这场生化灾难却惊心动魄。我是四十年前读的这篇小说，对其中震撼的细节描述仍然记忆犹新。现在在这个特殊的时期，重读这篇作品，我们再一次体会到科幻文学的震撼魅力。

1991年，要开世界科幻专业协会（WSF）年会了，《科幻世界》的“银河奖征文”需要稿件。我便与谭力商量，写了一篇《太空修道院》。构思来自一群“被爱情撞了腰”的女人，结成“黄花女儿联盟”，坚拒与男性交往，最后“联盟”还是解体的真实故事。我俩就设想，如果在太空修一座“修道院”，又会如何呢？

1980年，还发生了一件事，就是全省开科学大会，省科协让《科学文艺》组织去写科学家题材的报告文学。《四川日报》记者郑思清报道：“中国大熊猫首席专家胡锦矗还是‘反革命家属’。因为他的爱人——一位外科医生在‘文革’中被打成反革命，至今没有平反。”郑大姐说起此事时义愤填膺，我便决定写胡锦矗，这就是我的第一篇报告文学《国宝》。1982年7月，《国宝》获上海《萌芽》奖，当年《人民日报》以《在熊猫的故乡》为题转载，让胡锦矗教授夫人彻底平反，补发了十几年工资。我感到报告文学写作让我有一种特殊的愉悦。

从1981年7月第一次登上五一棚大熊猫野外观察站开始，四十多年来，我一直与中外大熊猫研究专家、野外工作人员保持着深厚友情。

1984年9月，我以中国野生动物保护协会四川分会理事的身份，赴日本举办“抢救大熊猫展览”。那时，因岷山、邛崃山冷箭竹开花枯死，让大熊猫遭遇饥荒，全世界的“熊猫粉”纷纷解囊相助。我们在四川省的姐妹省广岛县募集到一大笔善款，用于救助大熊猫。

1987年，我的第一本报告文学集《孤独的跟踪人》出版。

谭楷已经抱不动半岁多的熊猫（1993年，拍摄于卧龙核桃坪）

2009年，长篇报告文学《大震在熊猫之乡》出版。2014年，由我撰文的《熊猫的故事》作为国务院新闻办招标的国家礼品书，用中、英、日、西班牙等国文字出版。在此之前，由我撰写的《我是大熊猫》由四川少年儿童出版社出版，荣获第三届全国优秀科普作品一等奖。

2004年我退休后，成都大熊猫繁育研究基地邀请我，参与创办了中英文版《看熊猫》（曾用名《大熊猫》）杂志。至今，该刊物仍然由我担任执行主编。

憨憨的大熊猫是很科幻的动物。800万年前称霸的剑齿虎、剑齿象由于无法适应第四纪冰川的寒冷，逐渐灭绝了，而大熊猫以食竹子为生，存活了下来，成为地球生态保护的旗舰物种。

出席1991年世界科幻专业协会（WSF）年会的中外科幻作家都是“熊猫粉”，在卧龙，他们与熊猫合影，一个个喜不自胜。

我自认为，在当好“科幻编辑”与当好“熊猫作家”之间，处理得还算恰当。最困难的时候，我曾对杨潇说：“中国要是有另外一家科幻期刊，我们就可以不办了，何必那么苦自己呢？挣的大把大把的钱，全去填了刊物的大窟窿，这就是憨；无论外界说什么，我们死心塌地地办好科幻杂志，这是头脑简单；在为人处世上，心怀坦荡，有话直说……”

多年以来，科幻世界杂志社同人形成了一种风气：坚持“憨厚、简单、直白”——这是一种表面描述的“熊猫性格”；而“熊猫性格”内心却是：在恶劣的环境下，坚持活下去，无比坚韧。

5. 一枚恐龙蛋引发大风波

1983年11月，秋风萧瑟。

从北京的《科幻海洋》，到成都的《科学文艺》，所有的科幻文学编辑都感觉到一股透骨的寒意。

其实，早在1979年，就有科幻小说是姓“科”还是姓“文”的争论，包括《人民文学》这样的刊物也卷入其中。

科学界一些权威人士认为，你既然叫“科学幻想小说”，沾上了“科学”二字，就必须严格按科学原理、科学结论来写小说；加之20世纪30年代苏联科普作家伊林的理论根深蒂固，用中国化的语言解读，就是“文艺是普及科学知识的工具”，如果“科幻小说”不担负科普任务，科学界就应该把“科幻小说”驱逐出境。

坚持科幻小说姓“文”的作家们则认为：“科幻小说”是小说，是文学的一部分，若能承担科普任务当然是好事，但它的主要任务不是做科普工具，而是传播科学思想，激发想象力，让读者对科学发生兴趣，也有一定的娱乐作用。这本来是一场纯学术论争，到了1982年，突然升温。北京某大报的“科普小议”指出叶永烈的十几篇科幻作品的知识性错误，进行了点名批判，并冠之为“宣扬伪科学”的标本。

所有批科幻的文章都包含一个共同公式：不科学等于伪科学，伪科学等于反唯物论，反唯物论等于反马列，反马列等于反党！也就是说：所有“不科学”的“科幻小说”等于在反党，在传播精神污染。

当时，四川的科普和科幻作家认为，这样武断横蛮下结论，太不讲理。由童恩正牵头，刘兴诗、杨潇、董仁威、谭楷、贾万超等12人联名写信给某大报，坚决支持叶永烈。这一封12人联名信寄出之后，石沉大海。经努力，此信在四川作协的《文谭》上得以发表。

这样的争论与大批判，有意义吗？

其实，早在三年前，1980年第1期《科学文艺》就在头条显著位置，刊发了四川省文联和省作家协会主席马识途的文章《解放思想，繁荣科学文艺创作》。

马老说："科学要繁荣昌盛，文艺也要繁荣昌盛，都必须解放思想，要打破框框，突破禁区，不拘一格。我决不介入也不诱使别人参加关于科学文艺的定义、范畴、性质的讨论。如果我们卷入这样的争论中去并且要等到取得一致的意见，把科学文艺纳入严格的逻辑范畴之中，然后按框框命题作文，那就完了，科学文艺只好呜呼哀哉了。"

我们真应该为马老这样的明白人热烈鼓掌。此文，至今读来仍感到亲切，倍受鼓舞！

这篇文章实际上是借刊物顾问之口，旗帜鲜明地宣布办刊宗旨：解放思想，不拘一格，繁荣科学文艺！

1983年10月，批判叶永烈达到了高潮。某报大张旗鼓地提出《警惕"科幻小说"中的精神污染》。

其中，火力集中对准的是叶永烈在1977年写的一篇科幻小说《世界最高峰上的奇迹》。这篇小说写的是在珠穆朗玛峰上，地质队员发现了一枚用远古树脂保护起来的恐龙蛋，专家们用它孵化出小恐龙，引起全世界的关注。

科学界一些权威人士认为，恐龙已经灭绝了7000万年，恐龙蛋早已经石化成为碳酸钙。叶永烈误导读者，这就是"精神污染”，就是“伪科学”的标本。

没料到，十年之后，爆出一条大新闻：河南西峡县发现大量恐龙蛋。数十年来，当地老乡一直不知道那圆滚滚的石头就是恐龙蛋，还用它来垒猪圈。也有“倒蛋专业户”，说圆石头粉末有止血功效，把石蛋蛋炒到了10元钱一枚！后来，外商来收购了数十箱石蛋蛋，在中国海关引起了怀疑，被扣下。专家鉴定：这是极为珍贵的恐龙蛋！

在西峡县众多的石蛋蛋之中，居然发现了一枚“软”的恐龙蛋，立即送到北京，经北京大学陈章良教授团队的不懈努力，提取了部分恐龙DNA！事实就是如此“吊诡”：如果大自然将这一枚恐龙蛋保管得再好一点，叶永烈小说中描绘的场景将会成为现实。

更凑巧的是，这一年，美国科幻大片《侏罗纪公园》上映，轰动全球，票房破了纪录。当年围攻叶永烈的人全都傻了眼。

中国的科幻迷都感叹：如果能把叶永烈在1977年讲的故事拍成科幻电影，肯定精彩！

美国科幻大片《侏罗纪公园》海报

唉！有恐龙蛋DNA的中国，没能拍出《侏罗纪公园》；没有恐龙蛋DNA的美国，却拍出了《侏罗纪公园》。中国的恐龙蛋，曾“倒”至10元一枚；美国编造的恐龙电影，狂揽全球电影票房十几亿美元！

1993年，许多报刊为叶永烈鸣不平时，也只能深感遗憾。因为叶永烈早已经封存了科幻之笔，改写传记文学了！

1983年初冬，四川省科协分管领

导已经深感“科幻要惹大麻烦”，将《科学文艺》主管权交给四川省科普创作协会，协会理事长是德高望重的周孟璞。

周孟璞同时任四川科技出版社社长。经他同意，《科学文艺》仍然坚持举办“都江堰笔会”。11月6日，笔会结束时，周孟璞和科技社总编王益奋还亲临都江堰看望作家们，鼓励大家写出好作品。

当时，有王晓达、王亚法、俞琦、曹建、万焕奎、吴显奎等科幻作家，与科普作家们会聚于柳河宾馆。刚住下时，记不得是谁误听误传告诉我，叶永烈要来。我立即带上编辑部的徐开宏，赶公交车返回成都，匆匆忙忙赶到火车北站去迎接叶永烈。

那时，火车站拥挤不堪，候车室人满为患，且烟味刺鼻，站没站处，坐没坐处。上海到成都的列车晚点，一直等到晚上11点过，望穿双眼也没见到叶永烈。又想到，他会不会改乘其他列车了呢？我们跺了跺脚，暖和一下身子说：再等等吧！

想起一部著名的荒诞戏《等待多戈》，哑然失笑。

那一夜秋风秋雨，感觉很冷很冷。

6. 三句箴言与一首诗

初入职《科学文艺》，就读到鲁迅先生在翻译了凡尔纳的小说《月界旅行》（今译为《从地球到月球》）之后，在“弁言”中的一句话：“导中国人群以进行，必自科学小说始。”

此话，雷霆万钧，振聋发聩！

那时，鲁迅也只不过23岁。

我想起《藤野先生》一文中，鲁迅对“大清帝国留学生”的讥讽：“有时，还将脖子扭几扭，实在标致极了。”在这些所谓中国最优秀的知识分子的脑袋瓜里，装的是升官发财、封妻荫子、荣华富贵之梦！而鲁迅看到西方的优秀知识分子梦想的是坐上炮弹飞向月球，驾着潜艇行驶在海底两万里，进军星空和大海……

鲁迅所说的科学小说，就是凡尔纳式的科幻小说，这一点必须要说清楚。鲁迅认为：改变中国，必须改变中国人的梦。引导中国人前进，应当从阅读、推广科幻小说开始。

我想，44年来，《科幻世界》的所有作者和所有编辑，他们所做的一切，全部的意义都在于此。

另一句让《科幻世界》的同人奉为圭臬的是爱因斯坦的名言：“想象力比知识更重要。知识是有限的，想象力包含着世界的一切，推动着人类进步。”

看看20世纪，人类生活在19世纪科幻作家描绘的环境之中；而21世纪的发明创造，很多灵感来自20世纪的科幻小说。这说明爱因斯坦这一段名言超越历史的重量。

读有关比尔·盖茨的传记，让我们看到一个超级科幻迷的成长历程。在'97北京国际科幻大会的招待会上，中国科学院院长周光召在称赞比尔·盖茨之时，美国科幻课程的教授詹姆斯·冈恩回答："比尔·盖茨只不过是美国众多的科幻迷中的一个。"

据20世纪80年代的统计，在美国，有两百多所大学开设科幻课程，而在中国，只有上海外国语大学的吴定柏，以及北京师范大学的吴岩开设了科幻课程。《科幻世界》的编辑们真希望在中国也出现比尔·盖茨级别的科幻迷。

四十多年来，除了鲁迅和爱因斯坦，在我心中，有关科幻的最重要的名言，出自流沙河先生。

处于中心位置的成都市工人文化宫，是成都群众文艺活动开展得最多、最热闹的地方。我曾应邀在那里讲科学文艺的创作。1981年，《科学文艺》又请流沙河先生在文化宫讲科幻。

流沙河先生用他那地道的成都话，从"幻"字说起，娓娓道来。说"幻"的右边是古人画的蝌蚪，蝌蚪上岸变成小青蛙，小青蛙有尾有脚，这就是"幻"字。然后，他展开讲科幻小说，讲飞碟，真是字字珠玑，句句精彩。听众都听得入迷。

他讲：人与牛，有何区别？牛只会低头看草，哪里草好吃就行；而人会想象，会仰望星空。在人生至暗时刻，哪怕在基层被监督劳动，他就仰望星空。想到宇宙之浩渺、生命之短暂，决定乐观地活下去，并幻想出一些故事来宽慰自己。

最后，他说："没有幻想的人，是灵魂的残废。"

这三段至理名言，奠定了我从事科幻编辑工作的底气。

1983年初，省委宣传部在峨影厂召开期刊编辑座谈会。陈沸兴处长完全是出于爱护，非常委婉地提醒了省内某文摘期刊的编辑，选稿一定要严。没料到，这个期刊的编辑大姐竟在饭桌上大哭一场，声泪俱下地痛说自己辜负了党的多年培养，后悔得不得了！弄得大家都非常尴尬，不知说什么好。

在这个会上，有一位年迈的审读老师悄悄找我谈话，说是“商榷”。他提到《科学文艺》上发表的一篇苏联科幻小说，立意不够高，应当把共产主义的崇高理想加进去。我说，这是翻译小说，不能改。他说，翻译小说也可以改嘛。经过耐心解释，他终于同意了我的意见。

上面两件事，我已经预感到，中国科幻的日子要不好过了。

1984年，在杨潇“组阁”之前，《科学文艺》内部唯一的一次集体活动是登峨眉山。大家预感到，红火了两三年的《科学文艺》或许将无疾而终。在这即将离别的时刻，都表现出相互关照的热情。

李白诗中的“峨眉山月半轮秋”是非常美的意境。大家都怀着观赏峨眉山月的美好念想，攀爬了两天。入夜后，在冷杉林中痴立好久，才有一瘦小月牙儿匆匆而来，匆匆而去，很令人失望。

于是，我写下了一首《峨眉望月》：

我曾在漆黑的屋里
唱着自己编的歌
等你　翻过虎牙似的山峦

我曾在没有垂柳的小溪，
弹着疲惫的琴弦，
等你　浮出铅灰色的云团

我心中描绘着你
碧海中浮出一轮水晶盘
一出现一切会变得明亮圆满

怀着永不泯灭的希望
今夜我在峨眉等你
像一株痴立的冷杉

终于　你轻盈地跃上山顶
竟然那么瘦小那么苍白

1982年峨眉望月时的科学文艺同人
前排左起：胡季英、贾万超、段星樵、杨潇、何绍初；后排左起：谭楷、晏开祥、徐开宏、李理

顿时我感到怅然

哦　原来你的路也和我的路
一样曲折　一样艰险
竟把迷人的光辉磨去了大半

等一等　我想和你谈心
你却匆匆地沿着石阶下山
仿佛没有听见我的呼唤

是去寻找昨天失去的一半
还是去追逐明天的圆满
你默不作答　撒我一身梨花瓣

第三章　磕磕绊绊寻路难

1. 面临中国科幻的“大萧条”

曾几何时，繁花似锦，那种舒适感，如醉卧春天的云朵。

看看吧，1978年以来，包括《人民文学》在内的几乎所有的文学刊物和科学报刊都争相发表科幻作品。科技类出版社对科幻小说的出版都是敞开大门的：海洋出版社的“科幻海洋”丛书、江苏科技出版社的《科学文艺译丛》、科学普及出版社的文摘性刊物《科幻世界》、新蕾出版社旗下创办的少儿科普科幻专刊《智慧树》。哈尔滨市科协动议何时创办第一份科幻小说报，从1981年开始，先在《科学周报》的副刊上设8版增刊作为试刊，名之以《中国科幻小说报》。此外，还有《少年科学》《科学时代》《科学画报》等积极刊发科幻作品的科普杂志。

然而，繁花凋零，只一夜之间。

郑文光的突然倒下，是中国科幻史上标志性的事件。

20世纪50年代初，作为爱国华侨投奔新中国的郑文光，是天文学家，也是新中国科幻小说的开拓者。他的科幻小说《火星建设者》曾在莫斯科世界青年联欢节上获奖。北京的青少年曾因为阅读了他创作的科幻小说，涌向北京天文台，掀起了“火星热”。进入80年代，正在他以喷薄之势大量发表科幻佳作时，却有文章质疑他的作品“不科学”，特别是《太平洋人》那一篇科幻小说，将知识性错误提高到“精神污染”的层面来剖析。他在电话中与人激争，突发脑溢血，其后果是语言障碍，半身不遂，右手萎缩，再也不能握笔了。

北京的海洋出版社曾是科幻书籍出版的重镇。由王逢振、金涛主编的《魔鬼三角与UFO》，荟萃了荣获“星云奖”的外国科幻小说之精华，一开机就印了42万册，很快一抢而空。由该出版社编辑的《科幻海洋》丛书，推出了80年代的中国科幻力作。出版社的主力编辑是从人民文学出版社调来的叶冰如大姐。也许是因为叶冰如大姐废寝忘食地工作，过分投入了，当海洋出版社突然接到通知，要求立即停发全部科幻书籍时，她完全无法接受这一残酷现实，精神分裂了……

真是，高天滚滚寒流急。

谁敢承担“精神污染”的恶名？

谁敢冒传播“伪科学”的风险？

1983年，仿佛是约定好了，各省科普期刊纷纷“关、停、并、转”。所有出版社，一律停止出版科幻作品。

1984年，中国科幻的出版雪崩似的溃塌。

成都的《科学文艺》和天津的《智慧树》成为南北相望、还能发表科幻小说的难兄难弟，但《智慧树》所属的天津新蕾出版社也只给了《智慧树》一年的存活期，与《科学文艺》联合举办了“中国科幻小说征文”活动之后就将关门。

四川省科协给了《科学文艺》最后一条出路：你们几个坚持要办刊的，自选负责人，自己养活自己、养活刊物。文件称《科学文艺》编辑部属于“自收自支，完全自负盈亏”的事业单位。

经民主选举，众望所归，杨潇成为《科学文艺》的掌门人。

杨潇选了向际纯、莫树清、谭楷、胡季英、徐开宏以及即将退休的段星樵留下来办刊，其余同人由省科协另行安排工作。

杨潇如此有底气，一方面她有充分的自信心；另一方面，周孟璞、童恩正、刘兴诗、王晓达……整个四川科普科幻界都对她表示支持。

这里，特别要说说周孟璞。周孟璞家学渊源，父亲周太玄是新民学会会员，留法博士，中国著名生物学家、四川大学教授。周孟璞长期从事科普教育工作，在全国和省内有着很高的威信。在批判叶永烈“伪科学”甚嚣尘上之时，他总劝说：“有话好好说，不要上纲上线。”他凭经验认定，批判“精神污染”不会长久，《科学文艺》不可能在四川这块风水宝地倒下。

在一次座谈会上，童恩正教授曾非常乐观地说：“我以一个历史学家的经验告诉大家，20世纪80年代，是中国历史上最好的时期。”

童恩正专门与杨潇长谈了一次，鼓励她挑起重担。

那时的杨潇，还沉浸在当妈妈的快乐之中。她的胖儿子，长着圆圆的大脑袋，炯炯有神的眼睛，见人就笑，实在招人喜欢。工作之余，杨潇会叫：“猪猪儿，快过来，让妈妈亲一个。”

杨潇对童恩正说：“悠悠万事，唯此为大——我的儿子。”

童恩正是怎样说服杨潇的，请看她的回忆录吧。

其实，在杨潇“组阁”之时的1984年，我们估计奋斗三年五载，就可能走向坦途。没想到会折腾八年，才摆脱困境。

办好刊物，要靠“二子”：稿子、票子。

稿子呢？郑文光一病不起，叶永烈改行写传记文学，童恩正出国讲学去了……年轻作者的成长还有个过程。刊物首先面临稿荒。特别是“伪科学”的帽子满天飞之后，作者队伍就星散了。

票子呢？账上还有六万多元，维持不了一年。

这个以发表科幻小说为主的刊物，怎么办下去？

我多次听杨潇讲她在山西当知青的故事。

经过痛苦的磨炼，她已经很会挑担子了。每当她挑起肥料，走在田垄上时，要特别注意，必须挺直腰板。哪怕肩膀上感到沉重压力，脊梁骨在吱吱作响，也要面带微笑，姿态轻松，走出一道亮丽风景。

我们相信：置身于悬崖边上的人，最有勇气和拼劲。

2. 一次办“小报”的经历

回顾我在《科学文艺》（后更名为《科幻世界》）的24年，我们的团队走过弯路，犯过错误，挨过批评，做过检讨，磕磕绊绊，曲曲弯弯，吃一堑，长一智，终于在书刊市场上立住脚，闯出一条康庄大道。

个中酸甜苦辣，真是说不清、道不明。

写亲历的中国科幻史，不能只说光鲜亮丽的一面！老朋友王晋康曾一再追问，杂志社有没有不可告人的秘闻？想来想去，我说：有！这就是为了“过年”而办“黄色小报”的故事。

当时，每年到了年底，省科协机关工会分鱼分肉分油分米分水果，一片笑语欢歌，处处洋溢着浓浓的年味。那年，《科学文艺》已划入“另册”，不能再享受省科协一切福利了。没有一分钱奖金，咋个回家过年？

向际纯看到此情此景，狠狠地说：“我们好好干，他们今年发了一块肉，明年看我们的，一人发一头猪！”

我更不服气：“活人还给尿憋死了？马上整点钱来过年！”

那时，正规报刊管得严，但各种没有刊号的小报和地摊期刊如洪水泛滥，充斥着车站码头、大街小巷。所有自编自排自印的报刊都打着“弘扬正气，普及法制知识”的旗号，招摇过市。

我在西安的一个铁哥们儿，也是一名著名诗人，听说我们发不出年终奖，给我出点子：“谭大哥，我们西安车站有个地摊报刊的交易市场，火爆得很。凭你读那么多书，还编不出一张法制小报来？只要你把稿子和插图备齐，把版式划好，给贩子一交，就数钱给你，少说一两万元；卖得好，没准儿卖个三五万呢！”

我一听，这唾手可得的钱，为什么不挣呢？

说干就干，我就给家住北门火车站附近的“中国头号科幻迷”（被誉为“中国头号科幻迷”的还有重庆的舒明武、东北林场的姚海军，都没有正式“任命”）徐久隆打了一个电话，他对小报划版这一套非常熟悉。他说：“你来嘛，我马上收集资料。”

下班之后，我就骑车，来到徐久隆家中。

奋战一夜，我们编好了一张对开8版的《法制导报》。头版头条是一篇很吸引眼球的文章，通栏大标题是——澡盆里的女尸！

插图很妙，半张美女脸、一条美女的小腿从澡盆边探露出来，地下是一摊血。其实，此画一点也不黄。再细看报纸内容，无非是东抄西抄。还有个“律师问答”专栏，假设了一系列怪问题，让本报“特约律师”一一回答。虽然一篇篇都是牛皮烘烘的“标题党”，但可以对天发誓：本报没有任何“危害青少年身心健康”的实质内容。

第二天，我挤上了开往西安的火车。下午四五点钟，走出北风呼啸、天寒地冻的西安站。诗人穿一棉猴，鼻子冻得通红，迎了上来：“哎呀，你怎么才来？急死人啦。”我一看，小广场没有几个人了。他说：“上午天气好，还有些人做交易；下午一刮风，加之还有两天就是年三十了，老板们都不想挣这个钱了。”

我们转悠了一会儿，终于来了个老板。诗人先招呼道：“买小报不？”这个老板问：“咋卖？”诗人替我把《法制导报》的文稿和插图递过去。老板一看大标题“澡盆里的女尸”就乐了。

诗人忙说：“两万。”老板摇头：“贵啦！”诗人说：“这样的好报纸，哪儿去找？那你给个价。”

一番讨价还价，卖了5000元。诗人说：“你拿去，一开机，印个10万份，一元一份就是10万元，扣去成本，怎么也得赚上六七万。”

老板当面数了5000元给我，《法制导报》就算卖脱手了。诗人说：“谭大哥，都慌着回家过年嘞。咱们不敢拖了，再晚点，没戏嘞。”

当晚的车票早已售空，我买了一张站票，好不容易挤上了爆满的火车。车厢里空气污浊，散发着热烘烘的臭气。挤在走道中间的旅客，热得受不了，一层层脱掉棉衣毛衣，光着膀子还流汗。有人请坐在窗边的旅客开一点窗缝吧，窗边的旅客回答：“外面是零下10度，咋敢开窗子？”

人挨着人，前胸贴着后背，我的一只脚还不能完全落地。热得汗流浃背，我却不敢脱外套，因为一笔“巨款”绑在腰间。就这样，几乎是“金鸡独立”，摇晃到了宝鸡。稍微松动一点，才让双肢落地。后半夜，车过广元，一位好心的大爷让我挤着坐，半个屁股才落实在座椅上。直到绵阳，终于有了座位，却困得不行，直想打盹儿。

我坚持着，睁大眼睛，早晨终于熬到了成都。当天，5000元当作“创收款”，全部上交给编辑部。

以后，一直执行着这一规矩：所有的“创收款”必须全归编辑部，再按比例提成或支出费用。

那一年春节前夕，每人发了一百元“奖金”，总算有了过年钱。

我对王晋康说：“坦白交代，这种糗事，就干了一次。”

他不禁哈哈大笑。

3. 九寨沟笔会、天津笔会

那时，我和杨潇谈到有一本书叫《铁托传》，叙述了“像铁一样坚强”的南斯拉夫总统铁托的传奇故事。

铁托在领导反法西斯的游击战中，让纳粹德国军官大伤脑筋。因为，他只有一个团的兵力，被打散了之后不但不降级，反而成立了一个旅；一个旅被打散之后，他就成立了一个师。总之，自己得给自己的团队鼓劲，加油，壮胆——人越少，声势越要搞得大。

真是一条好经验！在中国科幻一片萧条之时，《科学文艺》联合《智慧树》，决定举办“中国科幻小说征文”活动，广告就赫赫然刊登在《人民日报》上。我想，那几位欲将中国科幻斩尽杀绝的“批判家”看到广告，不知如何想。

1984年和1985年，《科学文艺》举行了九寨沟笔会和天津笔会。

那时，九寨沟刚刚在世界崭露头角，名声很大，路却相当难走。四川省野生动物保护协会听说《科学文艺》要组织科普和科幻作家去九寨沟，表示支持，慷慨赞助了3000元，同时给沿途的县林业局打招呼，要好好接待作家们。一路上，“管家婆”莫树清紧紧捏着钱袋子，我负责联系食宿，结果，56人包车去九寨沟，往返五六天，才花掉了两千多元。为此，杨潇很慷慨，给莫树清和我各发了一张“大团结”——10元钱“巨奖”。

九寨沟笔会至少有三点收获：

一是经历了惊险，大开了眼界。大客车装了满满56人，山高路窄，险境丛生，令人心惊。行至茂县，周老出于对安全的考虑，提出原路返回。科幻作家刘兴诗也是地质学家，走的险路多，他从理论上论证，沿河谷的公路比较保险；科幻作家董仁威胆大心细，经过滚石区，他下车指挥司机，躲过了挡路巨石。一次，大客车冲上斜坡后居然熄了火，司机小魏下车检查，吓出一身冷汗——他发现半边轮胎悬空在崖边上，太危险了！他知道这一车科幻作家多么金贵，一路祈求："文曲星下凡，上天保佑啊！"

——事后再一细想，这何尝不是当时《科学文艺》乃至中国科幻的现状呢？

1984年5月，九寨沟笔会合影。由于年代久远，只记得部分参会者
前排谭楷（左一）、张蓉（左三）、段星樵（左四）、骆新都（左七）、王南宁（左八）、杨潇（左九）、张新泉（左十）、董仁威（左十一）、徐开宏（左十二）；二排莫树清（左一）、贾万超（左三）、郑公盾（左六）、周孟璞（左七）、刘后一（左八）、里群（左九）、刘兴诗（左十）、张大成（左十一）、杨永年（左十二）、张昌余（左十三）、万焕奎（左十四）、潘云堂（左十五）、松鹰（左十六）；三排曹建（左一）、高栈桥（左二）、宋宜昌（左六）、李理（左七）、胡永槐（左九）、蔡威林（左十）、戴安常（左十二）、俞琦（左十三）、王晓达（左十四）

九寨黄龙的美景真是天下奇观。由于当时尚未开展旅游，五花海、长海、树正瀑布、诺日朗瀑布周边全是无人区，任我们游玩。我们赤脚踩在珍珠滩上任意行走，钻进竹林去找熊猫粪便，在黄龙看到了罕见的兰草中的绝代美人紫色莵兰，还在鲜花盛开的牧场高兴得打滚。

第二点收获是众多科普界名人参加，给困境中的《科学文艺》编辑们很大的鼓舞和支持。郑公盾曾是《红旗》杂志的编委，德高望重的科普作家；刘后一是《化石》杂志主编，中科院古人类与古脊椎动物研究所研究员；在车上，科幻作家宋宜昌大谈战争题材小说，无意间暴露出他深厚的知识积累，后来，他给了我刊一篇可读性很强的科幻小说《V的贬值》，由胡季英缩写后发表，读者反响很好。一路上，作家、编辑们谈笑风生，有了充分的交流机会。

第三点是给了《科学文艺》的读者和作者一个“科幻越是挨批，《科学文艺》越是红火”的印象。

1985年，为了办好首届中国科幻银河奖征文，保证征文质量，《科学文艺》和《智慧树》决定举办天津笔会。

在笔会上，与我聊得最多的是吴显奎。我们谈到科幻作家也有一个深入生活的问题。阿瑟·克拉克在二战时是操控雷达的英国空军中尉，故有《地球外的中继》中对通信卫星的幻想；童恩正是考古专家，故有《古峡迷雾》中对远古巴人生活的幻想……

我说：“显奎，你是学气象专业的，你的科幻能否从你最熟悉的生活出发，大胆展开想象？”后来，他发表了获奖作品《勇士号冲向台风》，为自己的科幻创作立下了里程碑。

笔会期间，坐着轮椅的郑文和童恩正、刘兴诗、肖建亨专程来天津，与作者们座谈交流。

《科学文艺》赠送给每一位天津笔会参与者两瓶文君酒——

天津笔会。由于年代久远，只记得部分参会者
前排左起：傅恒（左二）、万焕奎（左三）、曹建（左四）、吴显奎（左六）、谭楷（左八）、吴岩（左九）、俞琦（左十）；二排左起：张静（左一）、李理（左二）、亚方（左四）、童恩正（左五）、刘兴诗（左七）、郑文光（左八）；三排左起：曹建（左六）、王晓达（左七）、里群（左九）、王亚法（左十）、董仁威（左十二）

那是通过朋友关系购买的低价名酒，真是价廉物美，又有四川特色。那十几箱酒从成都搬上车，经石家庄中转才来到天津，我和李理、吴显奎、万焕奎搬上搬下，累得够呛，但得到酒的笔会作者交口称赞："文君酒，是天津笔会专用酒。"

2022年，年过九旬的肖建亨从洛杉矶给我打来越洋电话，还滔滔不绝地说起"天津笔会"。他说："那两瓶好酒，我舍不得喝，恰好青岛作者张静不喝酒，把两瓶好酒送给我。笔会之后，我去北京看望全国政协委员黄维，他是我父亲的老下级。我送给他四瓶文君酒，他非常高兴。后来，他告诉我说："文君酒名气

天津笔会
左起吴显奎、俞琦、谭楷、万焕奎、傅恒

虽然不如茅台、五粮液，但非常香，很有特色。”

我觉得，此情节不可思议——黄维上将喝上了天津笔会专用酒，真有点科幻味道。

4. 1986，颁发首届中国科幻银河奖

1986年5月，首届中国科幻小说银河奖发奖大会在成都举办，地点是四川省科协简朴的大会议室。

简朴的条桌，白布铺上；简朴的会标，红布白字；屋顶低矮，空调无力；座位拥挤，出入不便。主席台“无台”，也是一排铺白布的条桌，麦克风配大喇叭，不时发点尖啸。物质设施如此简朴，可精神层面非常高档。请看，主席台上的重量级人物：

代表中国科普作协出席大会的该会理事长、中国社会科学院研究生院院长温济泽；

代表中国作家协会出席大会的著名作家、书记处书记鲍昌；

著名作家、学者流沙河，著名考古学家、科幻作家童恩正；省文联、省科协的领导黎本初、周玉振；热心支持《科学文艺》的省科协老领导李力众。

会场还坐着黄伊、王扶两位编辑大家。黄伊任职于中国青年出版社，他是儒勒·凡尔纳科幻作品的责任编辑，一套书影响了三代人；王扶供职于《人民文学》，是《珊瑚岛上的死光》的责任编辑。

主席台上的“C位”端坐着鲍昌。他方正的国字脸，配上浓眉大眼，显得特有精神。我刚读了他的短篇小说《芨芨草》，很佩服他老辣的文笔。天津的作家朋友告诉我，鲍昌年轻时参加革命到了晋察冀边区；1949年之后，他在天津市文联任职；1957年被错划为右派，下放劳动，经历非常坎坷。他的夫人亚方是北京大学西语系才女，四川宜宾人，读大学时就投身革命，以后却跟

着丈夫受罪，用柔弱的肩膀扛起了上有老下有小的一大家人。平反之后，鲍昌在天津师范学院任中文系主任，口才极佳，很受学生欢迎。他文思泉涌，佳作不断，1985年1月被选为中国作协书记处书记。他的夫人亚方是天津新蕾出版社副社长、《智慧树》主编。

因为《智慧树》与《科学文艺》联合征文，在颁发完首届中国科幻小说银河奖之后就将停刊，成都的这一次颁奖会将是《智慧树》最后的亮相，而鲍昌的讲话等于是“绝唱”。

鲍昌的讲话从1818年雪莱夫人出版第一部科幻小说《弗兰肯斯坦》说起，阐述了科幻小说对人类文明的巨大贡献。他特别说到，潜水艇的发明人西蒙·莱克受到凡尔纳的科幻小说《海底两万里》的启发，说：“凡尔纳是我生命的总导演。”——这一段话给我留下了深刻印象。中国，太需要凡尔纳那样的科幻大师，引领一代青年，成为他们“生命的总导演”，催生出一批有理想有成绩的西蒙·莱克。

鲍昌认为，中国科幻征文这个奖取名叫银河奖，是意味深长的。我们这个太阳系属于银河系，银河系是一个非常广阔浩瀚的空间。我们太阳系也随着银河系在旋转。因此，你们搞科学文艺的人，用“银河”来命名科幻作品奖，反映出你们有宏观的视野，有未来的向往，我觉得这是非常合适的。

最后，鲍昌热情洋溢，提高了音量：“如果说这几年，由于种种原因，科学文艺处在一种比较困难的境地，就像可怜的灰姑娘，我们中国作家协会这一届的书记处，将要竭尽全力地使灰姑娘得到她应有的欢乐和幸福！”

鲍昌的讲话引起了长时间的热烈掌声。之后，鲍昌讲话发表在《光明日报》头版重要位置。我认为，鲍昌讲话为中国科幻的发展做了理论阐述，也是首届中国科幻银河奖颁奖会的重要收获。

中国科幻首届银河奖颁奖会，会场简朴，气氛热烈

主席台上
前排右起：童恩正、鲍昌、周玉振、李力众等；后排右起：王益奋、周孟璞

令人印象深刻的是，在银河奖颁奖已经结束后，日本“中国科幻小说研究会”会长岩上治先生来到了会场。他西装革履，满头大汗，是从锦江宾馆一路问路走来的。这里有一个小小误会。岩上治知道自己下榻的锦江宾馆位于人民南路三段，他想银河奖颁奖地址在人民南路四段，以为步行几步就到了，没有想到人民南路是多么长的一条街，结果一边问一边走，竟走了两小时。

1986年10月，我曾在北京友谊宾馆见过岩上治。他是日本政府派往中国的日语教师，在北京语言学院任教。他的客厅还放着一把二胡。据他说，日本成立了中国科幻小说研究会，有17名会员，都是教师、作家、编辑。他们一致认为：“出过《三国演义》《红楼梦》的中国，一定会产生影响世界的科幻作品。”

见到岩上治，我心中深感惭愧；扳起指头算，当时的中国，够格的科幻作家也没有日本的研究者多啊。

岩上治的执着与认真，让我非常感动。第二年，他盛情邀请我们访问日本。他用行动来支持我们，让我们坚定信心，开阔眼界，把科幻杂志坚持办下去。

到2023年，银河奖已经举办了33届，投稿者数万名，获奖作者400余名。有的获奖作者不断“脑洞大开”，成就了一番大事业，有的作者改写文学作品，不断取得新的成就。

比如时任《四川日报》记者的席文举，1986年以科幻小说《启动新的节奏》获首届银河奖。以后，他创办《华西都市报》并一举成功，被誉为“开创中国都市报纸先河”的策划大师。

比如谭力，与我合著《太空修道院》并获银河奖。他曾与田雁宁合作，推出“雪米莉系列”小说，十分畅销；之后成为著名编剧，有《女子特警队》《文成公主》等多部电视剧，获得国家级奖励。

比如万焕奎，以《代人怀孕的姑娘》获银河奖，以后从事文学创作，电视连续剧《吴玉章》、专题片《他与历史同在》在央视播出并获奖，另有多部舞台剧上演。

比如刘继安，他以《证据》获银河奖，早期科幻作品《湖边奇案》被收入德国金人出版社的《世界科幻小说集》，之后不但出版了《地下冰宫探险》《太空幽灵》《少年天文学家》《动物世界探险记》等少儿科幻和科普作品，还成为著名的电视剧编剧。

比如苏晓苑， 在以《幽灵列车》获银河奖后，她的文学列车从科幻驶向现实，创作了多部电视剧，其中《那年花开月正圆》的豆瓣评分高达8.5，好评如潮。

37年来，银河奖长长的获奖名单印证了《科幻世界》在最早的“征文启事”中的核心词：星光灿烂，汇入银河！

1986年5月，首届中国科幻银河奖颁奖大会后，获奖作者与颁奖领导，以及《科学文艺》编辑们合影

前排左起：莫树清、杨潇、周孟璞、温济泽、鲍昌、童恩正、缪士；后排左起：万焕奎、徐开宏、孔良、李理、魏雅华、向际纯、谭楷、吴显奎

5. 两个渠道，齐头并进

要将年年亏损的《科学文艺》办下去，钱从哪里来？杨潇与大家商量，决定小心翼翼，尝试着走向市场——下海。

俞林和杨明述是从陕西调入四川少年儿童出版社的热情而善良的夫妇编辑。俞林是画家，杨明述毕业于北师大，学儿童心理学。他俩给向际纯提了一个很好的建议，让《科学文艺》编辑出版发行《幼儿科学识字绘画图片》，编辑部迅速照办，得到了第一桶金。

后来，编辑部就按照这个思路，发挥《科学文艺》在科普界作者多、人缘广的特长，搞少儿科普读物。此项目得到了四川科技出版社周孟璞、王益奋的支持，编辑出版了少儿科普读物《晚安故事365》“春”“夏”“秋”“冬”四本，卖得非常好。

首先，为了哄学龄前娃娃睡觉，年轻的妈妈和爸爸要讲故事，讲什么故事呢？总不能天天讲小白兔、大灰狼吧，这里其实有一个潜在的巨大市场需求。其次，如何在众多少儿读物之中独树一帜？故事要短小、精彩、新鲜，这也是一个难题。《科学文艺》编辑部请来了一位非常好的儿童文学家张继楼，请他主编《晚安故事365》。

张继楼出生于1926年，是重庆市作家协会的资深专业作家，著有多部优秀的儿童文学作品，在全国儿童文学界颇有声望。他立即发出上百封信，为《晚安故事365》组稿。

从1986至1992年，《晚安故事365》共发行了近90万套，总码洋达到几百万元，成为填补杂志亏损、维持编辑部生存的主打产品。

一天，一位年轻秀美的女作者来编辑部，交了她的一篇童话稿。她一说话就脸红，显得很腼腆。后来，这位女作者成为全国鼎鼎大名的儿童文学女作家，她叫杨红樱。

《晚安故事365》的责任编辑是杨潇、莫树清。

此外，我们还编发了《中学物理图册》《野生动物世界》《四川科技精英》《恐龙特急克塞号》。所有盈利，除了给稿费、少量的编辑费，全都留在编辑部账上。杨潇说："这些都是《科学文艺》的吊命钱！"

我当时说过，这种"以书养刊"的方式是"养鸡饲虎"。

什么时候刊物扭亏为盈，等于老虎自己能找吃食，还顺便抓点猎物给我们吃，就太幸福了！

进入80年代，国内图书发行方面出现了两个渠道的激烈竞争。在此之前，是新华书店主渠道一家独大。国家政策放开一点，散布在都市街头的报摊小贩——都是非常渴望改变自己命运的基层"小人物"，与一些文化人结合，组成了"二渠道"，滚雪球似的飞速发展，他们自主选题，编辑，印刷，发行图书、杂志，迅速地占领市场，一次次掀起了书海狂潮。

对此，国家出版部门负责人一边肯定"二渠道"在搞活出版、填缺补漏、协调主渠道的发行工作方面起了重大的作用，一边又提醒"二渠道"不能只考虑经济效益，要严防黄色的、低俗的、暴力的书刊滥市。但是，这种打招呼与管束，经多年"拉锯战"才算有了结果，书刊市场终于变得比较干净、比较正规了。

我们一方面与"二渠道"建立了良好关系，不断布局全国，增加发行网点，增加图书和刊物的发行量，另一方面，我们也与省新华书店一直保持着非常好的业务关系。

一开始，业务员们就对《科学文艺》编辑部的同人有着良好印象。对杨潇身先士卒、平易近人，脱下高跟鞋蹬三轮车卖书的泼辣劲儿充满敬意。

有一位挺热情的业务员叫王书琼，一家人都在新华书店工作，提起“二渠道”没啥好话，说起“我们省店的薛老板”却非常得意——“那才是有眼光的出版家，二渠道找不出半个来。”后来，我认识了这位四川省新华书店经理薛钟英，确实是一位温文尔雅、喜欢思考的学者型老板。他正在写一篇总结，谈他赴日本深入考察后的体会。他认为，日本图书出版发行的高效率、高质量和精细管理，使得日本的优秀图书以很快的速度向全世界输出，是很值得我们借鉴和学习的。一次，我和他偶然谈到新华书店的历史，他突然有了一个点子：“你去写一位县新华书店经理，叫余德槐，他是一个值得表彰的人物。”省新华书店薛老板向《科学文艺》借用谭楷三天，去写一篇稿子，杨潇欣然同意。在省店副总经理袁学林的陪同下，我到了眉山，采访了余德槐，一位朴素得跟农民一样的“经理”。

余德槐专门到田边地头、乡下集市，吆喝着卖农业科技科普图书。他善编顺口溜：“要想发财快，稻田养鱼卖！鸡鸭鱼鹅兔，都是摇钱树！”他的神奇书箱一打开，就会吸引一大堆农民读者。在非常难销图书的农村，他走到哪里都能把图书变成抢手货。仔细研究他的几十句“顺口溜”，其实是一本生动、准确、突出卖点的“广告词”。在眉山，甚至有人把他的图书整箱买去，在女儿出嫁时做陪奁。我迅速写了一短篇报告文学《神奇的书箱》发表在1987年4月的《新观察》杂志卷首，正赶上在北京召开的新华书店成立50周年盛大庆典。

在庆典上，出版界老领导陈伯翰读到了《神奇的书箱》，大为赞赏，在大会上激情发言：“我们需要余德槐这样的基层经理，他利用科技图书热心为农民服务，是延安精神的延续，是我们的新华书店光荣传统的延续……”

薛老板从北京回来就给我打电话，感觉这次全国庆典，四川新华书店很有光彩。以后，我多次应邀去他家摆龙门阵。

新华书店这一条图书发行的主渠道，一直对《科幻文艺》非常畅通，能按时收到款项，令我们感觉很踏实。

6. 书海狂潮，匆匆过客

据统计：1949年至1977年，改革开放前的28年，全国杂志的总印数是78.87亿册，而1977年至1988年的11年间，杂志的总印数是200.99亿册。从这个数字来看，杂志发行量在爆炸式增长。

对图书的总印数，我没有看到数据，只是感到从车站码头的书报地摊到不断兴起的书刊市场，书海掀起了一浪又一浪的狂潮。

最早，是法制小报热，接着是金庸与武侠热、琼瑶三毛热、秘闻野史热、纪实文学热，跟得上热点的书商们赚得腰包鼓起。然后，他们就更大胆、更快速地投入，发掘新的选题，赚得盆满钵满。

那几年，书商如焰火，争奇斗艳，升得快，熄得也快。

一本畅销武侠书，开机百万册，一本书能赚上百万。丁玲的“一本书主义”有了新的含义：不是写一本好书可以吃一辈子，而是卖出一本畅销书，可保一辈子吃喝不愁。

那种操作，《科学文艺》的编辑们也略知一二，我们也想引进几本畅销书，拓宽图书发行的路子。一位朋友从日本带回一本畅销书，是刚刚升起的日本明星作家，写婚外恋的小说。由于中国当时还没有加入国际版权公约，我们便立即请翻译家译出。我拿着译稿去书商朋友那里，试探一下有无“卖相”。

书老板K，架子绷起，像得道的高僧一样，神气十足地翻了翻稿子，摇头说：“写得孬，主要是节奏太慢了……哪有耐心嘛，算球了！”

另一位S老板，嗓子沙哑，一头细小卷发，还是某大学中文系本科生，曾在某市文学刊物当过副主编。他满口脏话，看都不看我送来的稿子就说："谭大哥，你动作太慢了。这个狗日的书市，变脸比婊子还快。你这本书，买得不便宜吧？这是老套路了。那些国外留学生，听说带色的小说在国内好销，花上几十'刀伦'（美元）买一本，带回国，五倍十倍价卖给书老板。书老板拿它来，连翻译带印刷，也就一两个月时间，连本带利全收回来了。这几年遭禁的黄书，前仆后继，斩不尽杀不绝，什么《玫瑰梦》《情场赌徒》《魂断欲海》大火一把，都是这个套路。手脚快的老板早把钱赚够；手脚慢的老板又囤积了上万，被查封被罚款，弄得倾家荡产。哈哈，现在玩法变了，也不找留学生带那种书回来，干脆——自己写！"

"自己写？"我有些疑惑。

这时，有人递过一摞稿子，书名大约是《总统的十个浪荡情妇》，作者是个外国名字。他问我："你晓不晓得，这个美国作家阿瑟·詹利文？名气大得很！"我说："我只晓得阿瑟·黑利，加拿大作家。才读了他的《钱商》，非常棒。"

S老板哈哈大笑说："日妈的，阿瑟·詹利文就是老子！"

他一边审稿一边对下属说："日妈的，这一改就对了。这里，再来点'电'。"

我对他的审稿有些疑惑，他便带我到里面一间办公室，见一个好面熟的年轻眼镜编辑在工作。眼镜抬头见我，立即叫："谭叔。"我不禁大吃一惊："你——咋个在这里？"

原来，眼镜相貌与其父酷似，在某大学读研。其父是我熟识的省文化部门的退休干部。他说："我在这儿打工，实习，体验体验。"

我见到他桌上有一部厚厚的剪报大本子。S老板向我介绍说："日妈的，这就是老子编的《葵花宝典》，你开开眼吧！"

原来，S老板把人体各部位，唇、乳、脸、手、脚等器官，古今中外、五花八门的大胆露骨描写，按词条分类，编成厚厚一大本“工具书”，称之为《葵花宝典》。“阿瑟·詹利文”的小说在色情描写不充分之处，他就喊从《葵花宝典》中找参考，“日妈的，加点‘电’”。

S老板的操作方式比K老板之类“更胜一筹”。

K老板曾到我们《科学文艺》编辑部谈合作，催杨潇迅速决策。他说，他的专车没有熄火，一直在楼下等着。我想，这个老板有专车，可能很有钱。于是，等他走后，我下楼去问保安，刚才那个穿长大衣的老板开的是什么牌子的小车。保安说，哪有什么小车？是一辆农用烂车，不敢熄火，司机说一熄火就打不燃。

不久，听说K老板病死于牢中。两三年后，S老板操成大富豪远走海外，换了国籍，成为华侨投资商。大约十年后，在一个全国图书订货会上见到他，他热情地握手说：“你们科幻硬是经得整呢，那样循规蹈矩，都他妈的能活得下来！”

书海狂潮，汹涌澎湃。我们放弃了那本已经译好的日本小说。我对杨潇说：“我们还是在海边逛一逛算了，稳稳当当做点科普科幻，挣点小钱。说不定，下一次，再下一次，科幻大潮兴起，该我们显身手的时候，想不赚钱都不行……”

她说：“你就坐在磨子上，慢慢想嘛。”

那几年，就是做《晚安故事365》也是磕磕碰碰，并非一帆风顺。杨潇派我去处理盗版，先后与两个李老板“过招”。

有一个对我们非常热情的成都书老板，姓李，瘦小精明，能说会道，后来不卖《晚安故事365》了。不久，有外地的书老板向我们透露，他盗印了《晚安故事365》，正往外地发货。记得是在暑袜北街老邮局附近的小街出租房，我径直走到藏书的房间，工人们正在打包，准备办托运。我的突然出现让他很尴尬，但他很快收敛笑容，将脸一沉、嘴一撇，凶横地说：“你去告我吧！你去喊警察来抓我吧！老子是横人，没有虚火过哪个！我要跟你说，我老爸就是被枪毙了的，是我妈带我去收的尸。我从小就见过死人，我不怕！”

我耐心等他耍横，不置一词，表情漠然。他说着说着，音调变低，自觉无趣了。我说：“李老板，你不要扯那么远。你做盗版书，跟你的爸没得关系。”

1992年，《科幻世界》已经决定全力以赴办好刊物，以书养刊——即“养鸡饲虎”——成为历史。之后，《科幻世界》发行量一路猛涨。除了主渠道邮局发行之外，第二渠道功劳很大。由此，我们结识到第二渠道的许多诚信守法、为人厚道的好老板，比如上海的朱德林、重庆的杨朝辉等，成为一生的好朋友。

第四章　一个回头弯

1. 深深感谢《人民日报》

这是立志改革的年代，这是积习深重的年代；

这是人才辈出的年代，这是嫉贤妒能的年代；

这是大干四化的年代，这是互相扯皮的年代；

这是充满希望的年代，这是牢骚满腹的年代；

……

这是1987年的笔记本上，我写下的一段感言。这一段感言没有什么新颖之处，是套用狄更斯《双城记》的开篇语：“这是一个最坏的时代，这是一个最好的时代。这是一个令人绝望的冬天，这是一个充满希望的春天。”

那年5月，大兴安岭发生森林大火灾，烧痛了中国人的心。不等调查结束，林业部部长杨钟被撤，副部长董智勇也被撤了。董智勇可是林业部威望很高的专家型领导人，因指挥抢救大熊猫，多次来成都开会，赴林区调研。他视我为朋友，曾与我聊到深夜。我请他为《野生动物世界》一书写序，他欣然同意。这本书是《科学文艺》开发的“双效益”图书。

那几天，我心中很是沉闷。没想到杨潇从省科协开会回来，也是闷闷不乐。我不知道发生了什么大事情，再三追问，她才说，省科协新上任的虞文高副主席在听取了杨潇汇报后，一棒子打来：“你们《科学文艺》没得钱，就不办了！”

虞主席这一句话，等于砍树、灭种，否定一切。

当天夜里三点，我给虞文高写好一封长信，表明我们为什么要坚持把《科学文艺》办下去，以及八年来艰苦努力的过程。此信一口气写完，又觉得不过瘾、不解气，想一想，不如干脆找他谈一次话。

几天后，我找准一个机会，钻进他的办公室，对他来了一番“轰炸”。我讲到韩素音对邓小平说，中国要发展科幻；讲到杨振宁对科幻的论述，以及杨超、马识途如何支持这一本刊物；《科学文艺》是中国唯一的科幻刊物，它是四川省科协主办的，是省科协的光荣，绝对不是包袱；对他一上任就这样表态，表示了强烈不满。

我说：“你要宣布不办了，我就向全世界发讣告，希望所有支持中国科幻的领导和海内外朋友、科幻作家、科幻迷，默哀三分钟，请流沙河先生写一篇祭文。《科学文艺》就是死，也要死得轰轰烈烈，风风光光，不能无声无息地死。”他以为我在开玩笑，我说：“我绝对做得到——你不信哇？”

副　　刊　　人民日报

谈艺录

“灰姑娘”为何隐退

谭楷

一个“灰姑娘”正从“舞会”上隐退。她就是1979年前后风靡一时的科幻小说。据统计，1980—1982年全国年平均发表200余篇科幻小说，而1984—1986年下降到10余篇。目前，可供发表科幻小说的成人报刊，也从20余家缩小到仅存的一家，即四川的《科学文艺》。

“灰姑娘”的隐退，并没有引起多少人注意。因为她缺乏持久的魅力，始终没有走进“舞会”的中心，去赢得众多的爱慕者。有人说：“怪读者。”中国人比较“务实”，一听幻想二字就摇头，加之全民族的平均文化水平不高，科技不发达，目前还缺乏发展科幻小说的条件；有人说：“怪作者。”一般而言，中国作家大多缺乏科技知识，科技工作者又不太重视文学修养，这样，科幻小说的创作者少，作品也少。难怪“灰姑娘”瘦瘦巴巴，不讨人喜欢。

大地

我认为，还是应该研究一下“灰姑娘”本身。

中国科幻小说，首先应该是姓“中”。不少作者并不熟悉外国生活，却热衷于写外国的人和事。粗看花哨，再看乏味，细看太假。其实，科幻小说创作也有个熟悉生活和从生活出发的问题。郑文光是天文学家，他的科幻作品大多与宇航和天文有关；童恩正是考古学家，他的作品常以古庙、考古现场为背景；叶永烈毕业于北京大学化学系，熟悉自然科学，他的科幻小说常以科学家为主人公。他们的成功之作都是写中国的人和事。

其次，“灰姑娘”长得不丰满，与她所肩负的“担子”有关。苏联科普作家伊林提出的“用文艺普及科学知识”的创作原则，在我国通行了三十多年，它对科普创作有一定意义，但用这种模式指导我们的整个科学文艺创作，就不那么合适了。

“灰姑娘”不应该承担，也承担不了普及具体科学知识的任务。科学的发展日新月异，一旦知识过时，小说也过时了。这和过去某些图解具体政策的文学作品一样，政策一转变，作品就过时了。

当代的科幻小说不仅仅要描写科学技术本身，而应该更广泛地表现时代、社会和人的思维在科技革命浪潮下的演变，勾画一个即将到来的、激动人心的时代。杨振宁博士说，没有哪一个科学家是通过看科幻小说来学习科学知识的，但科幻小说的确能开拓广阔的思维空间。儒勒·凡尔纳的小说描写了乘炮弹去月球旅行。这种在人们看来是荒诞不经的奇想，却启发了苏联宇航事业的奠基人齐奥尔科夫斯基去研制现代火箭。“潜艇之父”西蒙来克称“凡尔纳是我生命的总导演。”克拉克的小说《太阳风帆》提出了利用太阳风去推动宇宙飞船的幻想，启发了美国的宇航科学家，引起了美国宇航局的注意。象《星球大战》《E·T》《日本沉没》这样在国外引起轰动的科幻电影，可以说没有多少科学意义，也没有很大的文学价值。但为什么大家喜欢？因为它很勇敢很大胆地幻想。专门从事研究中国科幻小说的英国女学者艾丽丝说：“我看中国的某些科幻小说缺乏大胆的幻想。如果让西方人读，他会认为不能算真正的科幻小说。”“灰姑娘”压着科普重担，不可能海阔天空地任意驰骋，变成了“有科无幻”的科学解释小说。所以“灰姑娘”要赢得众多的爱慕者，最重要的是她应该从某种模式中解脱出来，充分展示她动人心魄的魅力。这魅力，就是勇敢的幻想。这幻想或许不尽科学，却能激发创造力，引起发明创造。这就是科幻小说最主要的价值。

爱因斯坦说得好：“想象力比知识更重要；知识是有限的，而想象力是无限的。”毫无疑义，今日中国尊重知识、尊重人才的风气正在形成。但许多人还没有认识到“想象力比知识更重要”，没有认识到想象是产生一代科学巨人和大发明家的必要条件。

八十年前，鲁迅就认为，中国应当提倡科学小说。今天，四化建设这样一个好的气氛为科幻小说创作创造了良好的条件，中国应当产生儒勒·凡尔纳、威尔斯、爱伦坡和阿西莫夫、海因莱因那样的科幻小说大师。我们不能一等再等，等到鲁迅的话讲过100年之后，中国的科幻小说仍是一位可怜巴巴的“灰姑娘”。

1986年6月20日《人民日报》副刊头条，发表了谭楷的杂文《“灰姑娘”为何隐退》，否定了“伊林模式”

说着，我拿出一张七天之前（6月20日）的《人民日报》，翻开副刊，指着头条位置谭楷的署名文章《“灰姑娘”为何隐退》，说：“党中央的《人民日报》不会随便刊登文章，这是对中国科幻的表态。”

他一看报纸，乐了，反怪我为什么不告知他《人民日报》上登了谭楷的文章。最后，我跟他半开玩笑地说：“《红色娘子军》改京剧，你晓不晓得有一句经典的台词：‘打不死的吴清华，我还活在人间！’吴清华，打不死就厉害了，就要当大官、办大事。中国科幻，就是打不死的——吴清华！”

十年之后，'97北京国际科幻大会及成都国际科幻夏令营隆重召开。在成都科幻夏令营开幕那天中午，在中国酒城豪华的“流金岁月”西餐厅，相关领导为5名美国和俄罗斯宇航员、为来自美日欧的科幻名家举杯祝福。科幻世界杂志社特别将省科协副主席冯彬彬、虞文高请来出席宴会。虞文高与我频频碰杯，激动地大赞：“《科幻世界》干得好！大大提升了我们省科协在省上的地位。”

1987年春天，应泸定县委副书记孙前的“秘密邀请”，由《科学文艺》出面组织了“海螺沟笔会”。《人民日报》记者朱碧森、《当代》主编何启治、作家兼科学史专家姚蜀平、科幻作家姜云生、省新华书店的王书琼，还有编辑部的谭楷、肖开愚参加。

何启治编辑过多部当代经典小说，最著名的是《白鹿原》。他的夫人叶冰如是我尊敬的老大姐。她为《科幻海洋》和中国科幻的命运愤愤不平，患上了精神分裂症，长期服药在家静养。请老何出来走走，一方面是让他散散心，另一方面也希望我们的编辑趁机向他取经学艺。

姚蜀平化名华鸣子，在《科学文艺》上发表连载文章《他山之石》，颇受读者好评。姚蜀平毕业于中国科技大学，学的是核物理。后来，她转向研究科学史。她有一篇文章，分析在美国物理学家中占了七分之一的华裔物理学家为什么会取得非凡成就，非常精彩。流沙河先生在《光明日报》上读到这篇文章，拍案叫好，推荐给我看，我便给《光明日报》的盛祖宏写信，了解这位姚蜀平是何许人也。经盛祖宏做“中介”，我便与姚蜀平有了书信往来。当她应邀来成都参加海螺沟笔会时，流沙河先生和我一起去机场迎接。在我的记忆里，流沙河先生这一辈子，从来没有做过机场迎宾之事，迎接姚蜀平，算是唯一的一次。当时，姚蜀平在哈佛做访问学者，回国探亲时，正好有空到海螺沟走一走。

邀请我们去海螺沟的孙前，是从省委办公厅挂职下放在泸定当副书记的。在当时的甘孜州干部中，他绝对是一枚“异端分子”。他听信了中科院地理所一帮专家的“蛊惑”，认定海螺沟冰川与贡嘎山是明天的世界级旅游热点。当时的州领导认为孙前不去关注畜牧业，尽搞“空事”，对他没有啥好印象。我把《人民日报》记者请来，也是想请小朱实地考察海螺沟，为写内参收集资料。

姜云生是毕业于复旦大学历史系的科幻作家，功力深厚，他的散文也写得非常好，在海外华人报刊发表过多篇作品。

面对金光闪耀的贡嘎雪峰、千米高千米宽的大冰瀑布、热气腾腾的野温泉，我们怎不震惊、怎不赞叹！

在大森林漆黑的夜里，我们围火畅谈，谈到“观念”对人的影响，感慨良多。

——正如维克多·雨果所说：“中国真是一个保存胎儿的酒精瓶。”旧习俗顽固地传承，比如缠小脚，缠了几百年；比如剪辫子，有人拼命反对。一个错误观念植入之后，便难以根除。

姚蜀平说，走遍欧美，“旅游”已经是一种非常成熟的产业，中国却把它当作“不务正业”。相信有一天，甘孜州从上到下都会认识到海螺沟无与伦比的价值。

由海螺沟不被人认识，想到中国科幻的命运。是云太厚、雾太重，不被人们看好吗？总有一天，云开雾散，更多的人——特别是青少年——会迷上科幻，那就成功了——也许，我们不会等得太久。

老何认为，中国科幻需要出大部头、出精品。出一个凡尔纳，你扳不倒他，影响了一代青少年，就成功了。

我与朱碧森细细谈及“灰姑娘”的经历。我认为，最让人不可理喻的是各方面对“科幻”的苛责。苏联20世纪30年代的科普作家伊林的“模式”还是一些权威评论家坚守的“雷池”，那不能逾越的就是“用文艺来普及科学知识”。此模式对于写科学小品、散文之类的作品或许有意义，但要用科幻小说这种“文艺”来普及科学知识，就太“强人所难”了。

在改革开放之前，“左”风盛行之时，什么东西都是工具，这种思维惯性一直延续下来，成为顽固的脑瘤。于是，从1983年冬天以来，对“灰姑娘”的批判与指责蔚然成风，说穿了就是那么几个人，揪住科幻小说点滴的知识性毛病无限上纲，大加挞伐。一竿子横扫下来，中国科幻大萧条不可避免。

真得感谢杨振宁博士，这几年他常回祖国访问，看到地摊黄色报刊与武侠小说泛滥成灾，科普和科幻书完全绝迹，大为不满。他对记者说，没有哪一位科学家是通过阅读科幻小说来学习科学知识的。这无异于说“灰姑娘”没有必要挑起“普及科学知识”的重担！

杨振宁言简意赅地概括了“灰姑娘”的任务，就是让读者“大胆幻想”，“开拓广阔的思维空间”。

著名作家流沙河挺有幽默感地说，合作化时我们有解读合作化运动的小说，红了好多年，但一搞家庭联产承包，小说就过时了。同样地，科幻要当科学知识的解说员，将多么乏味！科学知识一过时，小说就会变得毫无意义。

当时，《星球大战》《E.T.外星人》和《日本沉没》等科幻大片已在中国热映，可以说它们没有多少科学意义和文学价值，但它们所展示的幻想非常大胆，让中国观众感受到冲击，这就是科幻的魅力。

我的《“灰姑娘”为何隐退》这篇小稿居然还送到了中宣部审阅。朱碧森说，中宣部有些老同志对“伊林模式”非常熟悉。他们说：“拿着鸡毛当令箭——人家苏联早就废弃不用的理论，我们还在当成令牌使用，太可笑了。”

《“灰姑娘”为何隐退》最核心的意义就是，我们必须走出“伊林模式”！《人民日报》发表这样的文章，意味着一种表态。对那几个动不动上纲上线批科幻的所谓名家，这等于是重炮还击！从此“不科学=反党”“科幻是普及科学知识的工具”之类的“高论”基本上偃旗息鼓。

2008年冬天，在纪念改革开放30年之际，我给《人民日报》副刊部写了一封感谢信。信中说：《“灰姑娘”为何隐退》的发表，极大地鼓舞了中国科幻的编辑队伍和作者队伍，使其能在艰难曲折中支撑下来。随着大环境的进一步宽松，“灰姑娘”终于旋舞到大舞台的中心，得到白马王子（中国的科幻迷们）的青睐，《科幻世界》成为全球发行量最大的科幻类杂志，为此，深深感谢《人民日报》！

2. 访问东瀛，大开眼界

1987年3月，《科学文艺》收到了岩上治代表“日本国中国科幻小说研究会”发出的邀请书，邀请《科学文艺》杂志社派代表参加日本第26届SF（科幻）大会。这不啻是对处于低潮的中国科幻强有力的支持，也是对编辑们很大的激励。

后来我们才知道，岩上治先生积劳成疾，患了肝炎，经住院治疗，病体初愈便忙着四处筹集经费，办理复杂手续，精细安排日程，为我们访日铺平道路。

8月9日上午，我和杨潇、向际纯、莫树清一行，从上海起飞，经两个多小时，便看到了云海中的富士山。这是以中国科幻名义的第一次出国访问。我想，中国科幻将记下这一笔：岩上治，是中国科幻走向日本、继而走向世界的坚韧不拔的架桥人。

在日本的日子里，我们自始至终都由岩上治先生陪同，他生怕我们吃不惯日本的饭菜，每顿饭都准备了韩国的辣白菜和辣椒油，以满足我们四个四川人吃辣椒的需要。

我们在他的书房里席地而坐，畅谈如何促进中国科幻的发展。

他的书房布局严谨，打字机、收录机、电脑一字排开，随时可以投入工作。在排列整齐的书架上，非常醒目地存放着一排排中国科幻小说集，不仅有饶忠华主编的《中国科幻小说大全》，还有叶永烈、郑文光、童恩正的作品集。难怪他对中国科幻小说的情况了如指掌，他的身边有一座小型的中国科幻书库。

喝着日本风味的大麦茶，岩上治先生有条不紊地陈述了他的见解：“中国要发展科幻，首先得有一个基础，还得大力普及科学知识。没有科学的普及，就没有科幻的发展。科普读物要先于科幻读物发展。其次，介绍国外科幻作品要慎重，一些幽默而不科学的作品，介绍给中国读者，会产生误会。另外，还希望能抓好对科幻创作的评论，贵州省的彭氏兄弟（指彭辛岷和彭仲岷），评论写得很好。优秀的评论会引导优秀的作品，这是互动的，希望能够给予重视。”

在此一年前，在首届中国科幻小说银河奖发奖大会后，岩上治参加了研讨会。他一针见血地指出了中国科幻小说的弊端——太拘泥解读具体的科学知识，生怕读者看不懂。他说，因为科学知识有一定的时间性，一旦知识陈旧了，小说也就报废了。

其实，岩上治早已经看到了“文艺是普及科学知识的工具”的所谓“伊林模式”对中国科幻的负面影响。

岩上治还介绍了日本的科幻大会。首届大会于1962年5月27日在东京召开，只有180人出席。那一次会上，有一个庆祝《宇宙尘》创刊5周年的活动。岩上以崇敬的心情，说到1957年由柴野拓美创办的《宇宙尘》，一本非营利的科幻同人杂志，团结了小松左京、星新一、筒井康隆、田中光二等几乎所有的日本科幻作家。柴野拓美是科幻作家、翻译家、组织家，他倾尽三十年心血，推动了日本科幻从萌芽到繁荣，直到走向世界。他介绍柴野拓美老前辈，有意无意间，给我们树立了一个学习的榜样。

由于我们的签证晚了两天才得到，未能赶上参加日本科幻大会。但岩上认为，一点儿也不用遗憾。日本科幻大会已经由科幻文学的盛会演变成动漫迷的嘉年华，这次大会有上千人参加，搞笑的节目占了大多数。手塚治虫甚至说，我爱的是科幻小说，这样的搞笑使科幻大会变得毫无意义。岩上治说，过几天之后，我们去东京，你们来日本的重头戏在那里。

在岩上家住了五天，我们参观了他供职的静冈县立浜北西高

会见日本科幻大师矢野彻（左三）、深见弹（左四）

在岩上治家门前合影

等学校（高中），并与校长亲切交谈。让我们感到新奇的有三点：

全校52名教师坐在一间大办公室，一名管理的副校长坐在一个略高的平台上，可以看到每一名教师在做什么。教师们的桌上没有水杯，没有报纸，有一台电话，铃声很轻。教师接或拨电话，全压低声音说话。这样一个安静严肃的空间，是教师们备课和修改学生作业的地方，而隔壁的休息室则备有咖啡、饮料、小点心，还可以下围棋。

另一件让我们感到有趣的是，学校广告栏公布了学生的牙齿状况，提醒某些学生该补牙、正牙——看牙医了。看来，学校对学生的关心细到了每一颗牙齿。

我们惊叹这所中学校的运动馆、室内篮球场之高档，胜过当时成都的省体育馆。学校办有学报、图书馆、资料室、打字室、化学实验室、美术室、音乐厅、摄影冲印室和专供女同学学做茶道、花道、烹饪的练习室。酷暑炎热的8月，正是学生放假的时候，但排球场、足球场、棒球场、游泳池等体育场地仍然吸引着不少学生来这里锻炼身体。我们离开学校时，校长池田周平弯腰鞠躬，欢迎我们再来。远远地，我们听见了学生管弦乐队正在排练交响音乐节的节目。那气势磅礴的乐音，使我感慨于日本青少年所受到的良好的科学文化教育，真是余音绕耳，让人难以平静。

以后的几天，我们参观了原子能科学馆、静冈县浜松科学馆、相良海水浴场、日莲宗本源寺，夜晚还观看盂兰盆会（相当于中国的清明节）的焰火，与科幻迷座谈等等。我们还看到整洁的乡间小路、没有污染的碧蓝大海、绣花一般做出来的农田，嗅到了荷花的清香。

8月15日上午，岩上治陪同我们乘新干线，从浜松前往东京，入住东京的浦岛饭店。这是野田昌宏的精心安排。

野田昌宏是日本科幻界的大腕，也是娱乐界名人。1987东京

“梦工场”就是他的杰作。

“梦工场”是用现代电子科学技术装备起来的，又科幻又好玩又刺激的娱乐场所。开放不到一个月，游客已经超过300万。走进“梦工场”，如同在梦中游。日本传说中的“鬼太郎”的家，阴森恐怖。通过电视电话，你可以与“鬼”对话，让人紧张害怕，继而又哑然失笑。漆黑的夜晚，“鬼”在你床前扭动，一抬手，“鬼”便朝你喷洒凉水。全息电影把你带入奇妙的神话世界：电脑控制的336台大彩电同时映出一个个怪兽的面孔，瞬间就变成了你的面孔，你的笑脸被无限放大，变成几万人在哈哈大笑。

走出“梦工场”，好多游客还在哈哈大笑。“梦工场”的成功，让我们看到了科幻的娱乐功能。

“你知道吗？科幻可以变成玩乐！”会见日本科幻大腕野田昌宏（中间戴帽者）

在东京新宿京王饭店豪华的咖啡厅里，岩上治先生陪同我们访问了日本著名科幻作家、翻译家矢野彻、深见弹。

矢野彻63岁，满头银发，目光如炬，精神矍铄。他是日本科幻协会会长，在日本科幻界享有盛誉。

深见弹个子瘦小，戴一副黑边眼镜，一开口就介绍说：“矢野彻先生是日本知名度最高的科幻作家。他早在1953年就到美国参加过世界科幻大会，是日本最早进行世界交流的作家。你们中国最熟悉的科幻作家小松左京、星新一，都深受他的影响。是他把欧美最优秀的科幻作品介绍到日本的。他写作、翻译了200多本科幻书。”

我们在祝贺矢野彻的成就时，矢野彻手一挥，豪爽地大笑起来。他由被介绍人变为介绍人：“深见弹先生是日本著名的科幻作家、翻译家，主要翻译东欧和苏俄的科幻作品，也就是社会主义国家的科幻作品。你们中国也是社会主义国家嘛，应当属于他的研究范围。”

开心一笑之后，矢野彻和深见弹谈起了日中两国源远流长的文化交流，他们熟知遣唐使对推动日本社会发展、促进日中友好交流做出的巨大贡献。他们认为：“今天，中日两国的科幻交流，是千年友好交流的延续，大家要共同努力，做好两国人民都获益的事。”

两位作家阐述了同一个观点：“科幻是一种武器，是发展科学的思想武器。科幻武器先在人类认知的荒野开疆拓土，科学才能跟上，才能前进。科幻也是一种世界语言，好作品没有国界，是人类共同的财富。我们期待着中国出最好的科幻作品。”

8月16日，柴野拓美先生因为身体不适，由柴野夫人陪同我们参观三家出版科幻读物的创元社、早川书房、德间书店。

这是东京最热的酷暑天，好在三家书店相隔不远，柴野夫人带我们步行穿过闹市，一家家拜访。

创元社每月出版5到6本新书，每种新书只印几百至一千册，先投入市场“投石问路”，每天都有信息反馈回来。若市场认可，立即开机加印。英美科幻的长版书年年筛选，销售好的一年后再版。店长向我们介绍，电传打字机时刻开着，每售出一本书都会立即反映过来，一切以市场为准则。

早川书店出版日本有名的《SF月刊》（SF就是科幻）。在和SF编辑室的编辑长新藤克己先生座谈时，我们注意到办公室的人除了相见时礼貌地点点头外，各自埋头工作，或轻声打电话，或轻声讨论稿件，肃静中透出一派快速运转的紧张气氛。10至20人工作一室，同时还要接待作者，竟然能够互相不影响。想到我们编辑部，六七个人在一室，一个客人来访，大家都得停下工作陪着——因为一个人高声说话，大家都无法工作，顿时感到日本同行们创造安静工作环境的经验，很值得我们效法。

在早川书店和创元社，我看到除了专门的SF刊物，还有印刷装帧很精美的SF书籍、SF画册、SF画刊、SF明信片。在日本，SF不是单纯地以小说形式出现，它是一个复合概念，包括美术、电影和电视、人物玩具、娱乐场等，多种形式都为群众喜闻乐见。SF小说推动了其他SF形式的发展，其他SF形式又使SF小说更加深入人心，这样相互促进，推波助澜，形成蔚为大观的“科幻现象”。

除了大量出版本国SF书，日本的出版社还大量翻译出版了世界各国的SF优秀作品。他们信息灵通，藏书丰富，掌握着全世界的SF发展动态。

“科幻的精髓是想象力和幽默。”日本的SF作家、评论家和爱好者都这样说。参观了三家日本科幻出版社后，我们充满信心，因为中国人不缺乏想象力，也不缺乏幽默。中国应该出现优秀的作品，也一定能够出现。

在日本的8天，日程安排得非常紧张。最紧张的是岩上治。

17日下午，在东京一座繁忙拥挤的地铁站，由于人潮涌来，杨潇、莫树清被挤得不见了。这个站上下六层，有若干出入口，犹如迷宫。岩上治急得上下奔走，终于找到两位女士，顿时，黄豆大的汗珠唰唰地从脸颊往下落，看着他湿透了的衬衣，我们有说不出的感激。

在20世纪80年代，岩上治给我们说得最多的话就是："希望你们一定要坚持，坚持就是胜利。"

一瞬间，30年后。

2016年，中国科幻小说银河奖颁奖典礼在北京举行。头发花白的岩上治与杨潇、我和莫树清、向际纯和中国科幻的老朋友们重逢，有说不尽的欢喜。我在一篇文章中写道：鲁迅笔下的那个对中国人非常友好的藤野严九郎，我们没法见到。但是，我们认识的岩上治，就是藤野先生那样的，永远值得中国人民尊敬的忠实朋友。

3. 改刊《奇谈》，准备检讨

在20世纪80年代创刊的杂志当中，刊名起得最好的就是云南省科协主办的《奥秘》画刊。一念其名：“奥——秘”就给人很炫很酷的感觉。况且，《奥秘》确实办得很好，出了大量的好作品。

当时，最火的刊物是广东的《家庭》和湖北的《知音》。《奥秘》还联合全国科普和生活类杂志，搞了一个期刊联盟，轮流当东道主，每年夏天吃“转转会”，各期刊编辑出去游山玩水，好不快哉！我还听到一种意见：你们《科学文艺》这个刊名，有点儿“老套”。

《家庭》主编，胖胖的、戴一副大眼镜的李骏来成都组稿，会上说的是一连串的“性”：“《家庭》以传播社会主义精神文明为宗旨，强调思想性与趣味性、理论性与通俗性、科学性与实用性、新闻性与文学性相结合。”

说了那么多“性”，实际上最重要的“性”是“可读性”。李骏首先将成都名作家流沙河、贺星寒、林文询等请到宾馆“喝茶”，请他们写名人的家庭生活，怎不扯眼球？对于《家庭》的办刊宝典，有人总结得好：“名人写，写名人。”

关于刊名，李骏对我说：“1982年2月创刊时，我们刊名是《广东妇女》，难听又小气。第二年，就改刊名为《家庭》。”

我也曾去武汉的《知音》取经，主编胡勋璧道出“八字真经”：“期期可读，篇篇扎实。”这对我们办刊很有启发。

在80年代的后期，中国的杂志界就掀起了改名潮流。老资格的《四川文学》改名为《现代作家》。省级文学刊物都去掉了省名，给人新鲜感。

1987年、1988年连续两年，《科学文艺》每期发行量已不足万册，每期发行量少于3万册，工厂要收取短版费；征订数少于3万册，邮局也就打入另册，加收一定比例的发行费。对于《科学文艺》来说，发行3万册犹如一道高高的山脊，可望不可即。

当时，我们就想如何要翻过3万册这个坎。剑走偏锋，决定取个怪名字，将《科学文艺》改名为《奇谈》。对于正统、正宗的传统文化而言，“奇谈”备受非议，但有“反其意而用之”的新鲜感：哥白尼的“日心说”、达尔文的进化论、爱因斯坦的相对论，在没被人认识之前，都曾被叫作“奇谈”。“好奇心”是人类孜孜不倦钻研科学的原动力。《奇谈》以发表可读性强的科幻小说为主，旨在丰富、扩展人们的想象力和创造力，树立科学的人生观——按如此解读，《奇谈》还说得过去。

但是，“奇谈怪论”是一个汉语成语，意思是“荒唐不近情理的言论”。即使将其截取一半，只用“奇谈”，人们还是自然要与“怪论”联上。此刊名意味着异端邪说，还没有正式改刊名，已经感到底气不足。

1988年9月，经省新闻出版局批准，《科学文艺》更名为《奇谈》。向“二渠道”征订，旗开得胜，一下子翻过了3万册那个坎。

狂喜之余，惴惴不安，不知是祸是福。

时至当年11月30日，杂志社收到了国家新闻出版署不同意更改刊名的文件，我们本应坚决执行，怎奈木已成舟，征订数已回，1989年第1期《奇谈》已发排下厂。我们只得硬着头皮向省局打报告，绞尽脑汁写下了《关于申请准许使用〈奇谈〉刊名的报告》，再次陈述办刊不易，申述更名缘由，保证办刊宗旨不变，云云。

国家新闻出版署和省局考虑到我们的实际情况，宽大为怀，批准我们试办《奇谈》，总算让我们松了一口气。

“二渠道”的书商们一致认为《奇谈》是个好刊名。用什么样的新面孔亮相呢？我们挑出了从日本带回来的《加藤直之画册》的一幅《黑驴骑士》，画的是一位戴盔披甲的蒙面勇士，穿越时光隧道，劫持一名现代女郎。为了避免女郎太裸露，美编向际纯亲手给她披上一层轻纱——这样的封面，让编辑们仍然有点“作贼心虚”的感觉，不敢带回去给自己家的中小学生看。

《奇谈》第1期，除了照例刊登科幻小说，为迎合市场的“纪实文学热”，请报告文学作家金平撰写了中篇报告文学《龙年之灾》，将刚刚过去的1988年（龙年）的灾祸“火车亲嘴儿，轮船沉底儿，飞机打滚儿，物价没准儿”一一罗列，可读性很强，一下子就引起了轰动：四川人民广播电台分12天连播，全国十几家报刊转载，真是轰动一时。没想到，这篇文章越火，越是盖过了当期主打的科幻小说，越会被认为“背离办刊宗旨”。

《奇谈》12万册的发行量还没让我们露出笑容，1月19日，用“中华人民共和国新闻出版署”红头信笺手写的信件，直接寄到了杂志社。这是针对《奇谈》的一封措辞严厉的批评信。

省新闻出版局也知道了出版署的态度，要我们“深刻检讨”，可能一两次检讨都过不了关。

春节前，省新闻出版局和省科协就联合召开会议，反复领会来函精神，编辑部全体人员列席会议。陈焕仁副局长告诉我们：我们的检讨是否过关，关系到刊物的生存。

当时，省科协刘国宣副主席分管杂志社。经杨潇向他详细汇报，他对“犯错误的前因后果”有了深入了解。他用一贯的嘻嘻哈哈、大事化小的态度，让省科协放心，事情到此为止，只会一步步“包包散”，不会给省科协添麻烦。

但是，我们必须写出深刻的、能一次过关的检讨。经商量，这一篇检讨由我执笔。这是决定杂志“命运”的检讨，也是我这一生难遇到的、也难作的一篇命题“作文”。

如何写好检讨？春节期间，合家团聚。我觉得很窝火，喝了几杯闷酒。给流沙河拜年时，我就发泄了一通。

当时，流沙河正在写《庄子现代版》。他半开玩笑半认真地说：“谭楷嘞，你们的哲学太单调了——你，还有杨潇，都相信拼搏，相信人生能有几回搏。我问你们：人生能有几条命？有些事情，做得差，该挨批；你太超前了，哪怕超前一点，人家不理解，你也该挨板子。”

蔡志忠赠谭楷画，流沙河在画上题词

这一段历史，在流沙河的回忆录里是这样写的：

当时各种事件起伏，使人希望，使人失望。谭楷就在这个时候最努力地工作，但也是由于这一年他的工作做得太超前了一点儿，后来就惹了麻烦，就让他检讨。前期谭楷就很苦恼，因为他想不通："我全部精力都投到这里面，怎么我还要检讨？"我当时就劝他，这些事情还要退一步看。于是，有个星期天我在他家中，人民南路，我就把《庄子》的一段原文背给他听，一句一句我给他解释："一受其成形，不亡以待尽。与物相刃相靡，其行尽如驰而莫之能止，不亦悲乎！终身役役而不见其成功，苶然疲役而不知其所归。"

这段话就是说累得脸上都没有表情了，都还做不完。一天到晚跑来跑去，连自己都不知道要回到哪里，不由人了，"可不哀邪！"这个事情想来还是很悲哀的，"人谓之不死，奚益！"人到了这个时候，活着就没有意思了，还不如死了算了，活得这么麻烦，既要检讨，又要痛苦，还想不通。"其形化，其心与之然，可不谓大哀乎？人之生也，固若是芒乎？其我独芒，而人亦有不芒者乎？"

谭楷并没有读过这些，但是他悟性高，马上就明白了。我认为《庄子》的好处就是安慰失败者，我和他都是失败者，不是什么成功人士，我们这些人永远不可能有什么成功。他付出了那么多精力，还要被弄去做检讨，不是非常失败是什么？《庄子》就是安慰我们这些人。我之所以研究庄子，到处讲课，后来还写过庄子，也跟这个有关系，就是退后一步的意思。因为谭楷那个时候应该是他最碰钉子、最想不通的时候，所以作为朋友，我现在看到几十年前给他写的这个条幅我很感慨，这个就是朋友之道。

流沙河不仅给我念了这一段《庄子》，还手书于宣纸上，赠给我做纪念。细品《庄子》，我心静如止水，不急也不躁了。

我想，检讨怎么写？与杨潇商量了一番，自定了一个标准：

态度诚恳，实事求是，文字平实，出自肺腑。

关键是，一定要经得起历史考验！

4. 检讨过关，收获有三

现在，重新阅读这份长达4800字的油印检讨，仍然感到亲切可读。因为，与其说它是一份检讨书，不如说它是一份诚恳认错、认真反思、澄清事实、胸怀坦荡的自白书。

其实，我们的错误集中起来有两点：

第一点，我们承认，用加藤直之的《黑驴骑士》做封面，格调不高。

同时，我们解释：选择有科幻特色的封面，一直是我刊长期头痛的问题。《科学文艺》是用内文的一两情节，画成水粉画做封面。读者普遍反映这种封面画没有科幻味，我们组织插画和封面稿越来越困难。中国的画家对现代科学知识非常陌生，想象力贫乏，加上画科幻画缺乏应有的资料，所以，找不到一个画家为我们画科幻画。有人说："那么复杂的飞船，我一个星期画不了一艘，太不划算了。"在科技发达的国家，科幻画已经是成熟的画种，而在中国，科幻画尚未萌芽。

为了选好《奇谈》第1期封面，我们翻尽了手中的资料，按四川话说："选来选去，选了个漏灯盏。"《黑驴骑士》做封面，社会效果不好，使我们警醒！今后，在封面选择上我们一定要注意社会效果，绝不走媚俗之路。

第二点，我们承认，《龙年之灾》罗列了灾难，造成了负面影响。

组稿之时，我们忽视了一个重要问题：如何让文章引导读者更多地用科学的眼光看待灾难，比如厄尔尼诺现象、温室效应、太阳黑子活动、管理科学漏洞，等等。现在看来，该文科学内涵确实不够，没有体现科学文艺的特色。

承认了两大错误之后，便是“借此机会，汇报中国科学文艺的现状”，将十年来办刊的困惑一一道来……

我们在“检讨与汇报”的最后表态：

请领导们相信，更改刊名绝不是为了更改办刊宗旨。科幻之外，增加其他栏目，增加可读性，以达到雅俗共赏，也是为了刊物的生存。而科幻外的其他栏目，一定要体现科学文艺的特点。

我们深知，若不发表科幻小说，若不提倡科学与文明相结合，《奇谈》也就没有存在的价值。

1989年3月16日，此检讨书以四川省科学技术协会文件的形式呈交国家新闻出版署期刊管理局，文件题目是“关于呈报《奇谈》杂志社的检查与汇报的报告”（川科协文〔89〕字第040号）。

此报告上交之后，北京方面没有任何动静，省上也不再有任何指示。我一阵忐忑不安之后，陷入编务，不再理会此事。

一位在北京办报的川籍人士消息灵通，他透露：你们的检讨写得太好了，期刊管理局的同志很满意，甚至有点感动。

杂志社的同人们终于松了一口气。

不久后，我出差北京，与省新闻出版局的一位同志一起去出版署，准备再做当面检讨。那时，总署机关所在地正在重新装修，办公地迁到了一居民小区内。由于省局那位同志临时有事，我只得一人硬着头皮去拜访期刊管理局的领导。

好不容易找到期刊管理局期刊处，接待我的正是写信批评我刊的张泽青——一位戴着眼镜、书卷气十足的女生（后来担任新闻报刊司副司长）。她态度和蔼，端茶让座，并直率地说：“你们的检查汇报我反复读过了，写得很平实、很认真，局里领导表示认可。不错，不错。”

她一句轻轻的表扬，反而让我无比感动。

我说："张泽青同志，10年啦！这10年我们干了些啥？上面没有给我们一分钱，我们完全自负亏盈，自生自灭。我们跟书老板一起拼搏。书老板五马六道，挣得多，挣的全归自己；我们奉公守法，挣得少，挣的全贴进了刊物。这是为什么？我们是不可救药的理想主义者，相信我们举的是振兴中国科幻的大旗。现在大家还没有认识到科幻的重要性……随着现代化的进程，中国科幻一定会有大繁荣的一天。但是，这得有一个过程，探路就很可能走错路、犯错误，若判了死刑，'中锋在黎明前死去'……"

她非常认真地听了我的"牢骚"，说了一句："我们的批评信你完全读懂了？"

我突然猜出她要说什么，急忙说："收到了中华人民共和国新闻出版署的信——一封严厉批评的信，省局、省科协的领导都紧张得不得了。我反复读了你写的信，也很紧张。但是，最后一句太棒了：'很希望听到你们的意见。'这就是还让我们申诉，没有一棒子打死，留下一条活路啊！"

她会心地一笑。

没料到，张泽青一直把我送到小区门口。此后，无论是电话汇报工作，还是赴京开会，刊物遇上点麻烦事，我都向她汇报。1998年初，市面上出现盗版《科幻世界》，她立即处理，非常果断。

既然《奇谈》这个刊名不好，是否可以再改刊名？张泽青说："哪能够说改就改呢？一个刊名至少两年不能变更，两年后再说吧。"

有一次赴京开会，有幸聆听期刊管理司司长张伯海做报告。他以大视野、大数据和经典实例全面阐述全球期刊发展状况及动向，对中国期刊的出路、做好期刊的经验条分缕析，鞭辟入里，完全是一位学问大家在做学术报告。

张伯海这个名字我早已从何启治、刘茵那篇记叙《鲁迅全集》编辑工程的报告文学《播鲁迅精神之火》中得知了。

原来，张伯海1956年毕业于山东大学中文系，在山东教书期间，被人民文学出版社借调到“鲁编室”编纂了多年《鲁迅全集》，后调入新闻出版署。张伯海治学严谨，功力深厚，为人厚道，谦虚谨慎，是罕见的学者型官员。听了报告以后，我便与他有了工作联系。

以后取什么样的刊名呢？走过弯路的我们慎之又慎，在刊物登“读者意见表”征求意见。李斌（北京）、许丹（四川）、杨松涛（新疆）推举的刊名《科幻世界》从数百封读者来信中脱颖而出。

《科幻世界》，定位准确，特色鲜明。1990年11月19日，国家新闻出版署发文“同意《奇谈》更名为《科幻世界》”。

改刊名的手续办得很顺利。省新闻出版局原计划安排我们向张伯海司长汇报，但张司长说：“大家都很忙，《科幻世界》的同志就不用来京汇报了，祝他们成功！”

科普出版社社长金涛称，改版是中国科幻界的一件大事，因为《科幻世界》创刊伊始，“几度易名，几度起落，绝不是孤立的现象，而是集中反映了中国科幻小说走过的风风雨雨的艰难旅程”。他希望改版将结束中国科幻作品“实在太少”的局面，培养一大批具有新世纪眼光的科幻作家。

转瞬之间，20年过去了。

1999年4月20日，庆祝《科幻世界》创刊20周年暨郑文光70大寿的盛会在清华大学蒙民伟楼举行，张伯海在会上做了热情洋溢的讲话，并给郑文光颁发了“中国科幻终身成就奖”。

又过了18年，2017年，中国科幻银河奖颁奖大会在北京举行，张伯海答应与会，可惜最终因身体不适，未能成行。张泽青代表老领导张伯海向科幻世界杂志社的同人们表示热烈祝贺。

为《奇谈》做检讨，让我结识了张伯海、张泽青二位真诚的“上级朋友”，还赚得流沙河墨宝一幅。

一日，流沙河戏言：从前，有代写书信的“写字先生”，你可以打出“代写检讨”的旗号，招揽生意。旗上可写：

代写检讨，保证深刻；一次过关，收费合理。

第五章　青山遮不住，毕竟东流去

1. 杨潇单枪匹马闯圣马力诺

几十年来，我一直在心中琢磨：杨潇是不是因为在山西插队太久，染上了“山西婆姨”的“抠门儿”习气？

在《科幻世界》，大吃大喝是不允许的。卖掉一本杂志，才能挣三毛钱；卖掉100本杂志，才挣30元钱！卖掉300本杂志，才挣100元不到。这个账，人人心中清楚。节省开支，成为大家默守的规矩。

有一次去北京组稿，会后吃便餐，满桌是胃口极好的作者。我没料到京城的这家饭馆如此坑人，一个个大盘子，周边放一圈炸虾片，盘心内容单薄，来一盘就被扫光一盘。与我同行的编辑邓吉刚热情爆棚，不断喊加菜，我心中默算，我带的差旅费不够了，回不去了。于是伸出一只脚，踹了他一下，他没有感觉；再踹他一脚，他浑然不知其意，反问我：“你龟儿踩到我的脚了，没感觉？”幸好大家也吃得差不多了。事后我对吉刚说：“你晓不晓得，你再点几个菜，我俩就得讨口回成都了！”

成都人有一句俗语：外面走一趟，风都要抓一把回来。

我去四川电视台，朋友说：“我们的笔记本不错，要不要一个？”我说：“你要真心送，就送我一箱。”于是，我就扛了一箱笔记本回去。还有，四川少年儿童出版社也送过我们一箱笔记本，全都供大家使用。

一次大型运动会之后，省体育馆积压了大批饮料。他们的办公室主任认得我，经过一番交涉，把几十件饮料直接送到了杂志社。

了解我们的朋友都知道，我们没有“皇粮”可吃，所以他们总想给我们一些帮助。巴金文学院常务副院长张人士，20世纪80年代曾在富饶的广汉县任新丰乡乡长，他多次向我们提供质优价廉的大米、菜油，还有香肠、腊肉。

也许那时候，理想主义的火炬仍在心中熊熊燃烧。我曾在一篇日记中写下了我们的作风与精神状态：

有一个坚定的信念在编辑心中闪耀：坚持，坚持，为了中国科幻的明天！在寒风呼啸的日子，编辑们骑着自行车，到一所又一所学校去组稿，去宣传，征订刊物；在电梯停运的时刻，编辑们手抱肩扛，把上万册图书和刊物搬上10楼；在运力紧张的日子，杨潇脱下高跟鞋，蹬上三轮车；在作者写稿遇到“卡壳”的时候，编辑与作者反复讨论，想办法出主意，通宵达旦……

那时，专业作家和专业画家的身份诱惑着编辑，经商发财的路子刺激着编辑。在名利与奉献之间，我们选择了默默无闻的奉献。

1989年3月18日，在我们呈报了“《奇谈》杂志社的检查与汇报”不久后，杨潇就收到了世界科幻专业协会（WSF）主席诺曼·斯宾雷德（Norman Spinrad）的邀请函，请她出席1989年的WSF年会。

1987年的日本之行让我们感悟到：只要中国向着现代化迈进，中国科幻必然会有美好未来。为此，我们当编辑的必须要有“世界眼光”，其唯一的途径就是走出去！

5月12日，杨潇就独自飞向罗马，去参加国中之国圣马力诺举行的世界科纪专业协会（WSF）年会。出发之前，杨潇心中还揣着一个秘密任务——争取1991年的WSF年会举办权！

1989WSF年会在圣马力诺召开，这是科幻作家出版家的专业会议

为什么一个人去？机票太贵。从北京飞罗马要15000元。算一算，要卖多少本杂志、卖多少本《晚安故事365》才能凑够这一笔钱？

杨潇的"抠门儿"让她吃够了苦头。

请的翻译病了，不得不在当地请翻译。当地一名留学生按小时算工作量和工资，要求付700美元，被杨潇当场拒绝。

所以，在WSF年会上，世界科幻名家评价说："杨潇以少少的英语、大大的决心，取得了成功。"

当时她手上只有两本英汉、汉英词典。除了照着英文稿向众科幻作家介绍中国科幻之外，她还向大家发出邀请——请大家出席1991年在成都举办的WSF年会！

中国要办WSF年会？有什么优惠条件？飞机票可以打折吗？吃、住、行费用估计得多少？成都在哪里？杨潇听不懂老外问什么，卡在个别词汇上，只得现翻词典，越急越忙……

老外纷纷摇头：不懂，不懂，听不懂啊，交流实在困难。杨潇急得出汗。好，暂停，休息。

好在斯宾雷德夫人与柴野拓美夫人救难解危——汉语译日语、日语译英语，把杨潇要表达的内容一条一条厘清。这下子明白了：中国，成都，向世界科幻作家发出邀请，请到成都来参加1991年的WSF年会！

中国？成都？全世界的科幻作家都充满了好奇心。英国的布赖恩·奥尔迪斯（Brian Wilson Aldiss）是WSF中的超级大腕，曾经到过中国，印象好极了，他一表态赞成，影响了一大片。

12∶9，中国胜波兰，取得了1991年WSF年会的举办权。

关于这一段描述，杨潇有更详细、更精彩的回忆录，请阅读她的《仰望星空》吧！

2. 如果中国申办科幻会失败了，将是WSF[1]的耻辱

由于西方舆论的影响，许多国家的会员对1991年的WSF年会能否在成都召开表示怀疑。波兰乘虚而入，在《WSF通讯》上致各国会员，鼓动大家去波兰，不要支持中国。WSF主席诺曼·斯宾雷德也倾向于在波兰举行1991年WSF年会。

1989年7月，日本“中国科幻小说研究会”会长岩上治不顾政府劝阻，带领全家访华，受到四川省委常委、宣传部部长许川的亲切接见。岩上治支持中国举办WSF年会，并表示要动员更多的日本作家和科幻爱好者来华参加会议。

于是，1991年WSF年会能否在成都举行，成为全世界科幻人士和新闻媒体十分关注的重大问题。

WSF秘书长李·伍德女士（Lee Wood，斯宾雷德夫人）来信通知杨潇，在荷兰海牙举行的1990年WSF年会上，将再次投票表决1991年WSF年会能否在中国成都举行。

为了1991年WSF年会能在成都召开，四川省外办和四川省科协决定，由杨潇和美编向际纯，加上省外办的资深外交官申再望当翻译，联合组成三人代表团，赴荷兰海牙出席1990年WSF年会。

① WSF（World Science Fiction, The International Science Fiction Association of Professionals）直译为“世界科幻·国际科幻专业协会”，是一个由专业科幻人士构成的国际性协会。中文译名曾有“世界科幻协会”“世界科幻小说协会”“国际科幻专业协会”等，本书统一译为“世界科幻专业协会”。

1989年8月，岩上治带全家人访华并游峨眉
前排左起：李植荣抱邱岚（左一）、胡小鸥（左二）、岩上的儿子岩上尚弘（左三）、杨潇抱周骐（在岩上儿子前面）、岩上的女儿岩上圣佳（左四）、周兴维女儿（左五）、李植荣女儿（左六）、向帆（左七）、秦学玲（左八）；后排左起：莫树清（左一）、向际纯（左二）、谭楷（左三）、岩上治（左四）、胡季英（左五）、李理（左六）、官泳松（左七）、周兴维（左八）

请注意，省外办派出的是翻译申再望。申，是申请的申，再望就是胜利在望之意。对于申办WSF来说，这是一个非常吉利的名字。

临行前，代表团成员向外交部西欧司法国处做了工作汇报。法国处赵处长认为：“形势不乐观。好些法国人当主席的国际组织对我们的态度都不太友好。国际档案会议的主席是法国人，他为了制裁中国，甚至把原定1991年在中国召开的会议推迟到了2000年。”

此行经费完全由杂志社负担。为了节约开支，代表团决定坐火车，从北京经西伯利亚前往莫斯科，再从莫斯科转车华沙，从华沙转车到柏林，从柏林转车到大西洋边上的海牙，总行程是8

英国科幻大师奥尔迪斯（左）与WSF主席爱德华兹亲切交谈

天8夜。

8月22日，1990年WSF年会开幕。令所有会员感到震惊的是，中国代表团居然是坐了8天8夜火车来的。他们热烈鼓掌，说这可真是“太科幻”了，从地球那边的太平洋西岸，横穿欧亚大陆到大西洋东岸，几乎绕了半个地球，实在是了不起。

申再望、杨潇、向际纯，三个中国代表一脸疲惫，因双腿肿胀而走路不太利索——这一切，反而给大多数代表留下了好印象。

代表团出访之前，认真学习了中国取得第11届亚运会举办权的经验，精心准备了介绍四川改革开放成果的英文版录像《四川走向世界》。在此之前，已通过寄照片、圣诞卡、通信等方式，宣传了中国经济建设蓬勃发展的情况，为争取1991年WSF的举办权做了很好的铺垫。

还没开始表决，波兰代表团就提出提供优惠飞机票，鼓动各国会员去波兰。中国代表团在会场上精心布置了“中国角”，展出介绍中国成就的图片、图书和工艺品，大大缩短了中国和欧美各国代表的心理距离。中国代表团播放的录像和精彩的发言，更博得与会代表的阵阵掌声。经过辩论，最后表决时中国以28票对12票大胜波兰。诺曼·斯宾雷德当场宣布：1991年WSF年会在中国成都召开。

表决中，苏、美、英、日、瑞典、爱尔兰等国家代表均投票支持中国，其他国家则支持波兰。会上，还选举了英国的马尔科姆·爱德华兹（Malcolm Edwards）为新任主席，他也是投票支持中国的。

海牙会议的胜利消息传出之后，新华社、人民日报、中央电视台等媒体迅速报道了这一喜讯。全球华人科幻作家、科幻爱好者无不欢欣鼓舞。

特别值得一提的是，英国科幻大家奥尔迪斯的态度非常鲜明：“政治的争执是一时的，东西方之间的对话和了解是长期的。人民之间的友谊是永恒的，我们不要跟着政治风云走。”

奥尔迪斯的表态为中国争得举办权起到了关键作用。

他发言时，全场安静。高大硕壮的他声若洪钟，手指着“中国角”展览说：“中国代表团为1991年的WSF年会做了充分准备。如果让他们空手而回，是他们的耻辱，也是WSF的耻辱！”

3. 在京城，挨家挨户自述清白

童恩正讲过一个故事。说北京某大学有一位教授，一生坎坷，但很有学问。终于有了一次机会，他应邀参加国际会议，发表他的论文。就在他准备跨出国门的时候，公安部门收到一封信，说是教授要叛逃。他就被挡下来，接受调查。调查了两年，才发现此信内容纯属恶意编造。教授因受打击，一病不起，一生的心血就被一封信给毁了。他讲了这一则故事不久，此情节再现，他的一个学生准备赴日本开学术会研讨会，也被一封匿名诬告信拦下。

童恩正感叹道：诬告者只花了8分钱邮票，就毁了一个人。

一封诬告信的威力有多大？在难忘的1990年秋天，我们领教了。

“国际会议，弄不好就开成国际玩笑。”这是1990年秋天科幻世界杂志社的流行语。那时，我们正在紧张筹备好不容易争取来的1991年世界科幻专业协会（WSF）年会。

没想到那年10月，上级主管单位四川省科协突然通知我们，年会可能开不成了。因为北京有一位署名“柯之”的大牌记者打了个小报告，说世界科幻专业协会这个组织有问题，主要成员有问题，到中国来开会的目的有问题。三大问题，实在吓人！

真让人哭笑不得，好不容易争到的举办权，不要了？

主管国际学术交流的国家科委9月份就下了正式批文，同意1991年WSF年会在成都举办。根据国家科委批复，四川省外办已经向国外的WSF会员发出了“国际会议正式邀请书”。

为了办好年会，当好东道主，四川省成立了以韩邦彦副省长为主任的筹委会。筹委会由省外办、省科协、省公安厅、团省委、省林业厅、省广电厅等单位同志担任委员，并下设办事机构，全面开始会议期间的各项工作，从开幕式、颁奖会到学术会议、工作会议等，事无巨细，一步步安排落实。

记得当年省政府召集筹备会时，刘鹏代表团省委出席，他表示：科幻面向人类未来，优秀科幻作品有益于青少年成长，坚决支持在成都召开WSF年会。不久，他就调任共青团中央书记处书记，后来调任中宣部副部长、国家体育总局局长等职，其间多次表示对中国科幻的坚决支持。

如果这样一个正在紧锣密鼓筹备的国际会议突然宣布不开了，是不是一个大大的国际玩笑?

我们唯一的办法是：针对小报告，上京辩诬。

于是，四川省科协副主席刘国宣带上杨潇和我，向中国科协、国家科委、中国对外友协、中国科普作协等国家级机关和领导单位，一个接一个地去“自诉清白”。

郑文光的夫人陈淑芬时任中国摄影家协会党组书记，她说：“你们一点儿也不用着急，心平气和地把小报告上提出的问题解释清楚就好了。现在许多国际会议都不在中国开了，反华势力想孤立中国，能在这样的大环境下争取到一个国际会议在成都开，是件大好事。你们要相信，最后结果肯定是好的。”

她建议我们最好带上书面报告，汇报时就呈交书面报告，让首长花最少的时间，清楚地了解情况，做出判断。

她还向我们推荐了文字严谨的吴家谨大姐。吴家谨大姐在《诗刊》当编辑部主任，我认得，她发过我的诗稿。见面后，我们开始字斟句酌，顺利写成了《关于1991年世界科幻年会的汇报》。

一连几天，我们马不停蹄，从这个大机关到那个机关，向首长们自述清白。经常遇到秘书说：“你们等一等，首长很忙。”“你们不要急，等首长安排接见吧。”“首长有事，改在明天下午吧。”

一天中午，我们去得早了点，首长在午休。我们在走廊上戳着，走也不是，因为出去了再进这个机关手续麻烦。戳在那儿也挺难受，因为不断被来往的人盘问：“你们是哪儿来的？”

我们给每位首长汇报的就是三个问题：

首先，WSF——世界科幻专业协会——是什么组织？

据我们了解，WSF成立于1978年①，是在世界科幻大会的基础上发展起来的、具有权威性和联络性的学术组织。WSF的会员有阿西莫夫、海因莱因、克拉克、奥尔迪斯、小松左京等知名科幻作家。

因WSF秉承对中国友好的原则，1983年、1989年、1990年，我国曾先后三次派代表出席年会。出席年会的都是世界各国的知名科幻作家、编辑家，讨论的是环境污染、机器人、外星生命、飞碟、宇航等科幻题材。

报告上断言：“这个WSF并不是一个严肃的学术组织或科普作家组织。”言下之意：因其成分复杂，是个乌合之众——这样下结论是非常荒谬武断的。

---

① 1976年，爱尔兰都柏林举办第一届世界科幻作家大会（the First World Science Fiction Writers' Conference），WSF在本届大会上成立，1978年举办第二届（正式以WSF为名的第一届），此后除1992年未召开外，每年一届，1993年第16届举办后不再举办年会。WSF成立的主要目的之一是为当时资本主义国家和社会主义国家的科幻作家提供接触和交流机会；20世纪90年代后，随着冷战结束，WSF认为专门成立组织举办此类活动的必要性降低，活动逐渐减少；2002年，WSF正式停止运作。

其次，我们要澄清事实：英国著名科幻大师奥尔迪斯不是“偷偷摸摸来到中国”，而是1979年应中国政府邀请，作为“英国名人访华团”一员访华，受到邓小平同志接见，并长时间会晤。

这帮名人中有中国读者非常熟悉的毛姆、格林等大作家，还有奥尔迪斯，怎么能说是“偷偷摸摸来到中国”？从香港游过来吗？

我们向上级出示了《人民日报》相关照片和文字报道。

受到小平同志接见后，奥尔迪斯非常兴奋，写了一篇《飞向“长城”星球》，用幽默诙谐的笔调称：“中国是另一个星球，像科幻世界亲善的外星球一样。”他这篇文章的译文登载在1981年中国科普作家协会的《参考资料》上。文章洋溢着对中国友好的感情，由于翻译的粗疏和理解的差异，此文引起了一些误会。

1991年WSF成都年会的中外科幻作家，到熊猫之乡卧龙参加联欢活动

比如说“我打算去吸收几名资本主义的中国作家，参加世界科幻小说协会”这一句，单独看似有问题，但联系前文“我对新加坡怀有旧情，所以希望在途中（指新加坡）吸收几名资本主义的中国作家……”显然，这里的“中国作家”应为“华人作家”；又如文中不乏西方人对中国的某种偏见，但紧接着是对中国人民生活安定的赞扬，他说：“但是，有些印象却是不能忘怀：中国人悠然自得，在各方面都那么热情，那么友好。”所以他“对中国人民是有感情的”。

报告由以上两个“问题”整理出结论：一个乌合之众的烂组织里有一位大师，妄图“吸收几名资本主义的中国作家，参加世界科幻小说协会”。那么，他们一伙来中国开会，不是来搞“和平演变”又是干什么？

这份报告中最厉害的一句是“吸收几名资本主义的中国作家，参加世界科幻小说协会”——但是，奥尔迪斯所说的是“去新加坡”啊！

当时，一位部长秘书细细对照小报告与《飞向“长城”的星球》之后，怒不可遏地说：这完全是“四人帮”整人的那一套手法。

通过摆明事实，很快揭穿了诬陷，“小报告风波”平息了。

记得最后一次是走进一座古色古香的四合院，拜访全国政协常委、中国科普作家协会理事长叶至善。叶至善两撇长寿眉毛微翘，酷似他的父亲叶圣陶。

叶圣陶可是我心中的圣人！四岁半上小学时，读的是开明书店出版、叶圣陶编的《国文》课本；初中时，读叶圣陶的长篇自传体小说《倪焕之》；后来，在1981年的全国七省市科学夏令营，又认识了叶圣陶的孙女、《中国少年报》主编叶小沫。我心想，对于这位诗礼传家的叶氏，只有顶礼崇拜的份儿，且听老人家说吧。

叶至善身体欠安，间或咳两声，坚持认真听完汇报后，他说：“好了，你们汇报的情况，我知道了。”

前前后后，也就是20分钟。他说“知道了”，就是中国科普作协的表态。大概是向“外交口”的中国对外友协汇报之后，余下要汇报的国家级单位就不再听我们“自述清白”了。

我们不停地说重复的话，也快变成呆板的复读机了！

后来，中央为了稳妥起见，派国务院秘书局袁隐处长和国家科委李小夫同志参加WSF会议。会后，他们都评价会开得不错。1997年，当我们申办国际科幻大会时，李小夫已是国家科委国际合作司会议处处长了。他为我们一路开绿灯，并说1991年已经把我们了解透了，我们是真心实意为中国科幻事业勤奋工作的有志之士。

1990年北京那个金色秋天，我没有一点心情去欣赏红枫、黄菊，婉拒所有朋友的宴请，一门心思去“表白”——

我们办WSF年会是为了发展中国的科幻事业……

潜台词是：我们是爱国的！我们是爱国的！我们是爱国的！

1990年至今，33年过去了。为写回忆录，我重读那份小报告，就像面对黑洞洞的枪口，一股杀气袭来，仍令人不寒而栗。

4. 1991，这是WSF最成功的年会

1991年3月，四川省外办和四川省科协在省政府会议厅宣布：1991年世界科幻专业协会（WSF）年会将于5月20日在成都举行。中外记者大为兴奋，消息很快传遍全世界。

成都无线电七厂、峨眉山矿泉水、广州森林音响等赞助商纷至沓来。正当杂志社热火朝天准备会议之时，一大瓢冷水泼来——

原来，美军要“解放科威特”，激怒了伊拉克总统萨达姆。萨达姆扬言要报复，欧洲各大航空公司取消了必经中东飞往中国的航班。WSF主席爱德华兹、英国科幻大师奥尔迪斯、德国科幻作家托马斯·梅尔克（Thomas Mielke）等一大批欧洲科幻作家预订的机票全部被取消。WSF主席和欧洲科幻作家不能到会，还算是世界年会吗?

WSF的1991年年会才宣布了在成都召开，几天后又要被取消，这不是开国际玩笑吗?

情况反映到省政府，省外办立即通过外交部与中国驻英、驻法大使馆取得联系，请使馆协助联络中国国际航空公司，向出席1991年WSF年会的十几位欧洲科幻作家提供优惠机票。国航立即与科幻作家们取得了联系，欧洲科幻界一片欢呼声。

5月20日下午3时。锦江大礼堂前，龙腾狮舞，热闹非凡，1991年WSF年会揭开序幕。

出席年会的有亚、欧、美洲16个国家的45名海外科幻作家，以及150名中国科幻作家、编辑、记者。其中，有WSF主席爱德

华兹，美国著名科幻作家威廉森，美国科幻杂志《轨迹》主编，WSF前主席、英国著名科幻作家奥尔迪斯，WSF前主席、美国著名科幻作家弗雷德里克·波尔（Frederik Pohl）及夫人伊丽莎白·赫尔（Elizabeth Anne Hull）博士，WSF德国分会理事梅尔克和夫人，日本著名科幻作家柴野拓美和夫人，捷克科幻杂志《太空船》主编奥尔沙，中国著名科幻作家郑文光、叶永烈、肖建亨，中国台湾《幻象》科幻杂志主编吕应钟，中国科普作协理事长王麦林，新华社新闻研究所所长文有仁，著名作家韶华，著名翻译家傅惟慈、董乐山等。

四川省省长张皓若、副省长韩邦彦等出席了开幕式。

韩邦彦副省长和爱德华兹主席先后发表了热情洋溢的讲话。由《科幻世界》主办的第三届中国科幻小说银河奖征文大赛和文化部少儿司、中国科普作协与14家期刊组织的全国科幻小说征文

1991年世界科幻专业协会（WSF）年会

大赛，在年会上举行了颁奖仪式。

接下来的两天是卓有成效的学术交流。

这届年会收到22篇论文。有9名外国科幻作家、12名中国科幻作家在学术交流会上发言。由于代表们发言踊跃，不得不延长会议时间。

美国科幻作家波尔以自己的创作经历为例，谈及科幻小说对启迪智慧、培养想象力的重要作用。中国台湾《幻象》科幻杂志主编吕应钟认为，中国拥有丰富的神话故事资源，为科幻创作提供了丰富的养料，我们应当创作出有中华民族特色的作品。杨潇着重谈到科幻普及和大众化的问题。与会代表均认为，学术交流取得丰硕成果。

5月22日下午，由17辆中巴车组成长长车队，驶向汶川县卧龙自然保护区——举世闻名的熊猫之乡。这里除了中国大熊猫保护研究中心外，还有依山傍水、竹木茂密的熊猫苑。与大熊猫合影是高规格的贵宾待遇，为此，研究中心特别放出了性格温驯的大熊猫安安，让它与代表们合影留念，代表们都感到惊喜。

夜幕降临，皮条河涛声如鼓。在“熊猫之乡”广场上，由奥尔迪斯代表欧洲、柴野拓美代表亚洲、波尔代表美洲，点燃了三堆篝火。金色的火焰腾起，奔放的乐曲声响起，顿时，中外科幻作家被卷入欢乐的海洋，与当地青年跳起了热情奔放的锅庄。

这不仅是科幻的盛会，也是中国少儿出版的盛会，上海、北京、四川、辽宁、安徽、山东、山西、天津、河南等20家少儿出版社派出了代表。

这不仅是科幻的盛会，也是科普与少儿报刊的盛会，《中国少年报》《课堂内外》《奥秘》《知识就是力量》《科学24小时》《儿童时代》《百科知识报》《家庭生活指南》《我们爱科学》《科学之友》《宝鸡科技报》等10余家报刊派出了代表。

那个狂欢之夜，啤酒300瓶、果汁600瓶，根本不够喝。

那个狂欢之夜，锅庄跳不够，一直持续到深夜。

第二天上午，车队驶向大山深处。千仞绝壁屹立在银厂沟沟口，绝壁之下，是雪浪澎湃飞溅的激流。沿着岸边，有一条较为宽敞的路，很适合散步。

王麦林、文有仁两位科普界老前辈难得一聚，边走边畅谈往昔；黄伊、王扶两位功勋老编辑在1986年成都颁银河奖时见过面，科幻使他们5年后喜重逢；湖南少儿出版社的杨实诚当过郑文光作品的责任编辑，能为郑老师推轮椅感到十分高兴；沙孝惠和冯中平，一个上海一个新疆，相隔数千里变成了零距离……

那时节，满坡紫杜鹃正在盛开，郑延慧、钟制宪、叶小沫、苏曼华、资民筠、张静、李容、刘海虹、张蓉、赵颖等中国科普科幻界的女编辑与女作家，扎堆在沟里摆Pose照相，仿佛要与山花媲美。

那次国际会议还有印象深刻的三件事：

一是，韩邦彦副省长平易近人，会议筹备期间遇到的任何问题，只要向他汇报，总能找到解决的办法。他办事作风严谨而细致。在省科协招待所，他检查了每个卫水间的抽水马桶，以及冷热水开关。见到外国科幻作家，他能顺畅地用英语交流，让人打心眼儿里佩服。

二是，那时广告业刚刚兴起，省科协的11层楼是人民南路的第一高楼，比较抢眼。这栋高楼为WSF年会挣了不少广告费，支撑了会议的部分开支。所谓“跑广告”，就得有熟悉业务的人去“跑”。万事开头难，只要选好项目找对了人，成功也不难。

三是，卧龙突然来了300多位贵客，住房非常紧张。我在笔记本上画上平面图，每间房安排几个人，改来改去，最后还是出了错，把黑龙江教育出版社的男编辑张希玉安在女同胞的四人间去了，引起哄笑。

由于安排住房，我牢牢记住了傅惟慈、董乐山两位大翻译家。

傅惟慈老师精通英、法、德、俄四国语言，译著有毛姆的《月亮和六便士》、奥威尔的《动物农场》和《1984》（与董乐山合译）、托马斯·曼的《布登勃洛克一家》；

董乐山老师的译著很多，介绍他只用提起大家最熟悉的《第三帝国的兴亡》，就会让人万分惊喜。

董乐山和夫人一起来开会，非常低调。在卧龙管理局招待所，带卫生间的标间只有6间，稍好一点的双人间也不足20间。我们确定了先外宾后内宾，先安排岁数大的再安排年轻一点的，结果，床位太紧张，董乐山夫妇不得不分开，各自入住四人间。

1991年世界科幻专业协会(WSF)年会

5月23日早上，我早起去向董乐山夫妇道歉，他俩反倒高高兴兴地在皮条河边上散步。董乐山说："昨天晚上，我结交了三个年轻朋友，我的太太也结交了三个年轻朋友。大家都很兴奋，聊得很开心，如果不住同一间寝室，还不可能有这样的收获呢！"

董乐山的几句话让我牢记几十年，一生难忘怀。我想，什么是大师，这就是真正的大师！

5月23日下午，本应返回成都，突发泥石流断了路，全体代表不得不在卧龙滞留一夜。其过程，在下一节详述。

5月24日夜，在岷山饭店举行了1991年WSF年会闭幕式：爱德华兹主席宣布为表彰中国的《科幻世界》为繁荣中国科幻创作、促进中外科幻交流所做出的贡献，授予《科幻世界》最佳科幻期刊奖。中国科幻翻译家郭建中、王逢振分别荣获了翻译奖和思考奖。荣获翻译奖和主席特别奖的还有日本科幻先驱柴野拓美、英国著名科幻作家阿瑟·克拉克。

爱德华兹主席评价说："这是WSF15次年会中最隆重、最成功的年会。只因WSF有规定，每年在不同的国家召开年会，不然我会提议每年都在成都开年会！"

柴野拓美说："本届年会组织工作做得十分好。中国人干起工作来不怕累不怕苦，只要中国人这么勤奋干下去，下个世纪一定会成为世界强国——许多日本人都相信这一点，我更相信这一点。"

5. “5·23”卧龙历险记

5月23日上午，与会代表们还在银厂沟游玩之时，几公里外，一场暴雨引发的8处泥石流将卧龙通往映秀的公路截断成几截，所有的通信线路也都中断了。

“W两，W两，卧龙呼叫，卧龙呼叫！”卧龙只有一个与外界联系的方式，那就是用森林防火指挥部的电台向省政府呼救。

许多代表订有24日离开成都的国际机票，贻误了航班，谁能承担这一笔巨大的经济损失？300多人被困在卧龙，生活难以保障，老弱病号更是难以支持。由于高山反应，83岁的美国科幻作家杰克·威廉森（Jack Williamson）已经感到心脏不适。

卧龙曾有被困13天与世隔绝的纪录。天气预报说，第二天上午还有大暴雨。阴云低垂，让人感觉喘不过气来，但当杨潇向外国作家们通报灾情之后，作家们都很镇定，表现出良好的心理素质。

年轻的捷克驻华使馆二秘维克多·米维克（Victor Mirvac）自告奋勇，拍着胸脯要求参加抢险突击队。他后来对我说：“我只是从电影上看到过泥石流，在中国遇上真正的泥石流，太刺激了！机会宝贵，我真想见识见识。”

在“W两，W两，卧龙呼叫，卧龙呼叫”而得不到答复的情况下，最着急的是会议的东道主——《科幻世界》的全体员工。

我们都清楚，事态非常严重，这一条断路今夜必须抢通！

在和卧龙自然保护区的蒲局长磋商的时候，蒲局长说：“映秀发电厂的武警已经在泥水中鏖战了几个小时，挖出了一段路；耿达中学的100多名学生，在文冠一校长和老师的带动下，已经削平了一座碎石坡。最大的难题是路中间有一座卧牛石，问我能不能炸，我得马上赶到现场。”

我与杨潇紧急商量，我跟蒲局长一起去。如果当晚道路抢不通，我就想办法去映秀，从映秀搭车到成都，为最坏的情况做准备。

当时，《科幻世界》的几个人——莫树清、向际纯、李天国、胡季英、徐开宏、刘志勇，全都围上来说，如果当晚路打不通，去成都需要急办些什么事情。杨潇口述，让刘志勇掏出笔记一下：

一、到岷山饭店取消太白楼的闭幕式晚宴。

二、收回所有火车、飞机预订票。请省政府协调办延期，如不能延期，退票费谁承担。

二、暂时取消省科协食堂的伙食……

刘志勇记下之后，从本子上撕下这一张“回蓉须办之事”，我揣上后，跟大家打了个招呼，便跟着蒲局长上车了。

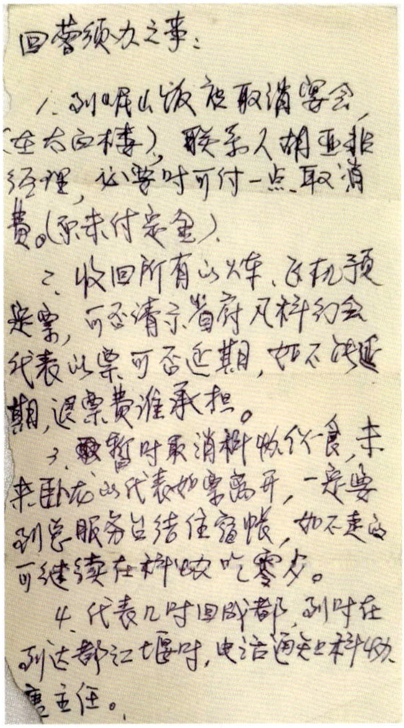
回蓉须办之事：

1、到岷山饭店取消宴会，（在太白楼），联系人胡亚非经理，必要时可付一点取消费。（原未付定金）

2、收回所有的火车、飞机预定票，可否请示省府凡科幻会代表的票可否延期，如不能延期，退票费谁承担。

3、暂时取消科协伙食，未来卧龙的代表如要离开，一定要到总服务台结住宿帐，如不走的可继续在科协吃零餐。

4、代表几时回成都，到时在到达都江堰时，电话通知科协惠主任。

“回蓉须办之事”字条

黑夜中，我看见《科幻世界》的同事们目送我上车。他们知道，前面是泥石流、卧牛石，爱变脸的天、易暴怒的山。大家都知道危险，却紧闭嘴唇，默默无语。

那一瞬间，真有点悲壮的感觉。

蒲局长的越野车颠颇着，在路断处停下。我们打着手电，踩着没膝的泥浆来到了现场——

这是泥石流冲开的大山缺口，一大堆碎石堆积在公路上，一座巨大的卧牛石横在路中间，一边是呼啸的皮条河，一边是陡峭

卧龙泥石流

的山体，人可以走过，车是无法绕过去的。

卧龙的职工、武警与耿达的中学生已经在泥水中奋战了几个小时，最后的障碍就是这一座卧牛石了。

按照卧龙老乡的经验，打个炮眼，灌上炸药，一炮就能把这卧牛石崩散了。但是，卧牛石上方是高压线，若飞石砸断了高压线，后果很严重！所有的手电光都照着头顶上方的高压线，蒲局长摇头说："千万不能炸。"

不知是谁发现了附近有一块台地，台地上有一座正在修建的民房，民房旁边堆放着几十根杉杆。于是有了主意——撬！建房的大杉杆就是一根根"大撬棒"！

几十根"大撬棒"组成一支队伍，大家喊着号子一齐撬，卧牛石离地有一丝缝，就往下垫一点，缝隙一点点扩大，直到圆木能伸进卧牛石底下的空隙。古老的杠杆，从修金字塔到筑长城，人类玩了几千年，此刻，则是在为中国科幻的发展扫清障碍。

大约午夜1点，在山呼海啸的号子声中，卧牛石开始移动了！百余名小伙子，二十多人一批，轮番上阵，卧牛石十分钟能移动两三公分。蒲局长很兴奋，看看表说："天亮之前，路肯定能通。"

我不由得望了望天，穹顶的云层不知什么时候散开了。云破处，几颗疏星在闪烁。望着夜空，我的心在呐喊：天哪，你咋个总是跟中国科幻过不去啊？

泥浆中久站，觉得一身冰凉，我便投入抱撬棒的队伍，喊着号子，活动着手脚，浑身渐渐暖和了。

清晨5时15分，轰隆一声巨响，卧牛石滚下河堤，溅起大片水花。6点，我赶回卧龙，通知中外代表："路通了，赶快冲过去。"

重庆《课堂内外》的朋友们"承包"了坐轮椅的郑文光，他们的车最先通过泥石流地带。有人笑话他们是“逃兵”，他们说：“是我们保护了中国科幻的老帅！”

早上7点，长长的车队从卧龙出发。在泥石流未完全排除的地段，为了减轻载重，防止“轮陷”，代表们下车步行了一段。

路两边站着映秀电厂的武警官兵、民工、学生，他们奋战了通宵，浑身泥水，友好地向着中外科幻作家们微笑。科幻作家们情不自禁地鼓掌、招手，向他们致谢。

2023年7月20日，我翻看一堆旧笔记本时，意外发现了一张夹在32年前的一个笔记本中的“回蓉须办之事”小字条，惊喜之余，感动不已。当年写小字条的小伙子刘志勇几年前已经病逝。

小字条让我想起卧龙历险之夜的悲壮气氛。

小字条说明我们已经在做最坏的打算了。如果5月23日那晚没有把路打通，《科幻世界》将会陷入怎样的困境？

著名作家韶华说：“1991年WSF年会是中国科幻史上的里程碑。”

《人民文学》副主编王扶说：“泥石流仿佛是一种象征。中国科幻前进路上，什么样的困难都遇到过，但只要大家齐心协力，什么样的困难都不能把中国科幻拦住。这一回是老天爷亲自出马，也没把中国科幻阻拦下来。我相信，中国科幻，前程远大！”

第六章　1992开始，背水一战

1. 杨潇推荐《致加西亚的信》

《中国1992：背水之战》

《中国1992：背水之战》是羊慧明、唐步云合著的一本充满激情的时政类书籍。这一年，邓小平南方谈话传遍全国，全中国都在谈论着一个伟大的话题，全世界都在注目着一个惊人的变化——始于1978年的改革浪潮，在历经十三年潮起潮落之后，又一次在中国历史长河中激浪拍天，“卷起千堆雪”。

成功举办了1991年WSF年会之后，不准出版科幻图书的禁令解除了，国际科幻图书交流大为增强，加之科幻大片的大量引进让中国观众大开眼界，共同为《科幻世界》的发展营造了良好的氛围。

1992年，杂志社做出一个重要决策——结束8年来“以书养刊”的做法，集中力量办刊，提高主打产品科幻小说的质量，增强可读性，让发行量快速增长上去。

就像一间房子的主人不断地装修、调整，那是《科幻世界》栏目变幻得最多的几年。经问卷调查，49%的读者是初中生，杂志确定向中学生倾斜，紧密地围绕“科幻”做文章：

改版后亮相的第一期，“科幻小说”有5篇作品；“校园科幻”有9篇征文作品；“科幻连环画”有3部，其中《太空小女神》连载到第八期；还有“奇思录”“科与幻”“科幻之窗”等栏目。

在“假如”栏目题头，主持人晓宛写道：“科幻最诱人之处是奇特的想象力。从今年第一期起，我刊辟专栏‘假如’，今年一季度的‘假如’话题是‘假如我碰到了外星人’，二季度的话题是‘假如我有个机器人’，请大家各抒奇想，写成300～500字短文寄到编辑部。”

在“校园科幻”和“星光点点”栏目题头，主持人莫愁写道：“亲爱的青少年朋友：在你们多梦的年华，请拿起笔为‘校园科幻’写稿：哪怕故事不完整，只要幻想新奇，也可以在‘星光点点’中闪烁。我是这两个栏目的主持人，欢迎你们登台亮相。”

在“我们都是科幻迷”栏目题头，主持人说：“这是一块平等的青草地，敞开胸怀欢迎科幻迷。可以在这里说飞碟说时间隧道说基本粒子，也可以随便说说自己。相聚就是欢乐，真诚才会赢得友谊。在这里，重要的不是水平高低，而是——参与！”

1993年，诚如读者来信所说，刊物“期期在改进，期期在提高”。

1994年，《科幻世界》成功地引进了“三维画”——只要集中目力，画面会呈现立体状态。读者们奔走相告：“《科幻世界》把人看成‘对对眼’——有趣得很！”月发行量一下子突破10万大关。

还有一个重要举措是，为了提高刊物质量，杨潇和我决定轮流担任值班主编。比如，1994年单月由我负责，双月由杨潇负责，然后，由全体编辑对“每期一星”“校园科幻”“银河奖征文”等每个栏目进行每月评刊。资深员工贺静说：“这是杨潇、谭楷‘关系最紧张’，‘内斗最厉害’的几年。他们都想从初审编辑手中挑出好稿，都想把自己这一期办得更加丰富多彩。相互挑毛病也毫不客气。”

其实我心知肚明，这样的良性竞争有利于刊物发展。有好几次，我们对科幻小说的评价争得面红耳赤，但“争吵”之后，不伤和气。有一段时间，杨潇在评比中连连得分，总觉得我“不思进取”，恰好在某报某刊上又发现我发表新作，她便有点生气，对我说：“你的心没有用在刊物上，就想写自己的东西！”

我见她生气，却一点也不怄气，慢条斯理地说：“上班时间我没有写过一个字。那些狗屁文章都是垃圾时间写的。”

她想一想也是，上班时间除了编稿，还要忙各种事务，哪有时间去种“自留地”？

她后来也明白了，我给田子镒、邓吉刚、莫树清等都打了招呼，好稿尽由她选，等她选了之后我再来选。

我说：“你赢了我输了，有啥关系？只要《科幻世界》发行量上去了，大家都赢了。”

她“挺江湖”地拱了拱手说：“过去多有失礼，见谅。”

在和杨潇的“激烈竞争”之中，老编们也经常交流心得。

我曾在编辑会上谈到，1984年，我在全国煤矿文学研讨会上听人民文学出版社社长韦君宜、《人民文学》副主编崔道怡两位老前辈讲小说创作和编辑经验。

韦君宜笑眯眯的，非常和善。她谈到如何发现新作者竹林，以及竹林作品的修改过程。她有一个妙喻，说好编辑应当是好的理发师。好理发师要研究人的脸型和气质，根据脸型决定发型，掌握好分寸感，使人变得更精神。好编辑要好好研究作品本身，顺其自然地修剪，既要保持原汁原味，又要使作品更精练。好的理发师理过发之后，使人感觉不出痕迹，只觉得人变得精神多了。有的“好心”理发师把人家的头发推光，再“植入”头发，完全是多此一举；有的懒惰理发师随便乱剪，搞得面目全非，这两种“理发”行为都是错误的。

我读初中时，一个爱好写作的大哥说，他给《人民文学》投过稿，一位叫“崔道胎”的编辑还回过信。这让我一直记着“崔道胎”。后来我才发现，他把“崔道怡”错认作了“崔道胎”，还影响了我。

崔道怡瘦高个儿，戴一副黑边眼镜。在讲到如何看稿件、挑好稿时，他说，编辑的业务素质就是要做到但问耕耘，不计收成，不求闻达。他还总结了编辑工作的“五字诀”：准、宽、细、慎、严——看稿要准，选稿要宽，改稿要细，退稿要慎，发稿要严。边阐述观点边举出实例。他的“五字诀”在全国文学编辑中广为流传。

为适应中学生对漫画阅读的需求，我们曾与香港漫画家阿恒的金虹公司合作，推出原创系列漫画作品。后来，漫画移至《科幻世界画刊》。《科幻世界》的主要栏目固定下来之后，仍然不断地推出新栏目。

我们学习电视台推出“节目主持人”的经验，推出了“奇想”栏目主持人唐风。唐风本是翻译人才，文字活泼，思维跳跃，很快便拥有了大量粉丝。后来在昆明书市，科幻迷听说唐风来了，发出一片尖叫。多年之后再见唐风，我对他说：“印象中，那是你青春的高光时刻啊！”

到了1996年，《科幻世界》冲过了20万册。在捷报频传之时，杨潇不断地散布危机意识。她最爱拿比尔·盖茨说事。

“大家都知道，微软做得非常好！真是举世瞩目。这样一个红红火火的现代企业，创始人比尔·盖茨却说微软离破产永远只有18个月！我们《科幻世界》比起比尔·盖茨的事业，差了十万八千里。我们首先要学习‘危机意识’如何铸就微软的不败神话。”

杨潇还讲过“青蛙效应”的故事：“康奈尔大学研究者将一只青蛙放在煮沸的大锅里，青蛙触电般地立即蹿了出去。后来，研究者将青蛙放在一个装满凉水的大锅里，任其自由游动。然后用小火慢慢加热，青蛙虽然可以感觉到外界温度的变化，却因惰性而没有

《致加西亚的信》

立即往外跳，直到后来热度难忍失去逃生能力而被煮熟。”

“青蛙效应”让全社职工明白，杂志社要不断提高指标，每个人都必须不断挑战自己。

杨潇还向全社员工推荐了一本书：《致加西亚的信》。

《致加西亚的信》讲的是：1898年，美国与西班牙的战争爆发之后，美国必须立即跟西班牙的反抗军首领加西亚取得联系。加西亚藏在古巴丛林的山里，没有人知道确切的地点，无法带信给他。美国总统必须尽快地获得他的合作。这时，有人对总统推荐说，有一个名叫罗文的人有办法找到加西亚，也只有他才能找得到。他们把罗文找来，交给他一封写给加西亚将军的信。

罗文拿了信，把它装进一个油布袋里封好，吊在胸口，划着一艘小船，在四天之后的一个夜里在古巴上岸，消逝于丛林中，接着三个星期后，从古巴岛的另一边出来，把那封信交给了加西亚——但这些细节都不是重点，重点是麦金利总统把一封写给加西亚的信交给了罗文，而罗文接过信之后，并没有问他在什么地方。

罗文的事迹通过《致加西亚的信》传遍了全世界，并成为恪尽职守、严守纪律、独辟蹊径的成功者的象征。

通过热烈的讨论，编辑们一致认为，国家只给了我们一个“教育要面向现代化，面向世界，面向未来”的总目标；要办好一本开拓青少年思维空间、激发想象力的高品位杂志，科幻世界杂志社具体如何达到目标，这需要我们每个人根据杂志社的总体要求、预定目标，像送信的罗文那样排除万难，去争取胜利。

2. 韩松，皮条河遇有缘人

卧龙山下有一条奔腾的皮条河，崇山峻岭中，这条湍急的河流阻隔了交通。智慧的山民在河上拉起了皮条，让皮筏上的人们一把接一把地拽着皮条过河。多少年来，两岸山民依靠皮条来来往往，也不觉得有什么障碍。如今，河上架起了铁索桥、木桥、钢筋混凝土桥，交通更加方便，有关皮条的记忆也被雪浪花卷走了。

对于中外科幻作家而言，1991年的WSF年会就是一座方便交流的友谊之桥。来自宝岛台湾的科幻作家吕应钟说："有了大会邀请函，手续非常简便，一下子就飞过来了。"

吕应钟是留美博士，台湾最有名的研究不明飞行物（UFO）的专家。他最为得意的翻译，就是将UFO称之为"幽浮"。"幽

左起：韩松、张劲松、舒明武

浮”既是音译又是很妙的意译，得到普遍的认同。

在皮条河畔，吕应钟结识了韩松、张劲松、吴岩，先是聊飞碟、外星人和古代巫术，聊得很开心。但是，谈到中国科幻的艰难与坎坷时，都没有什么高招。吴岩说：“只有努力写、写、写。”

吴岩说的“努力写、写、写”给韩松留下了深刻印象，后来竟成了他们的共同行动——确实，只能用作品说话！哪怕国际会议开得再热闹，中国的科幻作家拿不出好作品也是枉然。

当时，在《科幻世界》发表过作品的韩松还在武汉大学读硕士。当得知1991年WSF年会要在成都召开的消息，却苦于囊中羞涩。杂志社得知后，指定由我回应。我冒昧地写了一封“校长台鉴”，希望武汉大学校长能资助这位前程远大的学生出席这次国际会议。为什么我信心满满地写这一封信呢？出于我对武汉大学的信任。

结果校长大笔一挥，给了韩松400元，当时，用这笔钱买往返卧铺票，加上食宿开销，绰绰有余。为此，我感到很高兴。不久后，又收到韩松的父亲韩继昌的重庆来信，对我表示感谢。

1997年，在北京国际科幻大会的综述稿中，我列举中国科幻新生代作家的名字时，居然漏了“韩松”。韩继昌立即来信指出，我立即在下一期发“重要启示”，补上“韩松”之名，并表示歉意。我感觉，在韩松的背后有一束深深期待的目光默默地关注着他。这一位可敬可爱的父亲让我很感动。

按韩松的说法，他来成都之前给杂志社投寄了《宇宙墓碑》手稿，在成都有一名编辑将手稿退给了他。当时，台湾创办了《幻象》杂志，正举办世界华人科幻艺术征文，韩松便将此稿投给了《幻象》。半年后，韩松获得世界华人科幻艺术征文首奖。

我在《幻象》上读到《宇宙墓碑》之后，大为惊叹：“这是韩松的里程碑，也是中国科幻里程碑式的好作品。”

小说展示了韩松冷峻的哲思，透出黑暗无边宇宙中，渺小的人类矢志不渝地探索，并留下悲壮的记录。不，也许还有其他读者对《宇宙墓碑》有不同的解读呢？

《科幻世界》1992年第5期全文刊载了《宇宙墓碑》。

韩松的作品，比如《红色海洋》，一百个读者就有一百种解读方式。我觉得他的与众不同之处就在于喜欢深挖掘。就好比刨三星堆，已经找到了祭祀坑，得到了丰富的宝藏，却不收工，他非得继续深挖下去，留下悬念，让读者去深思。

如果你有机会读他洋洋洒洒30万字的《想象力宣言》—— 一部立论新颖、资料丰富、深度发掘、旗帜鲜明的长篇杂文——他对中国科幻的全面论述，你就会承认他是中国科幻作家中的思想家。

1991年，吴岩在北京师范大学开科幻课，成为中国科幻的教育家。吴岩与韩松为中国科幻做出了特殊贡献。

在皮条河的涛声中，与吴岩、韩松长谈的是上海来的张劲松。

当时，张劲松还是一名高大白净的高中毕业生，一身笔挺的西装，一脸稚气的笑容。叶永烈非常喜欢他，专门为他写了介绍信："这是我的学生张劲松。"不久，张劲松赴美留学，以石坚为笔名，陆续翻译了几位美国科幻作家的优秀作品，其中就有兰蒂斯获雨果奖的《追赶太阳》。这篇译作一经发表就反响强烈，特别是有青少年提出了比作者设想更先进的"追赶太阳"的方法，小小的争议甚至波及全国。

回头再说1991年，文化部少儿司联合了14家少儿期刊举办了全国科幻小说征文大赛，《等你一千年》正是张劲松的获奖作品。虽说这是一部短篇小说，却有长篇的构架。后来，张劲松在美国继续扩写《等你一千年》，但由于学习和工作实在太忙，直到2001年冬天我到他的家中，他抱出一大摞手稿给我看，又说："很遗憾，还没写完，您还不能拿走。"

张劲松的父亲曾是上海某名牌大学物理系主任，因为有重要发明，获得美国国务院颁发的奖状。那张奖状与张劲松的“中国科幻征文奖”奖状并排挂在进门的玄关处，感觉很庄严。

细看两张奖状，我不禁笑起来。

张劲松也乐了，他说：“中国科幻奖不是也挺有分量吗？”

张劲松向我介绍他年轻貌美的妻子：“她叫未来。”

“未来？”我愣了一下。

张劲松说：“她姓魏，叫魏莱。”

我说：“劲松，你太爱科幻了，连夫人的名字也挺科幻。”

后来，我与张劲松一直保持着联系，知道他在某电脑公司任高管，忙得不可开交。我不敢问他什么时候脱稿，只能一等再等。这一部《等你一千年》，不就是要你耐心地等吗？

吴岩和韩松实践着皮条河边的诺言，一直埋头在写，写……

赴美访问期间，吴岩深有感悟：“我现在正坐在自己的小公寓里，昏暗的房间的犄角里的电视机屏幕正荧光闪烁。这一次，我换上了有线电视的NASA频道，这个频道由美国宇航局主办，一天二十四小时，NASA频道里播出的都是火箭发射基地和火箭控制中心的实况。有时候，我会整整一小时不动，看着遥远的航天飞机送回的关于我们地球的图像。我常常在想，美国作家能把太空故事写得真真切切并不稀奇，他们就生活在高科技的现实中。让人敬佩的倒是中国的科幻作家，在那么艰苦的条件下，竟写出了《飞向人马座》《火星建设者》那样的佳作。”

韩松读到吴岩的电子邮件之后，感慨道：“说得多么好啊，说得多么酷啊，‘在那么艰苦的条件下’！”

韩松说：“我也有吴岩的同感。几年前，我在硅谷参观，看着一台先进的计算机把一个印度来访者的脸部画面瞬间改造成一个猩猩的脸，不禁想到我在国内吭哧吭哧写科幻的情形。

“我当时住在一个胡同深处的大杂院中，九平方米的房子四面漏风，没有暖气。要上厕所需要跑到百米外的胡同口。我一边写宇宙飞船在太空中呼啸前进，一边聆听着隔壁夫妇在床上做事的呼哧呼哧声。唯一使我稍感安慰的是，我面前还有一台台湾产的386黑白便携电脑，虽然它的屏幕老是闪烁不定，亮一分钟要黑十五秒钟的屏。

“现实的窘迫使科幻作家们受害最烈。我们写科幻的，抱负最大了，成天想着去火星旅行，想着21世纪，一按电钮，就会有一个机器美女端来热茶热饭。但现实中，我们走上大街，为选择打的还是坐公共汽车都要考虑半天。虽然中国有上百万科幻迷掏钱买科幻书，但作者中没有大款。至少我所认识的中国科幻作者一般都不富裕。”

吕应钟深知中国大陆的科幻作家不容易，与杨潇商议后，决定出资赞助银河奖。从1993年至1996年，一连赞助了四年。

《幻象》在台湾办了5年，一直保持着印刷精美、内容硬核的高品质。1996年6月，我赴台北参加“百年来中国文学研讨会”，并领取《“中央”日报》副刊第八届文学奖——我的《西伯利亚一小站》获得小说奖第一名。在会议上，我与吕应钟，还有著名科幻作家黄海，多次深入交流，收获很大。科幻大家张系国由于在美国工作，一时回不来，便委托妹妹张敏敏与我见面。

那是台北一家高档咖啡馆。烛光摇曳，音乐低回。张敏敏梳妆精细，一袭黑衣显示出高贵气质。我知道张系国一家都是从重庆迁居台湾的，所以就毫无顾忌地说起了四川话。张敏敏一听四川话，表情也随意得多了。其实，《幻象》有很强的编辑力量，包括张晓风这样的散文名家也参与了编辑工作，她的《潘度娜》被誉为台湾科幻小说的开山之作。

我曾在成都接待过张晓风和她的先生林念平。

韩松

林念平给我讲了一个“科幻”故事，说是他在美国某机场换登机牌时发现自己的名字被拼错了音。机场工作人员说：“是你错了。请相信电脑，电脑不会错。”后来去医院，又一次拼错了他的名字，医院工作人员说了同样的话：“是你错了。请相信电脑，电脑不会错。”林念平说：“我感到恐怖。如果事事都承认‘请相信电脑’，电脑迟早要统治人类。”

我还向张敏敏介绍了大陆科幻作家的状况，特别讲到了韩松。

由此，张敏敏谈到了她哥哥张系国的名言：“不了解过去是忘本。其实不了解未来同样是忘本，而且更加危险。”

未来，是奔腾的皮条河吗？科幻就是一条长长的、无形的、坚韧的皮条，它把张系国、韩松、吴岩、张劲松联系在一起，也把全球华人科幻作家联系起来，更理性、更有远见地面对未来。

3. 和吴岩走在北三环路上的快乐时光

他16岁发表文章评论叶永烈的作品，是最年轻的科普作家。

他读高中时，学校出资，让他奔赴哈尔滨出席全国科普创作会，是最年轻的与会代表。

他是默默笔耕的“牛”，创作了大量优秀的科幻作品，其中包括荣获中国科幻银河奖的《生死第六天》，获第十一届全国优秀儿童文学奖的长篇小说《中国轨道号》。

他是穿越时光的“侠”，从玛丽·雪莱的蒸汽机时代，到摇摇欲坠的大清暮年；从雨果·根思巴克静静的书房，到赛博朋克们震耳欲聋的科幻派对。他研究中外科幻史与人类想象力的火花，是首位荣获世界科幻研究领域重磅奖项——克拉里森奖的中国评论家。

他广交中外科幻界、文学界、翻译界朋友，从高士其、郑文光、叶永烈到傅惟慈、王逢振、金涛，从詹姆斯·冈恩、弗雷德里克·波尔到“世界通信卫星之父”“20世纪最伟大的科幻作家”阿瑟·克拉克。他还是第一个与克拉克通电话的中国科幻作家。

他是吴岩，南方科技大学人文科学中心教授、中国首家科学与人类想象力研究中心主任、当前中国唯一的科幻文学方向博士生导师。

科幻作家韩松说：如果中国科幻没有吴岩真的很难想象。他在科幻界的地位总让我想到刘欢在歌坛的地位，而且他们似乎也很相像。吴岩赤诚、慈爱、智慧、温和、包容，有很强的亲和力和感染力，并为中国科幻界不断地输送新鲜血液。

吴岩（右二）在首届银河奖颁奖会上发言

1991年，在中国科幻史册上值得记载的有三件大事：

一是《奇谈》正式更名为《科幻世界》，二是在成都成功召开了1991年WSF年会，三是吴岩开始在北京师范大学开科幻公开课。

32年来，吴岩从北师大讲到南科大，成为科幻教学和科幻理论的开拓者。如今，听过吴岩科幻课的学生遍天下，吴岩的第一批科幻博士生已经开始多点布局，他们是：四川大学的姜振宇、清华大学的飞氘、北师大的肖汉、钓鱼城科幻学院的张凡。此外，完整听完他的课的人还有刘洋、梁清散、石黑曜，甚至曾经在北京大学建立科幻协会的第一批中坚力量李广益、陈楸帆、夏笳等，都曾是他课堂上的听众。大课最多时有300人，少时也有40人。这是姜振宇告诉我的。

与吴岩一起开设科幻课的王富仁教授认为："两千多年来，中国的儒家、道家沿着传统文化发展起来，但是每一'家'里面都没有科学想象的文化，没有科学幻想的土壤。"他把中国文化的每一种基因都分析完了，最后说，“所以今天我们的国家要发展、文学要发展，就需要有科幻这种文化”。

我目睹了吴岩上科幻课时的热闹场面。一场只能容纳300名学生的讲座，来了600多名学生，只好讲两场。我也应邀在一次讲座中亮相，讲的什么已经记不清了，但我记得那热得发烫的空气、一双双渴望的眼睛。摆在课桌上的教材也是吴岩编写的，教材中满是“激素”——刺激想象力的“激素”。

吴岩就这样带着学生，跟踪儒勒·凡尔纳的足迹，从月球到深海；投身阿西莫夫的“银河帝国”，从帝国首都川陀到边区，体验帝国的兴衰；走进美国科幻“黄金时代”，目不暇接地跟迎面走来的科幻大师们打招呼；穿越喧闹的赛博朋克，探寻异质的未来世界；重返叶永烈的小灵通漫游的未来世界，回味童真时代的欢乐。

吴岩告诉弟子，阿西莫夫的“银河帝国”影响了大卫·布林和罗伯特·西尔弗柏格等作家，还将影响到中国科幻作家。而阿西莫夫熟知古罗马史，其丰富的历史知识积累、对人物内心世界的把握，使得他信马由缰，涉笔成趣，洋洋洒洒百万字，写得很轻松。

除了北师大的学生，吴岩的科幻课还吸引了星河、杨鹏、严蓬、杨平、苏学军、凌晨、于向昀、白墨、韩建国、裴晓庆、江渐离、柳文扬、喻京川、于向昀、李学武、罗洪斌等作家。

“遥想吴岩当年，凌晨未嫁了。”

那时，星河还是喜欢在人学舞厅钻来游去的一条不知疲倦的鱼；杨鹏还是带着浓浓学生味的“三好学生”；凌晨在中学教物理，爱用精彩的妙喻解说知识难点；严蓬、杨平、苏学军等人都希望像罗丹的“思想者”那样深沉而睿智，可一张张青春容颜无法故作高深；罗洪斌是中医，却治不了自己一激动就满头冒汗的

“毛病”……

他们相聚在一起，坦诚相对，口无遮拦，讨论热烈，有新作品就拿出来“示众”，还专门开过韩松作品、王晋康作品研讨会。

他们还创办了内部交流刊物《立方光年》，大受科幻迷追捧。

在那些思想撞出火花的日子，星河发表了《决斗在网络》、凌晨发表了《天隼》、杨平发表了《MUD黑客事件》、苏学军发表了《远古的星辰》、裴晓庆发表了《下雪的故事》、江渐离发表了《伏羲》、潘海天发表了《克隆之城》、李学武发表了《梦境》等一批力作。北京的科幻作家群成为中国科幻群星中耀眼的一组亮星。

1996年，北京作者大丰收。这一年的《科幻世界》银河奖获奖名单，“北京帮”占了半壁江山。

风格是作家成熟的标志。

凌晨说，一般人写科幻，你很难看出具体发生在哪座城市，而星河的小说，人物一开口，你就知道是在北京。星河最喜爱的科幻作家是阿西莫夫，讨论时也经常拿阿西莫夫举例。他那时的文风，看得出受王朔影响，京腔十足，解构权威，解构英雄，有点玩世不恭，但骨子里又透着理想主义和英雄主义的情怀，信守自己心中的道义。

杨平是另一种形式的叛逆。他觉得，对于不满的事物，不接受，保持距离就好。星河写的是英雄主义，杨平写的是反英雄。

苏学军笔下是另一种英雄主义，相对传统，单枪匹马深入虎穴，读着过瘾。

裴晓庆和柳文扬都是讲故事的高手。裴晓庆平时聊天也是神乎其神，和别人开玩笑，瞎编的事他也能说得有鼻子有眼。

我每次赴京组稿，吴岩都安排我住北师大的新松公寓。组稿会开完，必到餐厅撮一顿。星河总是自告奋勇点菜：“两只烤鸭、四扎啤酒……”酒足饭饱之后，下一个节目是去看郑文光老师。

无论是冬天的午后，还是春日的黄昏，从北师大餐厅出来，沿北三环路东行，带着几分醉意，一路晃晃悠悠，哈哈声打得好响，旁若无人。二十来分钟就走到了郑文光家。

我仿佛行走在一片大森林中，周遭是充满青春锐气的新松。我相信，万木竞发之时，必有大树参天！

郑文光老师的家，无论是和平里的狭窄住所还是三环路较为宽敞的宿舍，总是弥散着茶香、咖啡香和菜饭香，非常温馨。1956年，郑文光老师的科幻小说《火星建设者》在莫斯科世界青年联欢节获奖之时，我还在成都七中读初二，郑文光的大名早已熟记于心。1978年和1982年，分别出版了科幻名著《飞向人马座》和《神翼》，处于创作黄金时代的郑文光，突遭错误批判，

郑文光家
前排右起严蓬、郑文光、凌晨，后排右起杨平、谭楷、罗洪斌

引发脑溢血，造成半身不遂、语言障碍，右手握不住笔。每到北京出差，我几乎都会到郑老师家。见到我，他总是露出纯真的笑容。由于语言障碍，我说什么，他总是不停地回答：“哦，哦，好啊，好啊。”这时热情的陈淑芬老师便成了主讲，将郑老师心中之言哗哗地一吐为快。

我们在郑文光老师家非常自在，喝着热茶，胡说乱侃。郑老师努力倾听，不时点头说“哦，哦，好啊，好啊”。吴岩说，郑老师有好多奇思妙想，很想在身体康复之后，写成科幻作品，再续辉煌。让我们等待吧。

1999年4月20日，京城炸响第一声春雷那天，《科幻世界》创刊20周年暨郑文光70大寿的庆典在清华大学蒙民伟楼隆重举行。一群清华学子无比激动地将郑文光连同他的轮椅抬上了主席台，顿时掌声雷动，经久不息。清华学子们全体起立，向中国科幻泰斗表示由衷的敬意。国家新闻出版署期刊司司长张伯海宣读了给郑文光颁发中国科幻终身成就奖的颁奖词。活动结束时，清华学子抬出两个大蛋糕上主席台，郑文光流着泪，不停地发声：“哦，哦，好啊，好啊。”

央视记者对我说：“我一边拍摄，一边在抹眼泪。”

在20世纪90年代，从北师大出门，上北三环路，那一段走向郑文光老师家的大路，我们一路欢笑着走了多少回？我问吴岩，他笑笑说，没法统计了吧。

我总觉得，匆匆来去，没有好好跟郑文光、陈淑芬老师聊一聊。进入新世纪，我在科幻世界杂志社的工作进行了调整，没有机会住新松公寓了。我退休之前——2003年6月17日，吴岩通知我：“郑文光老师走了！”

我赶到北京，在鲜花簇拥的郑文光老师的遗像前，跪地磕头，再磕头！我想以头颅为重锤，叩问大地：这是为什么？为什么要夺走亲切可爱的郑文光老师啊？

告别郑文光老师之后，又到北师大新松公寓。还是北京的作家群，还是泡沫翻滚的啤酒。我建议大家面向东方默哀，那是郑文光老师家的方向，再举杯敬郑老师一杯！酒洒在地，竟然清亮如泪！

2023年春天，我收到了吴岩的获奖作品——沉甸甸的《中国轨道号》。吴岩调动了在空军大院生活的童年记忆，使小说有了扎实的生活质感。我认为，古今中外，所有的文学作品，第一要素是求真，即使是写虚构的作品也要写出令人信服的真实感。吴岩教授给众弟子授课时，《中国轨道号》不就是最好的示范教材吗？

我请吴岩谈一谈当科幻博导的感受。他说："看到姜振宇长长的中英文读书单，我感到震惊。那阅读量远远比我年轻时大得多，真是一代更比一代强。"

我问姜振宇："吴岩老师最让你感动的是什么？"

姜振宇说："吴岩老师现在最爱说的一句话就是：'现在，学生教老师是唯一真理！'"

我为吴岩的谦虚而高兴。无论是创作还是教学、研究，吴岩都已经进入最佳状态。他真是中国科幻界难得的全才。

从1991年至2023年，定刊名为《科幻世界》和吴岩开办科幻课程已同时经历了32年。

我对吴岩说："每次去北京，车过马甸桥，窗前闪过北三环那一段路程，那熟悉的郑文光老师的家——中国文联的宿舍楼，我总会深深地看一眼。郑文光、陈淑芬老师先后仙逝了，可以告慰他们在天之灵的是，中国科幻事业以不可阻挡之势，开始走向蓬勃发展之路，而且，一代更比一代强！

4. 是谁启动了王晋康的科幻大脑

在非洲严酷的旱季中，野鸭妈妈们带着幼雏，在死亡线上艰难挣扎，竭尽母爱。但当形势彻底无望之后，野鸭妈妈们，就会像听到一声号令似的，果断抛弃幼雏，飞上云天，盘旋悲鸣，然后离去。这种绝情，可能也是一种大爱，虽然非常残酷。余下的幼雏会乱作一团，最后在一只幼雏的盲目带领下，开始浩浩荡荡的行军——朝向死亡的行军。幸亏第一场雨来了，于是千万生命在雨中放歌狂舞。这是震撼心灵的生命之歌和生命之舞。

王晋康非常喜欢看央视的《动物世界》节目。上面一段文字就是他回忆起看到野鸭妈妈们集体抛弃幼雏的决绝之举时，所受到的心灵震撼，这也成为他构思科幻小说《生命之歌》的重要引爆点。

王晋康曾是河南南阳石油机械厂的高级工程师。《生命之歌》是他在新疆克拉玛依出差时，利用等待维修备件来的半个月空闲写成的。那里太偏僻，买不到稿笺纸，只能用小学作业本凑合着用。有一次，他们开车到沙漠深处，看到了风化的峭壁。峭壁上有鹰巢，几只幼鹰急迫且凄凉地叫着。王晋康说："它们是我们视野范围内的唯一的生命。"

只有生命，才能唤醒生命。

王晋康的所有作品中，都对"生命"有着很深的感悟。那是具有世界眼光的伟大作家特有的人文情怀，只不过，王晋康是用科幻故事来表达这种情怀。

人工智能、机器人有了独立意识之后，会不会伤害人类？这是科幻小说反复表现的重大主题。《生命之歌》中的孔宪云，是一位充满爱心的女科学家。当读者被王晋康“诱导”，与孔宪云全家一同爱上“小元元”，又发现“小元元”潜藏的凶险之后，读者与小说角色一同陷入两难境地，并最终选择了做“野鸭妈妈”，与“幼雏”决绝。

《生命之歌》发表于《科幻世界》1995年第10期，初次亮相便收到大量读者来信，反响非常强烈。《科幻世界》用两个整版选载读者来信，让王晋康读得热泪盈眶。

回忆起这部短篇小说的创作历程，王晋康说：“21世纪是生物学和人工智能的时代（我相信最终二者将走向一起）。我曾说过，科学也许是最深刻的人文，因为只有科学才能真正回答‘人是什么，从何处来，向何处去’的终极问题。作为科幻作家，我们习惯于‘踮起脚尖朝前看’，可能比普通人早一步看到科技对人类的异化，能更深刻地理解科学对人类及人性的阐释。我曾在一篇科学文章中看到一句话——生物的生存欲望很可能存在于DNA的次级序列中，正是这句简单的阐述，在我心弦上拨出了清亮的一响，激发了这部作品的创作灵感。”

王晋康于1966年高中毕业，下过乡，当过工人，1978年考入西安交通大学。他曾因“出身不好”受过歧视和侮辱，也因高考成绩优异受到过夸赞和追捧。世态炎凉，他从小就看懂了芸芸众生脸上的晴雨表。因为，他生活在基层——对生存的艰难有刻骨铭心的体验；因为，他生活在科幻世界——对理想与未来有着谨慎的乐观。他跨越文理，博览群书，经历丰富，练就了好文笔。所以，只要埋头干，一切皆有可能。

他在农场劳动时，是干大活的人，“整个农场全靠我们干出来的。我第一天去挖堰塘，手上血疱磨烂，血顺着锹柄往下流。

因为干活太用力，一天撅断了两根锨柄”。

他在科幻土地上，也是干大活的人，从1993年到1995年，发表了12篇高质量的科幻短篇小说。

1995年11月28日，科幻世界杂志社联合中国石油文联在北京召开了“王晋康科幻作品讨论会”。著名科幻作家郑文光坐着轮椅来了，感受到了热烈的气氛，非常高兴。

在京的科幻翻译家、科幻作家、评论家、科普编辑们，如王逢振、王震宇、冷兆和、吴岩、星河、杨鹏、宋宜昌、裴晓庆、柳文扬、江渐离、白墨、苏学军、凌晨、韩建国、李东芳、杨平、罗洪斌、徐来、张晓楠等，出席了会议。《科技日报》总编张飙，《人民文学》副主编王扶，《人民日报》记者、作家刘虔，新华社记者、科幻作家韩松，《中国日报》记者杨毅和文佳，《北京青年报》记者常红，《北京科技报》记者阮帆等出席了会议。《科技日报》总编张飙、《人民文学》副主编王扶、中国社科院副研究员王震宇先后发言，对王晋康作品的特色、立意、风格等方面做了解读。

科普作家冷兆和以妙趣横生而又充满哲理的发言赢得阵阵喝彩。他说，在物欲横流之时，科幻使人冷静。王晋康作品中有一种亮色，是冷峻苍凉之色。在情节安排上，王晋康充分运用《孙子兵法》，如声东击西、笑里藏刀、调虎离山、欲擒故纵、浑水摸鱼、金蝉脱壳、上屋抽梯、反间计、美人计等，使每篇作品都留下闪光点。

他说，从王晋康的作品中可以清晰看到科幻作家所必备的品质：

1. 丰富的个人经历与丰厚的经验积累；

2. 有科学根底，特别是对最新科技动态的了解；

3. 超前意识、想象力、表达力；

4. 有成熟的人生哲学。

目前，作者还没有超越，但完全具有超越的潜能。“跃上葱茏四百旋”，衷心希望王晋康更上一层楼。

以写二战史长篇闻名于世，并写过《祸匣子打开之后》等科幻长、短篇的作家宋宜昌说，科幻，是一种无拘无束、充满自我表达的文学样式，已经在中国土地上扎根。它既闪耀着理性即科学的光芒，又闪耀着理想的光芒。历史老人把手放在《科幻世界》的编辑肩上，也放在大家肩上。

那一次盛会，有央视著名记者骆汉城出席，并拍下了会议全过程。最让我感到遗憾的事情是，央视没有播——新闻联播，9

王晋康与儿子

点、12点新闻都没能播出相关新闻。有人点醒了我："谭老师，你总以为你的科幻就是最重要的事，但在央视就排不上号，是名记者骆汉城亲自采访的节目也不成。"不管怎么解释，我总难以释怀。

44岁才开始科幻创作的王晋康，迄今已发表短篇小说九十篇，中长篇小说二十余部，近六百万字。

2019年11月的一天，在第五届中国（成都）国际科幻大会期间的一个晚上，我应邀出席了王晋康的生日宴会，何夕也匆匆赶来祝贺。1993年起，王晋康已经连续荣获了19次中国科幻小说银河奖。有人称他是"常青树"，我更觉得他是《老人与海》中的那一位永不言败的老渔夫。

我有一句玩笑话，藏于心中，现在吐出：

科幻界都知道是10岁的儿子王立博要听爸爸讲故事，还不准讲书上的故事，要爸爸现编故事，于是王晋康就编了《亚当回归》，讲给儿子听，儿子认为不错。王晋康把口述的故事记下来，在地摊上发现《科幻世界》后，抄下地址，将稿子寄出，就有了1993年，《科幻世界》编辑们的惊喜。故此，我建议给王立博"特殊贡献奖"。

如果中国多几个王立博，按动父亲或母亲"科幻大脑"的想象力启动按钮，中国科幻将会更加繁荣！

5. 柳文扬、孙维梓……闪光的生命

1993年秋天的一个深夜，我在一大堆准备退掉的稿件中翻到了《戴茜救我》，蓝色的钢笔字有些潦草，稿纸是浅灰格子，随着目光拨动那些方块字，一股咄咄逼人的锐气扑面而来。它讲述了一个新鲜的故事，电脑科学家林太白致力于为死者建立一个保存大脑信息的“灵魂乐园”，为了实验的最后成功，他将自己大脑中的全部信息输入一台专用电脑，结果被锁死在电子陷阱里，而陷害他的是他的学生戴维，最终林太白的孙女戴茜发现了电脑上爷爷的呼救信号“戴茜救我”。故事结构精巧，语言干净，一下子就让我站起来。这堆稿子是一位责任心不太强的业余编辑离职之前扔下的，我庆幸，好稿没有被当成废纸，中国科幻的星空又升起一颗亮星——北京工业大学学生柳文扬。

第二天，《科幻世界》正要发当年的第十二期稿，而中国台湾的吕应钟先生设立的年度科幻小说奖刚刚评完。我力荐《戴茜救我》上第十二期，并在获奖作品中加上《戴茜救我》。还记得，吕应钟和杨潇刚走出省科协大门，我就拿着稿件，兴冲冲地跟他们在大街上边走边谈，他们均同意了我的意见。

不久，我就见到了浓眉大眼、虎头虎脑，却有一些腼腆的北京男孩儿柳文扬。他总是谦和地睁大眼睛，认真旁听科幻作家们的争论，不管有理无理，不管荒唐不荒唐，他总是笑笑，不与人争。

《戴茜救我》获奖之后，柳文扬又发表了《闪光的生命》。因为连年参加颁奖会和笔会，柳文扬与编辑们混熟了。编辑们都叫他“柳公子”，后来渐渐发现，“柳公子”的“光学雷达”一

直在对准美术编辑邹萍“扫描”。

那时，邹萍一头披肩发半遮着秀气的小脸蛋，大眼镜下一双睿智的眼睛凝神盯着荧屏——她正在为杂志设计版式。那专注的神情，让人想起老作家陈学昭那本书的书名：《工作着是美丽的》。

邹萍发现“柳公子”一直坐在旁边观看，不知这一位北工大的青年教师有何见教，便问：“我这个版式，行不行？”

“柳公子”居然小声地说：“邹萍，我想吻你。”

“柳公子”和邹萍的爱情故事就这样开始了。

这一段，杨潇最熟悉，讲得绘声绘色，非常精彩。

后来，柳文扬的作品井喷式地大爆发，哗哗占领了《科幻世界》的重要版面。“有情人终成眷属”。“柳公子”舍弃了北京的工作，南下成都，小两口创办了《惊奇档案》，一本集幻想、惊奇、游戏为一体的全彩版杂志。因为有柳文扬的加盟，月销量突破10万，火了三年。

我曾跟着柳文扬、邹萍和《惊奇档案》的编辑同人一起去爬过青城后山。从后山爬到天师洞，那是一条非常崎岖的小路。那个周末玩得开心极了，也累极了。柳文扬发明了一种顶球游戏，让我至今难忘。

在北京科幻圈内，柳文扬不光是会讲故事，逻辑思维也挺强。大伙儿谈及科幻小说与主流文学的区别时，他颇有见地地说道：“其实，咱们干吗使劲儿‘向纯文学靠拢’啊？厨师不一定非要奔满汉全席去，醋熘白菜、回锅肉啥的也得有人做嘛。别管排第几，科幻小说是小说，有很多人读，够了。好比一个人生下来就是老三，不服气，可也不能把大哥二哥掐死，自己当老大呀。咋办呢？他该坐稳老三的板凳儿，发挥老三的长处，让人家都说：小三儿机灵，小三儿长得俊，小三儿会办事，等等。”

柳文扬（右二）、彭柳蓉（右一）、杨蓉（左一）等作者在一起唱卡拉OK

再后来，“柳公子”生病了。开始误诊为眼疾，后来才发现是脑瘤。2007年7月1日，37岁的柳文扬病逝于北京。

从《戴茜救我》开始，我感觉柳文扬的作品越来越有特色。一是简洁，把环境、人物、时间过程用简洁的笔墨勾勒出来；二是关键的细节描写特别下功夫。后来，是小邹萍悄悄告诉我，柳文扬拜陈建功为师，经常向陈建功请教。

陈建功时任中国作家协会副主席，他的小说《辘轳把胡同九号》《找乐》堪称20世纪中国小说之经典。在柳文扬病重期间，陈建功曾想法寻找北京名医，挽救柳文扬年轻的生命。

柳文扬病逝后，我曾跟陈建功通了电话，他的声音相当沉重，不断地叹息：“这个大孩子，好像有一种预感，他对生命的短促、人生的无常，有着特殊的感觉……”

我回忆起《闪光的生命》讲述的故事：刘洋不敢向心爱的雷冰表白，眼看就要大学毕业了，心里十分焦急，在忙乱中不小心复制了一个自己。复制人只有半个小时的生命，但复制人却觉得不短，他说自己本不该出生，却出生了。他跑了出去，摘了玫瑰花向雷冰表达爱意，刘洋赶到的时候，复制人已经消失了，但雷冰却爱上了这个复制人。刘洋深感痛苦与无奈。

天文学告诉我们，什么是“蓝移”和“红移”：

“蓝移”——表明天体正向地球靠拢；

“红移”——表明天体正离我们远去。

在中国科幻星空中，一颗亮星正离我们远去。他升起于1993年，14年来，他散发的独特光芒已让众多读者倾倒。突然，像一颗红移的亮星飞快地沉入深邃的宇宙，让多少泪花为他溅落。

那一夜，北京一名高中女生通宵未眠，泪水打湿了载有《闪光的生命》的那一期《科幻世界》……

那一夜，我呆坐在书房的椅子上，手抚着柳文扬的第一本科幻小说集《闪光的生命》，在酷热的夏夜也感到后背冰凉。

作为一名退休老编辑，突然感悟到我应当深深感谢他。有了柳文扬，有了一批又一批优秀作者，才会有《科幻世界》的“双奖”，才会有中国科幻的繁荣兴旺。什么是编辑的人生价值？编辑出好作品就是编辑的人生价值。但是，遇上好作品也要有机会。我庆幸，上天让我有机会从退稿的一片阴云中，看见柳文扬这颗亮星在“蓝移”。

20世纪90年代，《科幻世界》从背水一战走向辉煌。

在中国科幻的银河系，不仅有科幻作家，还有不少科幻翻译家，让大量优秀外国科幻作家的佳作被中国读者读到。他们是孙维梓、吴定柏、郭建中、齐仲等，更早期有王逢振、曹德骏、官泳松等。

孙维梓，一生坎坷，却勤奋好学，内心坚毅。他1931年生于南京，抗战时全家逃难去上海，解放后曾在上海工人业余夜校、长宁区二小任教，1951年入团，1953年入党，1958年因被划为右派而开除党籍，又在1962年甄别并恢复党籍及原工作岗位。这期间利用业余时间读上海市电视大学数学系，获得本科学历。

1978年，孙维梓调至南京市教育学院任教务处副主任。1991年退休后，他在报刊发表了4200余篇文章，其中，供给《科幻世界》的译稿上百篇。最让我们感动的是，1995年，他因为用眼过度，眼底黄斑区受损，右眼视力下降到0.02。医生警告他，只能在自然光条件下稍许看点儿大字。后来，虽然置换了人工晶体，做了激光手术，但右眼还是在2003年失去视力。孙维梓将电脑屏幕字号调到最大，在盲人软件的帮助下，坚持翻译，直到完全失明。

在浩若烟海的国外科幻作品中，孙维梓非常善于挑选适合中国青少年读者阅读的佳作。他的译作，译笔娴熟，优美流畅，深受读者好评。每一次与他通电话，他都谦虚地说："表扬的话，就勿要说，各方面的意见，我都想听一听。"

每当收到他的译稿，都让我们高兴之余，又感到十分沉重。想到他过马路，必须要老妻扶着，才能走过斑马线；想到他，脸贴近屏幕，吃力地靠"盲人软件"一个字一个字辨认的样子，他为了奉献优秀译作，付出了高昂的代价。

在'97北京国际科幻大会上，孙维梓荣获了"金桥奖"，他在老妻陪同下领到奖牌，并乘火车南下成都，参加国际科幻夏令营活动。事后，杨潇和我说"孙维梓夫妇，坐了一天一夜的火车"，感到安排不周，非常愧疚。

真是不公平啊！给人间带来科幻之光的孙维梓，命运却让他坠入黑暗。双目失明后，他度过了十余年漫漫黑夜，于2014年10

孙维梓及夫人

月25日逝世于南京。

孙维梓的学生，回忆起这一位极具人格魅力的恩师说：

“文革”期间，无论同学打架斗殴，多么不守规矩，只要叫一声“孙老师来了”，大家个个听话，不再瞎捣蛋。

学生还说，一个暴风雨之夜，孙老师从一个学农点到另外一个学农点，去检查学生的安全状况。走在泥泞的乡村小道上，他一路磕磕绊绊，路经狭长的石板小桥时，只听得见流水哗哗响。2000多度的高度近视，加上大雨如注，使他看不清眼前的景物，只好双膝跪地，用手摸索着石板，一步一步地爬过了小桥。

在中国科幻星空中，孙维梓这一颗亮星“红移”而去，而更多的新星在冉冉升起。中国科幻作家、翻译家，无论寿命长或短，都是中国科幻银河之中，闪光的生命！

6. 看流星雨，看“彗木之吻”

这是一列由21块彗星碎片组成、全长超过16万公里的“空际列车”。它正以每秒60公里的速度全力向木星撞去，其释放的能量远超20亿颗原子弹同时爆发。

这是我的一个老笔记本中抄录的1994年7月的一件“天文大事”。按说，彗星去撞木星，离地球7.8亿千米，与我们地球人没有一根毛线的关系，我们干吗要去关注它呢？

有个观念早已在《科幻世界》的编辑心中扎根，这就是黑格尔的经典语录：“一个民族需要有一群仰望星空的人，他们才有希望。”

仰望星空，不仅使我们眼界开阔、神思飞扬，更让我们感悟到宇宙的浩瀚、生命的渺小与珍贵，同时让人不断获得新的启示。

仰望星空，对于《科幻世界》的编辑来说，就是要明白：所有优秀科幻作品，都是在开拓幻想的边疆，而幻想是永远没有边疆的。

在那时，还有一条经验在流传：“立体办刊”。

“要办好针对青少年的杂志，一定要搞活动，让青少年无穷无尽的精力有地方去消磨、去折腾！这样做，吸引了青少年、家长、老师，社会皆大欢喜，何乐而不为呢？”

这是重庆《课堂内外》主编周忠行给我们“传经送宝”时的讲话。

1985年暑期开始，重庆《课堂内外》得到了长江轮船公司的鼎力支持，连续三年举办了全国青少年游三峡的活动，600多名来自全国各地的中学生登上长江号江轮，船上挂满旗——挂满旗是国家元首的礼遇——拉响汽笛，在滚滚长江之上一路东去，威风八面。他们沿途参观考察，大开眼界，他们在船上举办娱乐活动，玩得非常开心……所有参与的中学生们，回到学校后，都成了《课堂内外》最积极的宣传员、推广员，使《课堂内外》发行量猛增。

《科幻世界》也举办了一些针对青少年的活动，比如1994年7月15日，在峨眉山金顶观看“彗木相吻”；比如1997年8月，在成都月亮湾举办两万多人参与的“国际青少年科幻夏令营”；支持全国高校成立科幻俱乐部；在成都、长春、长沙、重庆、上海、北京等地举办各种讲座和科幻迷见面活动；培训中小学生创作科幻画参加全国大赛，等等。

1998年11月18日，狮子座流星雨爆发，《科幻世界》宣传并组织到广汉金雁湖开阔地观看流星雨。数百辆车在成绵公路上爬行，造成了非常严重的交通拥堵。结果，由于天气糟糕，浓云密布，苦等至半夜，依然是铁灰色天幕低垂，“天文奇观”成了“天文骗局”。

直到2023年，参与筹办成都世界科幻大会的重要成员、成都传媒集团的梁效兰半开玩笑地说：“二十多年前，我在《成都商报》当记者，说是观看狮子座流星雨，路上堵了好久，把我们折腾惨了，你们《科幻世界》太能忽悠人了！”

我笑答：“这咋个能怪《科幻世界》喃？是成都地区天气不好，我们没得眼福。中国北方的天文爱好者，看到了数百颗流星坠落，还有非常亮的火流星，壮观极了……”

再来说1994年7月初，北京《天文爱好者》副主编温学诗告诉我，本月中旬将发生千年难遇的天文奇观——一颗彗星将撞向

彗木之吻示意图（知乎网）

太阳系的木星！国际天文界给这次大撞击起了一个诗意的名字："彗木相吻"！

我们估计，在多云雾的成都平原难以看到这天文奇观。经讨论，杨潇马上同意组织"科幻世界杂志社彗木之吻观察组"，做旗帜，印T恤衫。观察组十几个人，其中有谭楷、向际纯、邓吉刚，以及发行部的刘志勇、吴建忠，还有科幻迷徐久隆。恰好，向际纯认识的一位天文爱好者蹇一平有一台天文望远镜。他很高兴，带上天文望远镜和我们同行。

当我们乘火车、转汽车、上缆车，到了接引殿，天已漆黑。我们打着手电，步行登顶。到了金顶，顿觉山风劲吹，浑身冰凉。见游客们都租了棉军大衣披在身上，我们也租了军大衣披上。

草草吃了晚饭后，金顶上已是一片寂静。攀爬了一天的人们早已经把自己扔在床上，躺平了。我们也就不慌不忙，帮助小蹇架起了天文望远镜，在茫茫星海中，寻找那一颗受伤的木星。

"肇事"的这颗彗星，叫苏梅克-列维9号，简称S-L9，是苏梅克夫妇和列维发现的。它原本位于太阳系小行星带，是一些自由乱飞的大小石头和冰块，纠集成伙，偷偷溜进了太阳系，组成彗星，一直围绕太阳做公转运动，直到在一次向太阳系内侧飞行的过程中，遇到了太阳系中的“大胖子”木星。木星质量比太阳系所有其他行星的质量和大2.5倍，是地球质量的318倍。当S–L9运行到离“大胖子”只有4万千米之时，意味着它进入了“大胖子”的“希洛极限”范围。所谓“希洛极限”，是指一个天体自身的引力与第二个天体造成的潮汐力相等时的距离。当它们的距离小于“洛希极限”，天体就会被引力拉散撕碎。事实上，S–L9已经被分裂成21块，这些碎片直径从几百米到几千米不等，质量约为2亿～4亿吨，令人惊叹的是这些碎片并不是随意散落在太空，而是排成一列，变成全长超过16万公里的“空气列车”，从7月15日开始，连珠炮般轰击木星。单单是第九块碎片就在瞬间释放出2.5亿颗原子弹的能量，爆发范围有三个地球那么大，产生万度以上高温。三天的连续轰击，所释放的能量相当于20亿颗原子弹，约40万亿吨TNT炸药同时爆炸。

在金顶，业余天文望远镜里出现了一颗亮点。小蹇说：“这是木星被撞击后，腾起了1000多千米高的火焰！”

在金顶，满天星光之下，我们只瞄准观察那“一颗亮点”。

我们十几个人轮流观看这“彗木相吻”的宇宙奇观，引起了金顶旅客的注意。他们问我们：“看啥子？看啥子？”

我们简单解释：“一颗彗星撞向了木星，相当于20亿颗原子弹爆炸，因为撞击点在木星背后，我们只能看到腾起的、有1000多千米高的火焰。由于我们离木星太远，只能看到一个亮点。”

“哦，哦，我们可不可以看一看？”十几名旅客轮流看了之后，有人讨论起来：“好亮啊！”“咋个没有影响到我们地球喃？”“要是这颗彗星撞上地球，地球就完蛋了！”

在金顶半夜排长队，观看“彗木之吻”

更多的旅客被吸引过来。特别是来金顶观景的青少年们，又吼又叫：“太壮观啦！”“这一辈子你看不到一回！”

于是，金顶上排起了全是披着军大衣的长队。我们不得不规定：每个人，只能看半分钟。

金顶的“天文热”从深夜一直持续到黎明前。我们冻得吸溜吸溜，不停地跺着冷得发麻的双脚。让我高兴的是，中国人对星空的好奇心，没有泯灭！

我向杨潇说到那次在金顶的感受时，说了一句套话，有点夸张：“只要对未知世界充满了好奇心，这个民族就是有希望的民族！”

我特意告诉她，我们还遇上了一位学生家长。她了解到我们的身份之后，快人快语：“我就是《科幻世界》的忠实订户！我给我儿子订了《科幻世界》，他喜欢得很。”

我问她：“你为啥要给儿子订《科幻世界》？”

她说：“我让儿子看武侠小说，害怕他打架；我让儿子看言情小说，害怕他早恋。我让他多读科幻小说，对科学感兴趣，就对了！”

这位学生家长在金顶上说出的“金句”，经修改，成为1995年全国邮局征订《科幻世界》的广告词。

7. 欢呼“西游记宫”的倒塌

1992年，杂志社决定收缩图书发行战线，开始“背水一战”，集中精力办好科幻刊物。但有一事例外，就是四川大学的杨武能教授发起编辑《成都大词典》，邀请我参加，并任第一副主编，主管“经济篇”。此事，能为杂志社创收，且只是占用我每周周末的时间，便得到了“社委会”的同意。

由于编《成都大词典》，让我认识了一百多位四川大学教授。其中，有一位Z教授对童恩正颇有些微词。他说，童教授要是把精力集中在考古上，肯定成绩要大得多。可惜了！我反而动员Z教授说：“你们四川大学开一门科幻课吧！美国有二百所大学开科幻课，而中国只有两所大学开科幻课。”

这位Z教授白了我一眼说：“科幻，跟我们的专业有什么关系？我们有汉乐府唐诗宋词元曲明清小说等，丰富的文化遗产等着学生们去挖掘，哪有工夫去学什么不着边际的科幻？”

进入20世纪90年代，成都郊区雨后春笋般冒出了许多“名胜古迹”——西游记宫、水浒宫、封神演义宫、三国宫、百帝蜡像城，包括市中区的水帘洞、惊奇迷乐大世界，好不热闹。这些“古迹”投资之巨大、装修之华丽，令投资者与设计者毫不怀疑，这些好项目必定赚大钱。这位Z教授忙得不可开交，还硬拉我去参加新都“西游记宫开幕式”。刚进园区中央，就是一孙悟空旋转着在舞金箍棒。有不少娃娃在那里拍照留念。Z教授对我示威一般地说：“你看看，我们几千年积淀的灿烂文化，多有魅力！”

很可惜，鞭炮一放，开张锣鼓一敲，热闹了没几天，这些宫啊殿啊，寒风飕飕，阴得瘆人，最后是蛛网蒙面，门可罗雀。“西游记宫”撤除时，孙悟空雕像还在那里舞动金箍棒。大铲车铁铲一下去，金箍棒就断成了数截。Z教授不以为然地说：“农民企业家嘛，策划能力差一些，没有把《西游记》的精华提炼出来。”我反问：“Z教授，什么是《西游记》的精华？”

有记者统计过，成都周边这番新造“古迹”的壮举，至少要花掉5亿元人民币。这事，让人发蒙：什么时候起，孙悟空竟失去了魅力？

一个孩子说了大白话：“我爸爸给我讲孙悟空，头一回，挺新鲜；后来爷爷给我讲孙悟空，我就不觉得新鲜了。爷爷说，他的爷爷就跟他讲孙悟空。唉，怎么老是讲孙悟空呢？”

一只木头手枪可以让几代人当玩具的时代过去了。

韩松是很善于思考的科幻作家。他说：“美国科幻大片与我们熟悉的《西游记》有很大的不同，除了丰富的想象，还有一种能把想象变成现实的能力。”

我的小儿子，看过《西游记》也就罢了，都不想玩金箍棒。他迷上了“中华学习机”，可以学知识，也可以打游戏。那时，童恩正在《智慧树》上发表了《西游新记》，看得我的小儿子哈哈大笑。后来，我得到了童恩正赠送的《西游新记》单行本，小儿子视为珍宝。

大儿子想看，小儿子怕借给哥哥看了，哥哥的铁哥们儿多，看了不还他，就拒绝借给他哥看。但哥哥还是找到了《西游新记》，蹲在卫生间看，看得哈哈大笑，没想到一失手，竟把书掉到尿水里了！在兄弟俩的惋惜声中，我只得用自来水小心地把《西游新记》一页一页冲干净，放在阳光下曝晒，晒干之后，书页有点皱，但不影响阅读。

兄弟俩在被窝里传看此书，仍能闻到“书香”。这事成了我家经典笑话，讲给童恩正听过，他也听得哈哈大笑。

《西游新记》写的是唐僧师徒三人去美国“取经”，由于文化差异，闹出许多笑话。比如，贪吃的猪八戒不知道吃西餐先上汤，觉得汤实在好喝，便大喝特喝，喝得肚子撑圆了，才知道正餐还在后面……

孙悟空，毕竟是年代久远的“历史人物”。如果不赋予新意，他将永远呆立在那里，接受岁月撒下的尘埃。

历史毕竟是历史，它是不可改变的过去。中国漫长古老的历史，大量的经验教训，酝酿出“向后看”的文化——从电视、电影到小说、戏剧，极难摆脱一种陈旧感。在20世纪90年代，如果没有清宫、没有格格，简直就没有电视剧。我问Z教授，黑格尔说“人类从历史中学到的唯一的教训，就是没有从历史中吸取到任何教训”，黑格尔所说的“人类”包不包括中国?

中国，已经打开国门，进入科技昌明的时代，永远新鲜的是不断创新和不断发展的科学技术，需要一种展望未来的、把人们的目光牵向更广阔的宇宙空间的新文化，这就是向前看的——科幻文化。

我写了一篇杂文《欢呼西游神宫的倒塌》，发表在《三联生活周刊》的“读者来信”一栏，并将此文寄赠给了Z教授，他也不太生气，只是说：“你龟儿子——好歹毒啊！”

我说：“Z教授，你每天晚上必看《新闻联播》。我要告诉你，电视节目是通信卫星传送的。通信卫星理论，是英国科幻作家阿瑟·克拉克于1945年‘发明’的。卫星呢，是用三级火箭送上天的。现代火箭的理论是俄国科幻作家、科学家齐奥尔科夫斯基确立的。齐奥尔科夫斯基一生敬佩给他灵感的法国科幻作家儒勒·凡尔纳。儒勒·凡尔纳写了一部《从地球到月球》，他预言了人类登月。结果，阿波罗登月，完全符合小说描写的‘发射点’‘飞行速度’‘飞行人数’‘飞行时间’，甚至，飞船从月球返回地球的降落地点，也是一百年前凡尔纳小说选定了的，那是南太平洋的无人区，最安全，对人类干扰最小。”

我最后说：“Z教授，有了科幻，没准儿等你七老八十之时，川大给你配一个‘朝云型’的机器人美女。‘红袖添香夜读书’，她会像朝云伺候苏东坡那样，刺激得你诗情勃发，至少年轻20岁。如果没有科幻，你还能使用电脑、看卫星转播电视不？也许，世界还停留在古代，你只能在昏黄的油灯下，读点儿‘子曰’。”

8. 默默无闻的铺路石

老作者都还记得，在《科学文艺》寥寥无几的几个编辑之中，有杨潇、我、向际纯（美编）、莫树清，还有老编辑李理、年轻编辑胡季英；在改刊《科幻世界》之后，有周兴维、邓吉刚、田子镒、贺静、刘维佳、李克勤、姚海军、阿来、秦莉、唐风、杨枫、张健翔（美编）、刘勇（美编）、张蕾（美编）、邹萍（美编）、张晓雨（美编）等。

诗人肖开愚、作家聂作平，也曾在杂志社当过近一年编辑。《四川文学》主编陈进退休之后，为杂志社做了三年终审把关。

有关阿来、秦莉的故事，后面有章节详叙。

据说，有一句行业流行语："如果你想一辈子一事无成的话，你就去办杂志、当编辑去吧！"我想，这句话的意义在于说穿了编辑是帮助名作家、名记者出名的"人梯"，永远默默无闻。

先说说老编辑李理。

他衣衫干净整洁，银发丝丝不乱，儒雅的笑容挂在脸上，说话总是轻言细语。后来我们才知道，他的父亲曾任孙中山总理秘书，他属于"总理秘书之后人"，难怪呢。

美术编辑向际纯的女儿喊他"李爷爷"，于是，编辑们也习惯于叫他"李爷爷"。他本名李于宪，李理是笔名。1949年以前大学毕业，当过新闻记者。1957年被错划为右派。平反之后，由段星樵介绍到《科学文艺》做编务工作，登记分发稿件，划版，送稿"下厂"。风风雨雨十余年，印刷厂多次调整，衔接上从来没有费过什么周折。不管是性格急躁的厂长，还是喜欢折腾的业务员，对他总是“网开一面”，都说：“李老师是个老好人，别难为他了。”

他每天准时上下班，固定上一条线的公交车。时间一长，售票员便认得他了。只要有人让座，他必然鞠躬说：“谢谢，谢谢。”售票员没见过如此有礼貌的老人，只要他一出现，就喊：“哪一位乘客给这位老爷爷让个座？”于是，李爷爷上公交车，总是有座位。

他有一位老友叫朱枢，是成都摄影界泰斗，英语好，手极巧，修高档照相机是高手。朱老师知识面广，大脑仓库储藏丰厚，曾为《科学文艺》撰写了一组科普散文《有趣必有益》，深受读者欢迎。

我私下问朱老师，李爷爷为什么孤身一人？

朱老师说，李理的女友非常优秀，本来已经谈婚论嫁，因为李理被错划右派，他怕耽误了女友前程，主动切断关系。后来女友出国定居，一直未嫁人。等李理平反之后，朋友们都撮合他们来一场“黄昏恋”，告别单身。李理犹豫再三说：“我人老珠黄——眼睛珠珠都黄了，头发也全白了，一照镜子，啥子信心都没得了。我还记得她年轻时候的样子，相信她也记得我年轻时的样子，彼此都有美好印象，这个美好印象，一见面就会被破坏掉……藏在心里就好了。”

朱老师说：“李于宪是一个理想主义者，你们也是一心要振兴中国科幻的理想主义者，有共同语言。他说，他在杂志社很愉快。”

他在杂志社辛勤工作十来年，也该休息了。结果，从杂志社退休之后，他很不习惯，生病住院了。

早在1987年，他就在保险公司投保。在“受益人”一栏，这个孤老一生的李爷爷，填写的是：《科学文艺》编辑部。

我们都明白，他没有什么遗产，他最有价值的是那一颗真心。

一次，在郑文光家中喝茶时，陈淑芬老师说到一件小事。1991年5月，郑文光夫妇来成都参加首届银河奖颁奖会，由编辑部胡季英送到省科协招待所后，才发现没有牙膏。第二天早上，有人轻轻敲门，是编辑小胡从家里送来了一支牙膏。陈淑芬老师说："请一定替我们感谢她。"

我这才仔细想，小胡在我们杂志社，像一块沉默的铺路石。

2023年，世界科幻大会将在成都召开，有一位署名"简单快乐"的人在网上发了文章，回忆1991年WSF年会，谈自己的编辑生涯。我一猜，"简单快乐"就是胡季英，沉默的铺路石，开口说话了。

她说："我从1979年9月入职到1993年正式调离，在杂志社工作了14年。其间，除去读电大两年，挂职下派到盐边一年，在编辑岗位上工作了11年。通联、编务、组版、组稿、编辑等。

"1991年我编辑的《不死国》获首届全国科幻小说'星座奖'金奖；我编辑的《遥远的星空》获'星座奖'铜奖，我编辑的《火山口上的大脑基地》获第三届中国科幻小说银河奖三等奖……"

"简单快乐"还回忆说："韩松给我看过手相，他说我适合当编辑。不过，我1993年之后调离了杂志社。但是，我珍藏着从1979年创刊到1993年的全部杂志，还有作家杨雪莹、杨鹏、张劲松、汪洋啸，翻译家杨汝钧、熊音的信件，他们对我的工作给予了肯定、赞扬。他们的鼓励一直温暖着我的心……我觉得，这一生中最有意义最值得怀念的，就是在《科幻世界》当编辑的日子。虽然，我只是一名默默无闻的小编辑。"

读到“简单快乐”这一段回忆，我感动之余，又有些自责。自责是因为对小胡的编辑工作缺乏应有肯定。比如，1987年，我们四个老编辑访问日本那前后一个月；1991年，忙着办WSF年会那两个月，她和“李爷爷”不声不响地把工作顶起来，没有出任何玭漏。她从不自我表白，更不会评功摆好。越是这样，我越感到自己过于粗疏。

直到2015年，我采访陈寅恪的大女儿陈流求时，老人家说起邻家女儿胡季英，我才算对小胡有真正的了解。小胡不仅家学渊源，父母亲皆精通外语，祖父和外祖父辈更是民国高官。其舅公竟是打入国民党军队最高层的隐秘战线的一员，立下过大功。细细回想，小胡真是个“大家闺秀”，才如此自尊与内敛。

再说说邓吉刚。

这么多年过去了，王晋康说起《科幻世界》的老编辑邓吉刚时，还是满怀深情。

我对邓吉刚，对这位初中高中都与我同班的“发小”的了解，可以说是深入骨髓。老同学们背后叫他“牛黄丸”“咬卵匠”。

他爱好文学，博览群书，为人正派，但有些事情偏执得厉害。比如，他喜欢挑错别字，发现哪家苍蝇馆子招牌写错了，菜单写错了，他会喊：“老板，过来，过来，我给你说一件重要事。”谦虚点的老板听他指点一番后，连连称谢；脾气差的老板就骂他“你龟儿子管㞎得多！”继而发生争吵，弄得同学们都吃不好饭。

邓吉刚最适合何种职业？当编辑。《咬文嚼字》是他长期订阅的一本杂志。1992年，他从西昌川剧团提前退休到成都时，也才49岁。我问他愿不愿意到《科幻世界》来工作，他说愿意试一试。结果，一坐上编辑位置就是十余年。这是他一生中最有成就

谭楷与邓吉刚在峨眉山金顶合影

感的日子。

后来，《青年作家》编辑部主任田子镒调到《科幻世界》。田子镒是“全国社会用字管理先进工作者”，文字校对的绝对高手。他从邓吉刚校过的稿子中找到了“漏网之鱼”，就是“目不旁骛”的“骛”字，错为“鹜”。恍眼一看，两个字很像，且王勃有“落霞与孤鹜齐飞，秋水共长天一色”的名句。“目不旁骛”想当然就是“目不旁鹜”。田子镒给他指错之后，他在大会小会上都表示感谢，说：“子镒兄，是我的一字之师！”

吉刚很快积累起编稿经验，指出稿件中的通病：“科幻小说应该有个核心，就是科幻的构思，由这个构思推动情节发展和塑造人物性格。许多作者不注意在科幻构思中出新，只是把发生在地球上的故事搬到太空，而这种环境与人物的命运和性格发展无关，只能叫作科幻背景小说。”

1993年初，他从一堆自由来稿中发现了一篇让人兴奋的好稿

《亚当回归》，作者王晋康，是首次投稿。他立即将此稿推荐给杨潇，杨潇读后大喜过望，让全体编辑传看。由于此稿涉及“性”，担心“儿童不宜”，曾建议王晋康稍做修改。他改后，再次将稿寄来，编辑和王晋康都觉得少了艺术韵味，还是采用了原稿。

《亚当回归》发表于《科幻世界》1993年5期。接着，王晋康又发表了《星期日病毒》《科学狂人之死》……作为责任编辑之一的邓吉刚，因此多次受到表扬。可以说，他这一辈子，因出身不好（四川省邮政厅厅长之子），“文革”中受冲击，没有哪个人说过他半句好话。到了杂志社，成了受人尊敬的“邓老师”，心中怎不欢喜？他是个“烟酒茶，样样爱”的家伙，每天要喝二两。这一高兴起来，酒量大增。

当时，北京作家群也在你追我赶，频频寄来佳作，邓吉刚天天陶醉其中。人一高兴，精神气就挺足，曾经的离婚之痛也日渐平复。

从科幻世界杂志社退下来之后，邓吉刚夜夜看足球赛，把不多的退休金用于买足球彩票。他对老同学说得斩钉截铁：“我正在总结一个数字公式，保证能中500万大奖。”

我到他的住所去过，有两多：一是空酒瓶多，堆了半厨房；二是彩票条子多，撒了半张床。他刚读完《胡适文集》，准备哪天约上我，一边喝酒一边细说心得。

这个邓吉刚，曾是成都七中的足球小将，参加过省市比赛，给我的印象是他“身体倍儿棒，吃饭倍儿香”。不料，没多久突然接到噩耗：邓吉刚半夜突发心脏病，还未来得及在手机上按下120，便一命归西。

邓吉刚在杂志社十余年，正是《科幻世界》翻过3万发行量的门槛，连年暴涨的黄金岁月，这个“牛黄丸”“咬卵匠”，把功夫下到挑错别字、打磨文字等编辑工作上，算是人尽其才了。

每次见到王晋康，说起邓吉刚，总有一种难言的心酸和自责："我太马大哈了，没有想到他心脏有那么严重的毛病！"

再说《科幻世界》严把文字关的"定海神针"田子镒。

《四川文学》的高虹说："谭楷，你们《科幻世界》太精灵了，直接把《青年作家》最好的编辑田子镒挖走了，省了好多事。"

杂志发行量越大，犯错误的影响就越大。一个校对失误造成的错误会被放大几十万次！

田子镒被委任为编辑部主任，杨潇在全社会议上宣布：今后，杂志社的一切文字，必须由田老师审阅签字才能付印！"

田子镒的徒弟贺静对我说："田老师钻得很深，往往为一个字的准确安放，煞费苦心。比如，一摊血的'摊'，许多出版物上用的是'滩'字，实际上错了，正确的应该是'摊'字。"

谭楷与田子镒合影

老田退休之后说："在科幻世界杂志社那10年，我只觉得压力山大！经常累得睁不开眼睛，也因此患上了浅表性胃炎，瘦得三根筋挑着一个头，作者杨蓉戏称我'田排骨'。虽然我每年的年终总结都以把关发现什么纰漏、免除了可能发生的什么问题而自傲，但最后也在把关上栽了一个跟头。因为没有跟上时代，没有上网，没有及时发现某编辑在网上下载的资料有问题，捅了一个娄子。这让我一直痛心疾首！"

怎么看"总校对"的成绩？国家标准：万分之二——就是一万字允许两个错误。但《科幻世界》的错谬低于万分之二，这就是老田的功劳。他长期默默地付出，为杂志的质量提升做出了重要贡献。

再说现在仍在上班的、资格最老的员工贺静。

1994年1月17日，科幻世界杂志社花费1万多元"巨款"购买了一台386电脑，同时引进了一位"电脑小姐"贺静。从此，《科幻世界》的稿件就开始电脑录入，出硫酸纸，告别了"铅与火"。

当时，杨潇问贺静："你看上去好小啊，有多大年龄？"

贺静笑笑说："再过三天，满18岁。"

近30年过去，年轻秀美的贺静从小姑娘变成大学生她妈。她非常喜欢杂志社这个生态环境，她从文学编辑、美术编辑那里学到不少知识和技能。从录入、划版、文字校对到图形处理，从做杂志到做科幻图书，业务能力超强。

有一位北京科幻迷，一看贺静就着了迷。1997年7月，在北京开国际科幻大会时，痴情地守候在她的房门外，通宵达旦，她却浑然不知。后来，我婉言相告："贺静已经有男朋友了，明年就要结婚。"这位好小伙子才决定撤退。

右起贺静、邹萍、张蕾、王茂

贺静说，她这一生最难忘的是1997年的国际科幻大会，每天忙得只能睡三四小时，却非常有意义。

由贺静，让我想起了科幻世界杂志社一代编辑的青春。一次，省军区印刷厂请我们的文编和美编去座谈，谈完之后晚宴，晚宴之后唱卡拉OK。邹萍和张蕾，两位来自重庆川美的同学，合唱了一首陈慧琳红遍中国的《千千阙歌》：

来日纵使千千阙歌

飘于远方我路上
来日纵使千千晚星
亮过今晚月亮
都比不起这宵美丽
亦绝不可使我更欣赏
因你今晚共我唱……

当时，张蕾和邹萍唱得非常投入，竟至泪流满面。我作为听众，也非常感动。我对她们说：“我替你们记住了这个唱《千千阙歌》的晚上，你们要珍惜这一份姐妹情啊！”

后来，我一听《千千阙歌》就难受。因为，邹萍嫁给了大家都爱的“柳公子”，而“柳公子”英年早逝了。

“来日纵使千千阙歌，飘于远方我路上；来日纵使千千晚星，亮过今晚月亮……”或许，那一个唱《千千阙歌》的晚上，就做了悲剧的暗示？

当我们的科幻杂志之舟，穿过激流险滩时，除了领头人，还有一大群默默无闻的拉纤人，步调一致地负重前行；当中国科幻铺出了一条星光大道之时，让我们感谢那些默默无闻的“铺路石”吧！他们都是我们这个优秀团队的基石。

第七章 『灰姑娘』惊艳中华

1. 阿来，带着高原风来了

1996年6月，省新闻出版局在都江堰举办期刊主编学习班。来自阿坝州的《新草地》主编阿来就住在我对面的房间。我们早已经认识，但不是很熟悉。这一次，终于有机会慢慢摆龙门阵了。

一天晚饭后，几个主编在宾馆花园内喝啤酒，兴致正浓，下起了小雨。所有人都不愿意散去，只想等小雨过一会儿就会停，没料到小雨顷刻变成瓢泼大雨。我们五个酒客困在同一把大伞下面，动弹不得。有人说：“冲出去！”这显然不是好主意，冲出去肯定淋成落汤鸡。有人说：“等雨停。”这显然也不是好主意，等到何时雨才停？这时阿来吼道：“把大伞拔起来，走！”

阿来这一吼，我们四个脑袋进水的主编才想起把插在铁管之中的大伞拔起来。五人共举一把大伞，挡住了大雨，一二一，一二一，整齐挪动脚步，一直走到宾馆前厅，除了打湿鞋，没有淋上一点雨。事后我想，阿来的思维方式是不是与众不同？

再看阿来早期作品《旧年的血迹》，文字中透出一股难掩的才情。我想起了绥拉菲摩维支对顿河草原上那个年轻作家的赞美：“这一只雏鹰，嘴还是杏黄色的，但我相信，他会飞得很高很高。”记得周克芹病逝之前就说过：“阿来很有才！”

后来，读到阿来的《月光里的银匠》，听到银匠的敲打声，我想起只有高原才有的纯银色的月光，以及月光下演绎的具有魔幻色彩的故事，竟整夜难眠。

四川省作协的几个铁哥们儿几次向我推荐阿来。经过都江堰的主编学习班学习后，我向杨潇推荐阿来时，就讲了“暴雨拔伞”的故事。她说，你管《科幻世界画刊》，由你做主，就不通过社委会了。

当时，国家科委奖励了《科幻世界》一个刊号，让我们筹办《科幻世界画刊》。1996年，《科幻世界画刊》仓促创刊，有了张蕾、张健翔等美术编辑，还缺文字编辑。我当时兼任《科幻世界画刊》主编，编了一些不成功的“脚本”，想到阿来是写小说的，编故事是绝对的高手，便试探着问阿来，愿不愿意来《科幻世界画刊》，先安排在画刊编辑部。他同意了。

1996年10月，阿来从马尔康来到《科幻世界画刊》。一段时间后，他从画刊调到了《科幻世界》当“策划总监”。1998年，经省科协人事部同意，作为特殊人才引进，阿来正式调入四川省科协科幻世界杂志社。2001年，阿来任科幻世界杂志社总编。谭楷（当时57岁）从科幻世界杂志社总编任上下来，改任副总编，辅佐“少帅”阿来。2003年，杨潇从科幻世界杂志社社长（法人代表）任上下来，由阿来担任科幻世界杂志社社长兼总编。

1998年，阿来的长篇小说《尘埃落定》出版，当年即热销数十万册。2000年，41岁的阿来荣获茅盾文学奖，他是茅奖设立以来最年轻的获奖作家。获奖消息尚未公布但已经确认的当天，我打电话问过《当代》主编何启治：“茅奖”发多少银子？启治说：“两万。”

我把好消息报告给杨潇，杨潇当即表示：“科幻世界杂志社，翻倍，再翻倍，奖励他8万元！”

当天下午，科幻世界杂志社提前下班，全体到玉林火锅店去大吃了一顿。我们画刊、文刊的美女们，轮流上阵，一声又一声，脆生生地叫“阿哥”，如莺啼，如燕语，灌得阿来“脸都笑烂了”。我也为阿来高兴，啤酒加白酒，不知灌了多少，也不知何时摇晃到家的。

阿来在南京师大附中讲科幻

第二天，我才晓得，“出了一点状况”。跳伞塔派出所的警官来了省科协一趟，核实了“阿来”确有其人也就走了。我碰见何玉梅警官，她只说了一句：“有一点小误会，搞清楚就行了。”

原来，昨晚，杨潇见大家都喝得疯狂了，叮嘱会计帮阿来把8万元现金保管好，又让司机王学才把阿来的车开回玉林北街乐民小区阿来家停好。结果，王学才一直揣着阿来的一串钥匙，忘了还给阿来。等阿来回到家，爬上了五楼，摸不到钥匙，进不了家门，就只能坐在楼梯上“发瓜”，一时又想不起钥匙给谁了。咋办？

阿来想想，附近有一家玉林宾馆，便到宾馆要了一间房，睡下了。

大约是半夜三点，当地派出所警官到宾馆，查到有一名男子没有任何证件入住，便觉“大有问题”。于是，警官叫服务员打开了房门，把酣睡的阿来叫醒。

阿来醉眼蒙眬，见警官站在面前，不知道他们来干什么，也没怎么想去搭理。倒是警官先问了阿来姓甚名谁、家住何处，最后一问是：“你家离得这么近，怎么要到宾馆开房呢？”

阿来想：是啊，我怎么会睡到玉林宾馆来了？这不符合逻辑啊！怎样跟警官解释呢？跟警官说“小说创作”？说我的《尘埃落定》得奖了？说茅盾他老人家是谁？再说“茅奖”如何？扯远了，扯远了。

最后，阿来就用“暴雨拔伞”那种思维方式，只说了一句话，就让警官走了。阿来反问警官：“我……为什么到这儿开房？我，可不可以跟老婆闹离婚？”

这一反问，堵得警官也就不再追问了，让阿来继续休息。

后来，我跟阿来说：“你也太傲慢了，睡在床上接见警官。要是遇上一个坏脾气的警官，把你弄到派出所去审，麻烦就大了。”

我为台湾地区某报纸写了一篇《谁能画出高原风的魂魄》介绍《尘埃落定》。我去日本参加亚洲漫画大会时，与一位华裔商人交上朋友，他一边开车，一边听我讲《尘埃落定》，竟然着了迷，干脆把车开出高速公路，找了一僻静处，让我把故事讲完，边听边说“精彩，精彩”。

与阿来相处久了，我逐渐了解他的习惯和爱好。

阿来非常好读书，还喜欢躺在床上读书。到了半夜，只要听到砰一声响，多半是读到一半的书掉地上，他睡着了。第二天早上，又见他在读书。一大摞书，几天读完，如同一头壮年牦牛，有着惊人胃口、极强的消化与吸收能力。一本厚书，被他读“薄”，提炼出“盐中之盐”，用几句话就能说出书中精华。进入科幻世界杂志社之后，他大量阅读科普书籍，“食量惊人”。他为《科幻世界》的卷首开辟的“阿来专栏”，涉及多学科多方面的知识，后来结集出版了一本科学随笔《就这样日益丰盈》。

阿来喜欢古典音乐，喜欢听黑胶唱片播放的交响乐曲。他与《当代》的高贤君谈音响效果，谈得很投机。高贤君罹患癌症，他紧急采购虫草、藏药给高贤君寄去。高贤君英年早逝，他撰写“为人间编好书，去天堂听妙音”挽联一副。

阿来，来自高原，自然带着高原的风，总有些与人不同。

再说1997年7月，筹办'97北京国际科幻大会吧。

那时我和阿来频繁出差，到了临近会议的几天，就在中国科技会堂住下。有北京科幻迷与外地科幻迷聊上了瘾，晚上就会敲门，到我和阿来房中聊。我们忙我们的，他们聊他们的。他们睡地板，盖床罩，饿了，就把小冰柜里的打包食品，拿出来分而食之。我和阿来晚上上卫生间，见地上横七竖八睡了好几个大小伙子，还生怕踩着了他们。

我注意到，阿来对这些科幻迷还真有耐心。有一两次，在外面吃饭，还多点个菜带回去，以便又有一拨科幻迷晚上来吃“消夜”。

因为与'97北京国际科幻大会同时在科技会堂举行的，还有一个科幻绘画、影视和书籍展览，所以在大会开幕前夕，不知哪位领导发话，说是会议期间播出的外国科幻片、科幻书籍，全部都要审查！

天哪，当某处长传达“领导指示”时，我们全晕菜了，都不晓得咋办了。因为，这个工作量实在太大了，凭我们科幻世界几个编辑，根本无精力做“审查”。况且，“审查”标准是什么，领导也没有说明。当时，正巧四川经济广播电台的锦燕来京，协助我们筹办大会，她建议：“这个棘手的事，交给阿来去办吧。”

阿来似笑非笑地说：“我去吧。”

中国科协的办公区与宾馆同在一栋大楼。阿来叼着一支烟，趿着宾馆的拖鞋，抱着一大摞外国科幻大部头，直接就走到国际部程宁宁副部长的办公室。程部长见“著名藏族作家”来了，非常客气。

阿来把一大摞书放在茶几上说：“程部长，这些书，咋个审？你能不能定个标准，哪些书不准展出，哪些书可以展出？”

忙得不可开交的程部长，哪有时间读这些精装大部头的科幻书？

细细想来，外国科幻作家带来的，都是自己写的，或自认为最好的科幻书。可能如果个别书存在问题，比如涉黄涉暴力，但所有的图书仅仅是在书柜中展示一下，并没有翻译引进，有何可审的？

阿来（右四）、秦莉（左三）在全国书展

程部长明白，不知道是哪一位领导拍拍脑袋想的这一出，便直接打电话“请示”，陈述国际图书展的相关规定。我们这是非正式办展，何须审读人家外国科幻作家带来的科幻书呢？

锦燕说：“阿来一支烟没抽完，抱着书就下楼来了。一个弄得我们焦头烂额的大事，就这样简单解决了！”

高原的风，直愣愣地吹，决不拐弯抹角。

这是1997年我认识的阿来。

1998年，我还和阿来跑了一趟自贡，为的是“鼓动”何宏伟（即何夕）继续给《科幻世界》写稿。

何宏伟在1992年读大学时，就以刚健、清新的风格，写出了《光恋》，并获银河奖。大学毕业之后，他被分配到了自贡的银行系统，事务工作缠身，停笔两三年。阿来和我找到他的当晚，他有重要应酬。我们也不勉强，就到一个坝坝上吃烧烤、喝啤酒。没想到，何宏伟和他的客人也在同一地点吃烧烤。我们打了

何夕

招呼后，便各自吃吃喝喝。当晚，我问阿来，还跟何宏伟说什么不？他摇头说，不用了。

就像缄默的高原，无风。

阿来没有说一句催稿的话，就去了一趟自贡，何宏伟完全懂了。之后，何宏伟改名何夕，写出了《六道众生》《天年》等代表整个中国科幻最高水准的重要作品，成为科幻迷心中的“四大天王”之一。

2000年，阿来在北京召开的全国科普研究会上，做了重要发言。现在看来，阿来的总结相当精辟：

“科幻，特别是中国科幻，在我们眼里是一个动态的存在，而非一种近代的观念，是一种刚刚进入成长期的文学样式。

“我认为，《科幻世界》在中国的出现与成长，绝对是一个值得研究的现象。首先，这个杂志创刊之时，大多数中国人心目中没有科学幻想这样一个明晰的概念，只在中国的大中学生中才有特殊的上进的群体，最先了解到什么叫科幻。

“其次，当初并没有稳定的读者群体，更谈不上拥有成熟的科幻作家队伍。如今，《科幻世界》走过了20个年头，以大中学生为主体的读者群不断扩大的同时，开始产生新一代的科幻作家队伍。杂志的读者队伍和作者队伍同时在成长，恐怕这也是中国期刊界并不多见的现象。

“再次，《科幻世界》没有花过国家一分钱的投资，所以从办刊伊始，我们唯一的机会，就是在市场上取得成功——必须成功！”

阿来的这些话，引起了暴风雨般的掌声——

“所以，我们可以骄傲地说，我们是在基本不具备任何成功条件下，取得了成功！”

2. 杨振宁、潘家铮、宋健力挺中国科幻

1995年6月初，杨振宁来到四川，参加一个青少年发明奖的颁奖仪式，由四川大学副校长龙伟全程陪同。科幻世界杂志社便委托龙伟，向杨振宁推荐《科幻世界》。由于多家报刊委托龙伟请杨振宁题词，龙伟便不得不抱出一堆报刊，请杨振宁随意翻阅。结果，杨振宁从一堆杂志中，首先翻出《科幻世界》，反复阅读。他非常高兴地说："太好了，真是太好了，想不到四川还有这么好一本杂志，我一定抽时间仔细阅读。"

其实，早在杨振宁来蓉之前，我们就了解他。他曾对大陆书摊的"畅销书"发了一番感慨："武侠小说、言情小说太多，科技方面的报道很少，科幻小说寥寥无几，有点不堪设想！建设现代化强国，不能不重视科学技术的报道，不能不重视科幻小说，这是建设现代化国家的重要环节。"

龙伟说，想不到杨振宁在多项活动安排得满满的一天，抽空浏览了《科幻世界》，并欣然题词："幻想与梦想不同。"

杨振宁经过了深思熟虑后，对龙伟说："幻想、梦想，常常当作胡思乱想，不值一谈。其实，幻想跟梦想不同。梦，是无序的，是无意识的，相当复杂。梦中有现实生活的再现，也有无中生有，有潜意识；而幻想，是有序的、有意识的思维活动。幻想有了一定科学根据，便上了一个台阶，成为科幻了。科幻，常常是创造发明的先导。幻想太重要了，可以说，没有幻想就没有人类的进步。幻想是创造性思维活动。作为一名物理学家，最重要的是创造性思维能力和实际动手能力，二者不可偏废。"

杨振宁还说：“创造性思维，就是打破现状，破坏稳定思维。唯有打破现状才能出新。”

说到“幻想”和“创造性思维”，杨振宁兴致勃勃地谈到他的老师，美国氢弹之父、著名物理学家泰勒（Teller）：“泰勒每天都要产生很多古怪的念头。无论是碰到什么人，哪怕是小孩、妇女、普通工人，他都跟人讲，希望能够讨论讨论。他的想法经常是错误的、荒唐的。但他认为每天十个想法中有半个是正确的，一年就汇集一百多个正确的设想。他常常沉浸在冥思中，有时半夜找人倾谈，有时刚吃了两口饭便扔下餐具跟人争论。他说，即使每天十个想法都错了，或许在‘碰撞’中就会产生一个正确想法。正是他的创造性思维，使他对20世纪的物理学发展做出了重要贡献。”

在1993年，王晋康在《科幻世界》闪亮登场之时，潘家铮院士的科幻小说集《一千年前的谋杀案》由北京科技出版社出版了。本书收集了潘院士写的《康柯小姐的悲剧》《子虚峡大坝兴亡记》《镜中人》《勾魂使者》《一千年前的谋杀案》等11部科幻短篇小说。《一千年前的谋杀案》讲的是一具宋代尸体复活后，牵扯赵氏皇族兄弟间为最高权力的谋杀真相。小说充分展现了潘家铮院士丰富的想象力和深厚的历史知识积累。

潘家铮是中国水利科学界的泰斗，中国科学院和中国工程院两院院士。他参与并主持从新安江到龙羊峡数十座大坝的设计，也是三峡大坝的总设计师。在繁忙的工作之余，还埋头写科幻小说，实在难能可贵。《一千年前的谋杀案》由国务委员、国家科委主任宋健作序。

宋健在序中写道：“这是一本有新意的科幻小说集。浏览后不禁为作者渊博的科学知识、奇妙的构思和优美的文笔所吸引。

它熔科学想象力与现实科学追求于一炉，情节引人入胜……真可谓出乎于人意料之外，在于科学情理之中。”

1993年，《科幻世界》第11期的扉页，刊发了《宋健论科幻》，其中最重要的观点摘录如下：

作为灵长类动物最高阶段的人类的本质特征就是具有想象力和创造力。想飞，就发明了飞机。想登月，就研制了太空梭。想有千里眼顺风耳，就发明了雷达、无线电和声呐技术。可以说，没有想象力和创造力就没有科学的进步和技术的发展。法国、英国、美国的科幻小说大师凡尔纳（Jules Verne）、威尔斯（Herbert George Wells）、阿西莫夫（Zsaac Asimov）的作品，以其丰富的科学想象力和优美的文学手笔，吸引了多少人，许多青年人是读了他们的小说后才决心投身科技事业的。难怪有人说，一个国家科幻小说的水平在一定程度上反映了她的科技水平！

但是，中国科幻与发达国家相比，仍嫌数量太少，范围不广。近年来科幻文坛仍显得寂寥，中国无科幻，许多人惋叹为憾。

杂志社一直与潘家铮保持着联系。后来，我获悉潘院士有一点空闲时间接见我，便急忙赶到了中国工程院那座大办公楼。

潘家铮是一位鹤发童颜、精力充沛的老人，浓重的浙江口音带着毫不掩饰的激情。他捧着《科幻世界》说：“我知道，你们很艰难。想到你们这么多年能坚持下来，让我流下了眼泪。”

我对他的鼓励表示非常感谢。我说：“我们有个别官员，还把科幻当洪水猛兽，还有的不晓得科幻的重要作用。宋健主任的文章加上您的作品，对推动整个中国科幻的发展，改善生存环境，起到了很大的作用。”

潘老说：“宋健主任一定会影响到国家高层对科幻的认知。”

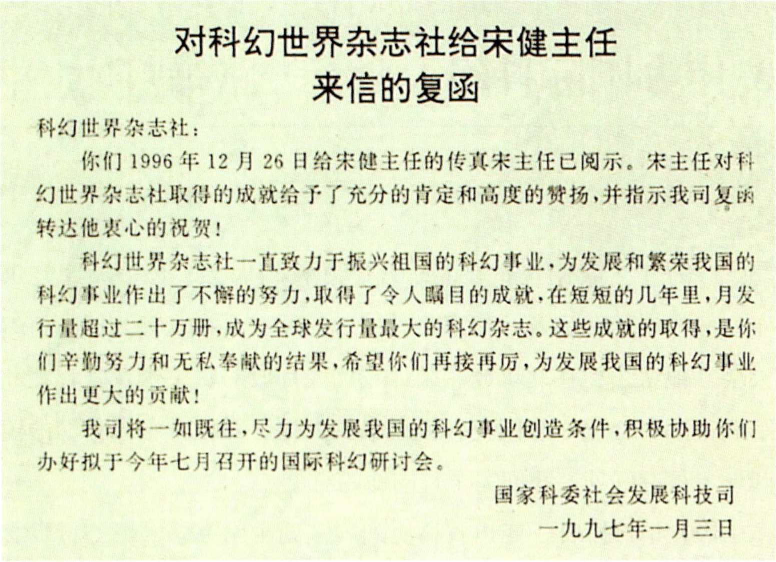

对科幻世界杂志社给宋健主任来信的复函

科幻世界杂志社：

你们1996年12月26日给宋健主任的传真宋主任已阅示。宋主任对科幻世界杂志社取得的成就给予了充分的肯定和高度的赞扬，并指示我司复函转达他衷心的祝贺！

科幻世界杂志社一直致力于振兴祖国的科幻事业，为发展和繁荣我国的科幻事业作出了不懈的努力，取得了令人瞩目的成就，在短短的几年里，月发行量超过二十万册，成为全球发行量最大的科幻杂志。这些成就的取得，是你们辛勤努力和无私奉献的结果，希望你们再接再厉，为发展我国的科幻事业作出更大的贡献！

我司将一如既往，尽力为发展我国的科幻事业创造条件，积极协助你们办好拟于今年七月召开的国际科幻研讨会。

国家科委社会发展科技司

一九九七年一月三日

宋健对《科幻世界》充分肯定和高度赞扬

1996年12月27日，宋健主任在中南海听取了四川省科协党组书记周新远汇报《科幻世界》的情况，对繁荣中国科幻事业表示了极大的关注。

中南海的好消息，当天夜里就传到了成都。中国科幻这个“灰姑娘”终于有了出头的日子。1996年下半年，离1991年的WSF年会6年了，科幻世界杂志社酝酿，在1997年举办一次国际科幻会议。

12月28日，周新远回到成都，立刻拍板，赶快起草文件，做好准备。三天之后——1997年1月1日，四川省科协副主席刘国宣率科幻世界杂志社负责人赶赴北京，表达了举办'97北京国际科幻会议的意向。

3. 申办国际科幻大会，一路绿灯

1997年，我们选定在北京开国际科幻大会，还多亏了老朋友——央视的名记者、作家骆汉城。他反对再在成都开国际科幻大会。他认为，在北京放一朵烟花比成都放一百朵烟花强；在北京搞个国际会议，外国记者就会来一大把，对提升中国科幻的国际形象很有好处。我们完全赞同他的意见。

1997年1月1日。四川省科协刘国宣副主席率领《科幻世界》的杨潇和我赴京，向中国科协呈报举办'97北京国际科幻研讨会的意向方案。

到了机场，对不起，航班被取消了。为啥？因为旅客太少。

我们正准备打道回府，只见一帮扛着摄像机的年轻人在与柜台上的值班小姐理论。原来，他们是央视记者，要赶回北京，对航空公司随意取消航班的错误提出了严厉批评。

没想到，在一旁观看的我们讨得了大便宜。不一会儿，机场便通知，某某航班即将起飞。当天夜里，我们顺利到达北京，入住中国科技会堂。

谁说"万事开头难"？被取消的航班也恢复了，这是好兆头。

1月2日上午，中国科协党组书记张玉台热情接见了刘国宣一行，说这是1997年开年上班的第一件大事。接着，玉台书记说，此事多向常志海副主席请示。常志海表示，为了扩大影响力，此次大会可以中国科协名义主办，由四川省科协承办。

接着，我们拜访了中国科协国际部部长朱进宁、副部长程宁宁。

程宁宁文静典雅，穿职业套装，戴一副金丝眼镜，两粒吊坠耳环特别亮眼。一看就是经常从事外事活动的正装打扮。

她非常专业地询问了我们做了哪些准备、准备什么时候开会，我们说7月底就准备开会，让她大吃一惊。

不行，不行。耳坠在摇晃。

她说：国际会议，一般提前三年，要发三轮通知，你们不知道吗？我们回答：也许，我们是搞科幻的，有点儿异想天开，我们保证能在3月发出正式通知，让参会的科幻作家7月底到齐。

不行，不行。耳坠在摇晃。

她说，国际会议，审批也要由省科协报中国科协，中国科协再报国家科委，走这个流程，3月份能下来就算快的了。只有等国家科委批文下来了，我们才能启动程序。

我们说：国家科委那边，我们去咨询一下，看能不能“特事特办”，缩短审批时间。

不行，不行。耳坠在摇晃。

她说：科幻大会不是什么特别紧急的事，国家科委那边不太可能破例快速下文件。不过，你们可以去争取一下。

接着，她把我们起草的文件迅速看了一遍，提出了很中肯的修改意见。我们感觉她说的“不行，不行”，是按常规尺度衡量，她也很希望我们的科幻大会能按“科幻速度”如期举行。

我们迅速赶到国家科委国际合作科技司。没有想到，处长竟然就是李小夫！

李小夫出席了1991年的WSF年会，他看到一批赤胆忠心的人，为振兴中国科幻做出的艰苦努力，将真实情况向领导做了汇报。此次相见，让我们感到惊喜。

李小夫也知道国家科委主任宋健给科幻世界杂志社的信。他认为，开北京国际科幻大会是趁东风，能不失时机地把中国科幻

热烈庆祝'97
北京国际科幻大会召开
《科幻世界》杂志社
电 话 5214229
5220328
邮政编码 610041
地 址 四川省成都市人民南路四段11号

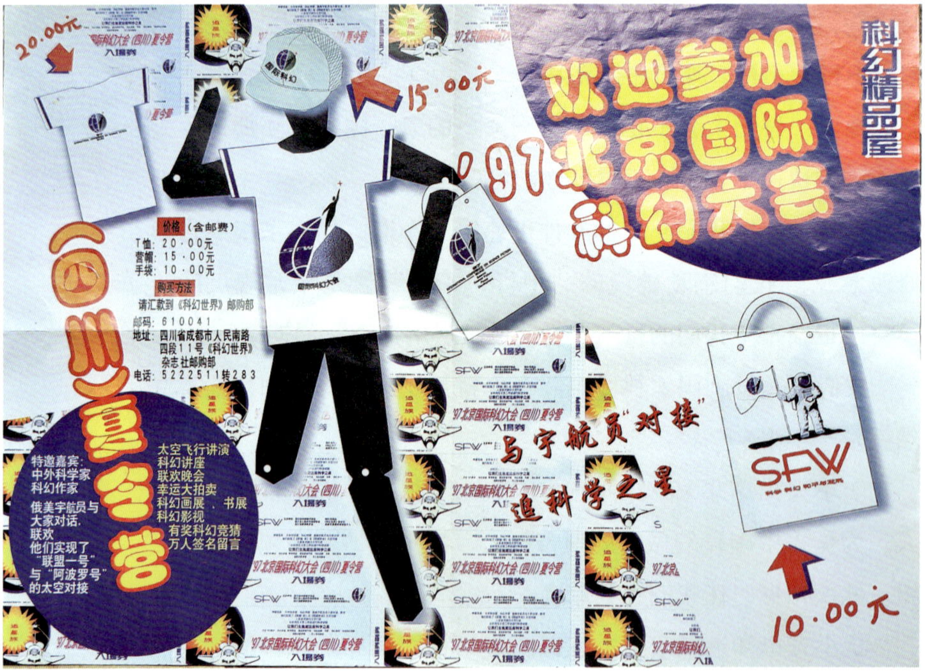

20.00元
15.00元
欢迎参加
'97北京国际
科幻大会
科幻精品屋
价格（含邮费）
T恤：20.00元
营帽：15.00元
手袋：10.00元
购买方法
请汇款到《科幻世界》邮购部
邮码：610041
地址：四川省成都市人民南路四段11号《科幻世界》杂志社邮购部
电话：5222511转283
（四川）夏令营
特邀嘉宾：
中外科学家
科幻作家
俄美宇航员与大家对话，联欢
他们实现了"联盟一号"与"阿波罗号"的太空对接
太空飞行讲演
科幻讲座
联欢晚会
幸运大拍卖
科幻画展、书展
科幻影视
有奖科幻竞猜
万人签名留言
与宇航员"对接"
追科学之星
'97北京国际科幻大会（四川）夏令营
入场券
SFW
10.00元

'97国际科幻大会海报

事业大大地往前推动一步，很有必要。他特别表示，只要申报文件到了国家科委，一定以最快的速度批复。

国家科委也亮起了绿灯。

回到成都，我们一边打正式的申办报告，一边做人员安排。翻译家王荣生推荐他的小师妹秦莉来帮忙。她一上班，立即开始联系国外科幻作家，邀请他们7月底到8月初来北京出席国际科幻大会。

要开好这次国际会议，除了邀请全世界顶尖的科幻大家，我们还有一个奇思妙想，就是邀请美俄宇航员——吴岩建议说："我出席国际会议时，宇航员的出现总是最吸人眼球的大新闻。"大会组委会安排秦莉承担这项任务。

就这样，由《科幻世界》上报四川省科协，四川省科协上报中国科协，中国科协再上报国家科委，请求协助邀请俄罗斯宇航员。由于驻世界各国的科技参赞多由国家科委派出，我们也请求国家科委给予协助。在各方努力下，俄罗斯航天局决定派出三名宇航员参会，为首的是第一位在太空行走的宇航员列昂诺夫将军！

秦莉收到来自莫斯科的喜讯之后，立即告知NASA：中国两亿多青少年，将以空前的热情，欢迎俄罗斯航天局派出的三名宇航员来华参加科幻大会，讲述太空故事。

正如翻译家齐仲设想的那样，这种以俄促美的"激将法"真是太管用了。数日之后，NASA正式回答我们：将派出杰利·罗斯上校和香侬·露西德博士来中国参加科幻盛会！

这样，俄罗斯航天局和美国的国家宇航局，都向中国科幻亮起了绿灯。

由于宇航员涉及太多的国家机密，NASA严格审核宇航员参加的各项活动。美方要求，美国宇航员在华的每一小时的地理位置，都需要让NASA详细了解。为此，筹备组下了大功夫，定下了美宇航员每一个小时的行程坐标。

小小的科幻世界杂志社，在国家力量的帮助下，请来了美国和俄罗斯5名宇航员，出席北京的国际科幻大会和成都国际科幻夏令营，成为这一次国际盛会的最大亮点。

4. 童恩正，留下“遥远的爱”

1997年春天，正当我们在紧张筹备'97北京国际科幻大会之时，一条噩耗从美国传来：中国著名考古学家、科幻作家童恩正教授于4月20日上午9时，因患急性肝炎，逝世于美国康涅狄格州米德尔敦，享年61岁。

我们还盼望着，7月底他能从美国飞到北京来，与世界科幻作家们愉快交流——他将以迷人的风度、幽默的语言、渊博的知识、惊人的酒量，醉倒一大片中外科幻作家。

我想起，20世纪60年代，四川人民艺术剧院演出的阿根廷作家尼古拉·库尼塞的作品《中锋在黎明前死去》，曾轰动成都。后来，我跟童恩正聊足球时，谈到了这一部戏中阐述的阿根廷人的“足球哲理”。

“中锋在黎明前死去”——在中国科幻界，谁能弥补童恩正留下的巨大空白？

他的科幻作品《珊瑚岛上的死光》《在时间的铅幕后面》《雪山魔笛》《遥远的爱》《古峡迷雾》《追踪恐龙的人》《西游新记》《失去的记忆》《五万年以前的客人》《世界上第一个机器人之死》等，按字数他并非高产，论质量绝对上乘，论风格肯定独特。

他给《科幻世界》三篇重要稿件，除了创刊号上的电影剧本《珊瑚岛上的死光》之外，还有《世界上第一个机器人之死》和《在时间的铅幕后面》。

《世界上第一个机器人之死》是他根据古代典籍“偃师造

人”的故事改编的科幻小说。当时，他骑着自行车到编辑部来交稿，让张尔杰主编非常高兴，连连赞扬：“这个大学教授没一点架子。”

我们一再催促，等候，再催促，再等候，1989年春节后，童恩正终于完成了《在时间的铅幕后面》。这是他准备写侦破型科幻小说的开篇之作，故事讲的是：中国西南某地发掘出一批商代文物，两年后，曾采访过此事的记者出访欧美时，在古董店发现令人难以置信的事……从此，暗杀、狙击接踵而至。记者几次幸免于死，终于揭穿谜底。

我去童恩正家取稿件时，他特别叮嘱说：“杨亮升（他的夫人）说，写得不怎么样，就以谭笑客的笔名发表吧。”

结果，《在时间的铅幕后面》获第二届中国科幻小说银河奖首奖。

1994年7月2日，童恩正（前排中）访美归来与编辑部同人合影

童恩正最令我敬佩的品质是“正”。他的正派、正直，表现在他对科幻小说的论争上。

早在20世纪80年代，就有科幻小说姓“科”还是姓“文”之争。这本来是学术之争，一些所谓的权威人士硬要将“阶级斗争”观念引入学术之争，将主张科幻小说姓“科”划为无产阶级思想观念，将主张科幻小说姓“文”划为资产阶级思想观念。一时间，大棒乱舞，让不少人噤声。

童恩正认为，“科幻小说既然称之为‘小说’，应当属于文学”。他说：“我过去、现在还是认为，科幻小说是属于文艺的范畴。它要起的作用，主要是文艺的作用；它所遵循的创作规律，主要是文艺的规律。它可以培养读者的科学精神，宣传科学思想，歌颂或谴责通过科学问题反映出来的社会现象；但却不是以传播某一种具体的科学知识为主要目的。”

科幻世界杂志社的同人们，完全赞同童恩正的观点。科幻小说是一种文学形式。它与其他文学不同的是，它的内核是奇妙的、新颖的、能激发人们想象力的科学幻想。当然，如果有一篇科幻小说，能讲清“宇称不守恒”——让普通平民百姓一读就懂得杨振宁、李政道获诺贝尔物理奖所阐述的深奥理论，那该有多好——可是，这种小说没法写，写出来也“不忍卒读”。

在叶永烈被围攻之时，童恩正敢于拍案而起，坚决反对乱贴“精神污染”“伪科学”标签的错误做法。为此，他在成都、在四川，乃至在全国科普和科幻界都得到一致的拥戴。

走下大学讲台，朋友们、兄弟们特别喜欢“吃货”童恩正、“玩家”童恩正。他嗅觉灵敏，耳听八方，闻到某县某乡场有一道特别的好菜，听说某不见经传的小地方风光独特，便会带着一帮好玩的小兄弟，或旅游，或寻美食，笑傲江湖，好不快哉。

记得1994年夏天，他曾回国。科幻、科普、书刊发行各界朋友欢聚于一家卡拉OK厅，他依然是妙语连珠，幽默风趣，讲新大陆的生活，讲得大家捧腹大笑。他不时请在座的女生跳一曲，跳得风度翩翩。

作为中国西南地区考古的领军人物之一，童恩正学术成果颇丰。他从1981年开始赴美学术交流，1991年正式赴美任教，以非凡的毅力克服了各种困难。

著名考古学家、哈佛大学教授张光直在《哭童恩正先生》一文中写道："我对他最深的印象，就是他的绝顶聪明。他并没有系统地学过英文，但是他一点都不怕羞，就挤到人群里面去大说英文；在最初人家不知道他说什么，但是数星期以后，他就可以说相当流利的英语。其他的学问也是这样。童先生的学问都是赶出来的，他好像要在短时间之内把所有需要的学问都学到。"

在群英荟萃的美国考古学界，童恩正终于有了一席之地。但是，长期超负荷劳累，伤及他有病的肝。为此，他付出了生命的代价。

童恩正的学生王毅、石应平、谭良啸等，均成为考古学家、旅游文化专家。他们不但熟读童恩正的学术著作，还喜欢童恩正的科幻作品。王毅，曾任金沙遗址博物馆馆长。当科幻世界杂志社拟选富有幻想色彩的金沙剧场作为2013年中国科幻银河奖颁奖典礼会场之时，得到王毅和博物馆同人们的有力支持。

那一夜，太阳神鸟在飞旋，远古的鼓乐在奏响。获奖作者不仅得到奖杯，还穿越时空，领略到灿烂的古蜀文化无穷的魅力。

那一夜，星光满天，让人想起童恩正的科幻小说《遥远的爱》。不知童恩正是哪一颗亮星，但相信他会深情地注视着人间，注视着爱他的人们。那永不消失的最后的电波，一直在浩渺的星空扩散，电文是：……永……不……相……忘……

5. “灰姑娘”终于惊艳中华

1997年7月28日，中国科技会堂，多功能演播厅灯火璀璨，乐声悠扬。9时30分，'97北京国际科幻大会开幕。中央电视台、北京电视台、美国环球电视、英国广播公司等新闻单位的12架电视摄像机一起开动，上百位记者笔走龙蛇，记录下这历史性的瞬间。

就在这一刻，一直在沉默中积蓄着力量的中国科幻，一直在孤独中寻求理解和支持的中国科幻，终于昂首登上了中国最高的科学殿堂，站在整个世界的面前。11年前，作家鲍昌就预言，中国科幻就像格林童话中的“灰姑娘”，不受人待见，总有一天，她会旋舞到聚光灯下，展现她的美丽，惊艳中华！

目睹中国科幻今天的盛况，《科幻世界》杂志的同志们，回想起中国科幻18年的艰难历程，禁不住热泪盈眶。

为了让广大青少年和科幻迷充分享受大会成果，大会专门安排了科幻作家、宇航员与青少年的见面活动。

7月29日下午2点，在造型别致的中国科技馆球幕电影厅，80多岁的美国科幻先生阿克曼首先演讲。他用幽默而风趣的语言，简单回顾了自己作为科幻迷的一生经历，向青少年们指出了科幻在人的一生中，尤其是在树立人生理想、养成正确的兴趣爱好的青少年时期的巨大作用。

接着，俄罗斯宇航员列昂诺夫发表演说。他说，从茫茫太空中的飞行器上极目苍穹，地球是一颗蔚蓝色的美丽星球，但这颗星球正由于过度开发和战争蹂躏，受到极其严重的破坏。他希望

'97年北京国际科幻大会

香侬·露西德、张玉台、列昂诺夫、周光召给吴岩、金涛等颁奖

全世界的人民，尤其是青少年，早早觉醒，投身于世界和平发展事业，保护地球，保护我们人类共同的美好家园。

美国宇航员罗斯上校在演说中回顾了自己从普通美国男孩成长为宇航员的经历。他说，在所有的原因中，最重要的一个就是青少年时大量阅读科幻作品的潜移默化，把他的兴趣引向了未知的广阔世界。

之后，美、俄两国宇航员和科幻作家们参观了中国科技馆，在被称为世界上第一个宇航员的万户塑像前，中外科幻作家、宇航员与青少年科幻迷进行了饶有兴趣的交流。

7月30日，美、俄宇航员和中外科幻作家游览了长城。

7月31日，科幻作家间的交流继续进行，直到上午11:00，才举行了简短的闭幕式。

闭幕式上，俄罗斯宇航联合会副主席，别列佐沃依上校代表俄罗斯宇航联合会，将代表俄罗斯宇航界最高荣誉的科洛廖夫勋章授予科幻世界杂志社社长杨潇。他说，此勋章是首次授予了一个与宇航没有直接关系的人士，但是，人类真正的起飞是灵魂的起飞。也许正是这个原因，杨潇与《科幻世界》的工作，才得到在实现人类科学幻想方面迈出最坚实步伐的宇航界的深刻认同与首肯。杨潇领受这个荣誉自然当之无愧。

杨潇在答谢词中说：我不愿意把这次荣誉看成是对个人工作的一个总结，而宁愿相信这是中国科幻事业像火箭一样向无限的想象空间腾飞的一个信号。

中午，简单的招待会后，宇航员和部分中外科幻作家便开赴机场，飞赴成都。成都国际科幻夏令营举办地是机场路上的月亮湾体育中心，两万多名来自全国各地的科幻迷，有很大的一部分被安排在周边学校。

8月1日上午，体育馆爆满，数千名科幻迷兴致勃勃地听美国

'97北京国际科幻大会
右起：刘兴诗、金涛、郑文光、李元、喻京川、张静

和俄罗斯宇航员讲太空故事。当别列佐沃依上校讲到失重时，成都玉林中学的一名志愿者上台做了一分钟徒手倒立，大家看他满脸涨红、眼睛充血才明白，在太空失重状态下，血液涌向头部，人会相当难受。一分钟已经让人难过，而宇航员要在太空生活几个月。

在另一个会场，世界头号科幻迷，穿着大花衬衫的阿克曼，妙语连珠，听众们听得捧腹大笑。有科幻迷问他为什么如此爱科幻。他回答说，因为我只能活一次。在我有生之年不能去火星，不能去宇航，但读科幻，能帮助我实现这些梦想。

中央电视台的五个摄制组从北京一直跟踪采访到成都，北京国际科幻大会和《科幻世界》在央视高密度出现在新闻联播、焦点访谈、少儿节目、科教频道，让亿万人民见识了充满新奇与乐趣的科幻世界。

《美国新闻周刊》对本次大会的报道更是长达17个页码，

《参考消息》在头版头条转载了这篇文章。1997年年底，中央电视台盘点本年度重大新闻时，'97北京科幻大会赫然在列。

然而，在新闻媒体展示的北京成功的盛会背后，在成都两万多名科幻迷欢声笑语的背后，是杂志社员工心血与汗水的付出。

对我而言，是难忘的那一杯苦茶！

北京开幕式那天早上，我沏好一杯浓茶，喝了几口，觉得味道怪怪的。那天，忙得团团转。匆忙之中，回房间去喝一口茶，润润嗓子，提提神儿。到了后半夜，忙完了第一天的“大活”回房，续上水，准备再喝“茶”时，一看茶杯，才傻了眼：茶水里泡着一只“烟屁股”，烟丝烟灰早已溶入茶水之中——回忆这个把星期，科幻迷川流不息，将我和阿来的房间当成恳谈室，聊饿了开冰箱吃消夜，困了抱床罩而眠，最后送给我一只“烟屁股”做纪念。

会后，成都的科幻作家杨蓉写道：从北京就忙了一通的人马，班师回朝下飞机时，其状惨烈：杨潇顶着鸡窝脑袋脚步发飘；谭楷一脸沧桑，斜挎背包像换大米的贩子……也许唯一有收获的是一脸沉思的阿来，对于他胖胖的身材而言，经过这一次超强的劳作以后，已经朝良好方向发展了。

杨潇安排了最细心的财务主管刘成树和贺静办理北京会议的善后工作，并对中国科协和科技会堂表示深深的谢意。

在北京科技会堂，与科幻大会同时举办的科幻绘画展，由中国科协常志海副主席和世界头号科幻迷阿克曼剪彩，参观者踊跃，非常成功。从租用展架到布展，全靠严蓬的父亲出马相助——他是一位经验丰富的办展专家，让我们省心省力，又办成了一件大事。

在成都月亮湾体育中心，莫树清全面负责准备工作，早已累得直不起腰了。杂志社全体员工投入：孟舟、刘志勇、张蕾、邹

'97北京国际科幻大会（四川）夏令营

萍、张健翔、邓吉刚、彭其容、王学才、吴建忠、曾康林等，不分昼夜，连轴加班，困了躺在地板上、椅子上打个盹儿，饿了吃几口盒饭，终于将全国少儿科幻画展布展完成。宇航员讲科幻故事的千人大会场被布置得美轮美奂。

在灿烂的夏日阳光下，欢快的乐曲声中，彩色大气球、彩旗、彩带与大幅宣传画，将月亮湾体育中心装扮一新。

在大队伍回到成都那个晚上，首席翻译秦莉累倒了，立刻送医院输液。莫树清看到她背上密密的火罐印记，忍不住心痛得落泪。

事后，杂志社开总结会，都觉得非常后怕：两万多名来自全国各地的科幻迷，在月亮湾闹腾了两天，平平安安，非常和谐，居然没有出一点纰漏。排长队等签名，没有“加塞”，没有吵闹，更没有打架斗殴。最拥挤之处，连摔跤破皮的小事都没有发生。这是为什么？潜意识里，所有的科幻迷感觉去见宇航员，就是去跟未来握手，有一种神圣感。这一种神圣感，实在太可贵了！

6. 1997，姚海军人生的转折点

1997年，是中国科幻特别重要的一个转折点。'97北京国际科幻大会真正把中国科幻推入了正轨。社会方方面面对科幻文学的认识都统一了，变得正面了——这是姚海军的评价。

1997年，也是姚海军人生的重大转折点。

办了10年《星云》的姚海军，从伊春林场来到北京，与神交已久的科幻作家、科幻迷欢聚在一起，天天都像在过节似的。大约一年之后，姚海军来到成都，加盟《科幻世界》。

郭小川的名诗篇《祝酒歌》是我年轻时背得烂熟的诗。这首诗抒写的就是林业工人的豪情，我特别爱在喝酒时念叨：

且饮酒，莫停杯！
七杯酒，豪情与大雪齐飞；
十杯酒，红心和朝日同辉！

当时，我感觉，个子高高的姚海军，好像一棵兴安岭挺拔的红松，从郭小川的诗中走来。

一见面，我就跟他聊林区的事。我说："你的工作挺有诗意啊！郭小川在《祝酒歌》里写道：重活儿，甜滋味。/ 锯大树，就像割麦穗；/ 扛木头，就像举酒杯。"

姚海军不禁笑起来。他说起曾当过队长，选好了圆木得四人抬着装车，稍有差池就会负伤，甚至丢命。抬木头的都是"过命兄弟"，这是很危险、很劳累的活。林区讨生活，哪有那么浪漫？

姚海军在读初中时，上的是黑龙江伊春市红旗林场的中心校，离家有七点五公里，他的家所在的小山村名字就叫“七点五公里”。他第一次读到科幻小说《布克的奇遇》就着了迷，后来，读《小灵通漫游未来》，就对科幻小说有了更浓厚的兴趣。

上高中时，姚海军生病了，不得不住进医院。医生暗示，这是不治之症，让父亲将他领回去，“顺其自然吧”。后来，父亲把他送到舅舅家调养，表哥给他做了一根钓鱼竿，让他凭钓鱼消磨时光。开始，他走不远就感觉累，得歇一会儿。半年后，他居然能走到远处去钓鱼，到医院一检查，病灶全都消除了。

真是人间奇迹！姚海军没有服用任何药，管他病不病的，在清新的空气里，在安静的农家院，精神完全集中在阅读科幻书上了。他环游地球，潜入深海，飞向月球，为格兰特船长的命运担忧，为隐身人的遭遇提心吊胆。他不仅读完了凡尔纳的作品，还利用舅舅废弃的“固定资产明细账本”，手抄了阿西莫夫、星新一的短篇科幻小说，自制了五卷《科幻小说手抄集》。

翻阅手抄集，他爱不释手，自得其乐。病呢？

大自然真是最好的医师，科幻小说就是最好的营养品，使他渐渐地忘了病——病，也许就是这样，你越把它放在心上，它越折腾你，你把它忘了，它也许就“自讨没趣”，一走了之。

姚海军，终于挺拔起来，虽说是瘦一点，毕竟也是一棵红松。

后来，他在翠峦中等职业技术学校上学时，结交了一些爱读书的朋友，萌生了创办科幻爱好者刊物《星云》的念头。

1988年，姚海军手刻蜡纸，自编自排版自绘插图的《星云》创刊。这是一个开放的信息平台，为读者提供各种科幻信息，刊发科幻书评。日积月累，《星云》越办越好。有人称赞他，坚持办《星云》长达10年。他竟然不同意“坚持”二字，因为这是他的爱好，这是他喜欢做的事情。真是：兴趣就是最好的老师，热

姚海军

爱就是无尽的动力。

《星云》锻炼了姚海军的编辑能力、沟通能力。《星云》得到郑文光、王扶、王逢振、吴岩等人，以及边远地区科幻迷的点赞，使他广交中国科幻界的朋友，为他后来进入《科幻世界》，成为优秀编辑，打下了坚实的基础。

1998年，姚海军入职《科幻世界》，从“读者俱乐部”做起，一直做到科幻世界杂志社副总编。他早已意识到，科幻要发展，必须从杂志时代走向图书时代。“图书视野工程”项目由阿来牵头主持，后由姚海军负责，主要包括5个书系：世界科幻大师丛书、中国科幻基石丛书、世界流行科幻丛书、世界奇幻大师丛书、星云书系。

作为中国科幻巨著《三体》的责任编辑，姚海军功莫大焉！

约翰·坎贝尔是美国科幻黄金时代《惊奇故事》的主编。刘慈欣称赞姚海军是“中国的坎贝尔”。

有人认为：姚海军打造了传奇，自己也成了传奇。

而我认为，姚海军奇迹，来自他青少年时下的苦功夫，以及二十多年矢志不渝的努力。请翻阅他的五卷《科幻小说手抄集》，密密麻麻100万字，那是一个身患重症的病孩子，用生产队旧账本纸，一字一字抄下来的啊！由此，我还要引用郭小川《祝酒歌》的两句诗，赠送给姚海军：喝三瓢雪水，放万朵花蕾！

第八章　陪同美俄宇航员游中国

1. 向人类第一位在太空行走的宇航员致敬

1979年，美国的阿波罗飞船和苏联的联盟号飞船在太空中对接，轰动世界。指挥联盟号的是苏联家喻户晓的列昂诺夫将军。将军说："原定是在莫斯科上空对接，结果偏离了一点，跑到易北河上去对接——众所周知，这是第二次世界大战，苏军和美军胜利会师之地，这样的'偏离'，有着非凡的意义。"

当美国和俄罗斯的宇航员在中国北京和成都"对接"时，又一次轰动了世界。时间是1997年7月28日至8月5日。他们是为出席科幻世界杂志社承办的'97北京国际科幻会和成都科幻夏令营来华的。

我当时任副主编，有幸陪同美俄五名宇航员度过在华访问的日子。

这是我一生中最忙最累也是最有意义的日子。

两名美国宇航员是美男子杰利·罗斯上校、3个孩子的妈妈香依·露西德博士。罗斯还带来了他整天笑容满面的妈妈，一位看起来相当和善的老夫人。

3名俄罗斯宇航员中最有名的是空军中将列昂诺夫——他是上了全世界所有名人大辞典的世界名人。1965年3月18日，他从飞船走向太空，是第一个在太空行走的人。另外两位是：格列奇科博士、别列佐沃依上校。

除了列昂诺夫在苏联解体前来过中国，4名宇航员都是首次来中国——虽然他们在太空中多次俯瞰过中国大地，一踏上中国的土地，仍然感到新奇得很。从风格上讲，美国和俄罗斯宇航员完全不同。美国宇航员谈吐简洁明晰，充满理性，像惯于逻辑思维的科学家。而俄罗斯宇航员，特别是列昂诺夫将军，讲起话来滔滔不绝，充满激情，像惯于演讲与朗诵的诗人。

早已经听说过了，凡上过太空的人，面对浩瀚宇宙，观念会发生改变。那黑暗无边无际，黑如沥青，冷酷无情，只要面对太阳，就有一束强光刺来，如同炼狱之火。由于没有空气与尘埃，所有的星星都不闪烁，缺少了地球上观看星星那种诗意。而蓝色的地球，显得非常可爱，那是人类共同的家园。

尽管美国人和俄罗斯人性格不同，两国宇航员在一起时却非常友好亲切，列昂诺夫将军一见面就拥抱着罗斯上校叫兄弟，叫香依妹妹。罗斯上校有了一个俄国昵称“尤拉”，别列佐沃依上校的昵称也是“尤拉”。香依入座时，总是坐在两个尤拉弟弟中间。

7月29日上午，中国科学技术协会主席周光召亲切接见了5名宇航员。在周光召谈到科学幻想在推动科学发明与创造的巨大作用时，列昂诺夫深表赞同。他谈到在“上升号”飞船上没有陌生感，因为齐奥尔科夫斯基在他的科幻小说中早已对飞船内部结构做了相当细腻的描绘。所有的宇航员都是科幻小说迷。

7月29日下午，5名宇航员与中国青少年见面后，走向了中国科技馆的古代科技展厅参观。大厅中央，万户的塑像吸引了宇航员们的目光。

在世界宇航史上有记载：公元13世纪，中国明代的幻想家万户，把自己绑在椅子上，手牵两只飞上天的大风筝，椅子下面点燃了四十七只大爆竹，他希望用这种方法实现自己的飞天梦，结果肯定是很悲壮的。万户是公认的“人类第一个宇航员”，在月球上有一座环形山，就被命名为“万户山”。

五名宇航员向万户致以注目礼。在众多中国青少年簇拥下，

'97年北京国际科幻大会，宇航员在中国科技馆与万户塑像合影
后排：别列佐沃依（左二）、列昂诺夫（左三）、杰利·罗斯（左四）；前排：格列奇科（右一）、香依·露西德（右三）（新华社供稿）

与万户像合影留念。那一个台阶太小，座位太少，五名宇航员被分散在热情的观众之中了。这一张照片，让所有的中国科幻迷看了都会觉得扬眉吐气，自信心猛增。

许多青少年拿着《科幻世界》杂志或科幻画请宇航员们签名。有一张美国国家宇航局印发的科普宣传画，画的是一名宇航员坐在太空椅（又称太空包）上，椅子下面有一动力装置，正喷吐着火焰。画的背面详细解释了太空椅的每个装置的构造细节和作用，充满了趣味性和观赏价值。

在场的青少年们都在争抢这一张画。这时，列昂诺夫将军跟杰利·罗斯上校开了一个玩笑说，这张画面上的宇航员坐的椅子跟万户先生的椅子一样，都是利用反作用力，推动宇航员在太空活动。

罗斯上校耸耸肩头笑笑，有些不置可否。

这时，中国古代的三级火箭引起了宇航员们的浓厚兴趣：一条大鱼身绑四只大爆竹，大鱼口中有一条绑爆竹的小鱼，小鱼的口中含火箭。当大爆竹炸响后，腾向空中，一根引线点燃小鱼身绑的爆竹，小鱼从大鱼口中飞出，再点燃口中火箭，火箭经两次推动射向更远的目标。罗斯上校挺有幽默感地说："你能说齐奥尔科夫斯基的多级火箭理论没有抄袭的嫌疑？"

两国宇航员相视大笑。

实际上，两国宇航员都有一种潜意识——这是中国古代天文馆，这是万户先生塑像，咱们都别在这里显摆，好吗？

两国宇航员的玩笑，让我感到有些心痛。中国人发明了火药和火箭，这是我们长期引以为豪的事。英国学者罗伯特·坦普尔在《中国的一百个第一》一书中指出：早在13世纪，中国人制造的火箭已经非常精巧了。中国人发现缩小火箭筒口可以增加喷射气流的速度，达到更大的推力。这正是空气动力学中最基本的原理——"文杜里效应"。欧洲人对此现象深入研究、提炼，以数学公式表达，而中国人实际运用此原理的年代比他们早500年。

多级火箭的理论是苏联科学家、科幻作家齐奥尔科夫斯基在1929年奠定的。但早在600年前中国人就造出了三级火箭，只是从未将这些重大的发明给予理论上的总结。

遥望月球上的"万户山"，令中国人深思——万户之后，几百年来，我们做了什么？

2. 美俄宇航员登上长城

盛夏的长城，游人如织。中央电视台、北京电视台以及中外记者的“长枪短炮”，早已经在长城上“设下埋伏”，将美俄两国宇航员包围起来。宇航员们非常认真地回答了记者们的提问。

有记者问：在航天飞船上看地球能看见什么？

俄罗斯宇航员格列奇科博士说，能看见一个美丽的蓝色星球。特别壮观的是亚马孙河流域那片大森林，河流、支流、湖泊，清晰可见。想到地球上六分之一的氧气是亚马孙流域的森林制造的，便对它产生了敬意。然后，博士很遗憾地说，我还看到过中国大兴安岭的火灾和科威特的油井被点燃时的浓烟。

被誉为宇宙搬运工的俄罗斯宇航员别列佐沃依上校，曾一次次把总计几十吨重的货物运到和平号空间站，在太空飞行了211个昼夜。

上校说，一次次太空飞行，看见地球是个整体，国界全都消失了，感到宇航员属于全人类，自己是个地球公民，我们应该有一本联合国的护照，在全世界通行。

作为三个孩子的母亲，美国宇航员香侬·露西德博士曾在太空连续生活过一百多天。她是美国电视台青少年科技教育频道的嘉宾，经常给青少年们讲太空故事。当记者问到来中国三天的感受时，她说，在太空，一边做实验一边给地球上的电视观众讲解，希望地球上的孩子们都能看见。我来到中国，最让我振奋的是孩子们向我提出各种问题，那么渴望了解宇宙的奥秘。中国有那么多热爱科学的孩子，这是中国的希望。

罗斯上校坚持说，在航天飞船上看不见中国的长城。

列昂诺夫将军却坚持说能看见。

手抚着长城的砖块，列昂诺夫将军感慨道：“这是长城，它已经活了两千多年了，太伟大了！”

将军一边登高，一边向电视台记者发表观感。他说：“两千多年前，中国人修筑长城，是为了抵御外族入侵，那时，长城是一道防线。而现在，我在长城上看见了欧洲人、美洲人、非洲人，他们欢聚在长城上，彼此友好地打招呼，就像一家人一样。我觉得，长城已经成为一条纽带，一条联结世界各国人民的友谊的纽带。”

将军话语一译出，立刻引起一阵欢呼声。

罗斯上校很快地登上烽火台，然后站在高处一览众山小，感慨道：“太壮观了！”

美俄宇航员登长城
别列佐沃依、杰利·罗斯、列昂诺夫

和美国宇航员在乐山

和俄罗斯宇航员在西藏饭店联欢

由于国内外传媒对美俄宇航员活动铺天盖地的报道，我来不及梳理，几天之后，在月亮湾国际科幻夏令营，我向齐仲老哥说起列昂诺夫赞扬“长城是友谊的纽带”时，他激动万分，对我的迟钝略有不满。

那一天，我是各个节目的总指挥，有科幻作家交流，有宇航员讲太空故事，有签名活动，有月亮湾接待上的安排，等等。两万人参与的大活动，全靠手机联络。偏偏此刻，齐仲老哥把我的手机借走了。在那一个多小时内，有几十个人找我，却联系不上。杨潇找到我说：“你咋个不接电话？”

我派人到处找齐仲，不见他的踪影，急得我浑身冒汗。忽然想起，他借我的手机，肯定是在一个安静环境打电话。在沸腾的月亮湾体育中心，最安静的就是宾馆，他的房间！于是，我急匆匆赶回宾馆，敲开了他的房间门。他还在打电话，见我着急的样子，他向我“嘘——”一声，让我噤声。最后，听那边传来“谢谢”，他才把手机还给我。

他见我着急，解释说：“我已经联系上中共中央办公厅了，我请他们报告江泽民总书记一件重要事：俄罗斯宇航员列昂诺夫将军，站在宇宙的高度，提出全新观点——长城已经成为一条纽带，一条联结世界各国人民的友谊的纽带。这是了不起的、全新的观点，应当立即宣传开来。”

我想责怪他，不应该用我的手机，打了一个多小时电话，造成月亮湾活动的一时混乱；他却责怪我“政治觉悟实在太低”。

3.《成都商报》出高招

五位宇航员走到哪里，哪里就是欢腾的人海。在北京中国科技馆，有数千名科幻迷拥来。在成都月亮湾体育中心，两万名来自全国各地的青少年参加了国际科幻夏令营。人们排着长队等待宇航员签名，汗流浃背挤在一起，听宇航员讲太空故事。

有个小女孩为了得到宇航员的签名，悄悄钻进了宇航员就餐的餐厅，正要走近列昂诺夫，被工作人员发现“逮”了个正着，小姑娘哇哇大哭起来，一边哭还一边喊：“我还饿着肚子，一直在等签名！”

将军一看便明白了是怎么回事，立刻停止了用餐，在小姑娘的本子上签了名。以后，只要看见有举起小本子的中国孩子被警卫挡在一边，将军都会主动走过去签名。

香依·露西德还透露了一个小小的秘密，她是在中国上海出生的。她特别喜欢中国小孩，不管在长城还是在峨眉山，她不厌其烦地给小朋友签名，跟小朋友合影，有时还把小朋友抱起来合影。

当听众问到失重的滋味时，别列佐沃依上校避而不答，却请了成都玉林中学的一位志愿者“合作”。这位同学按他的要求，倒立两分钟。到了一分半钟，这位同学已经支持不住了，在上校和同学的鼓励声中坚持下来，问这位同学的感受如何，他说，浑身的血往头部涌，头上像一块铅压上去，真不好受。上校一阵哈哈大笑说，这就是失重的滋味，我要在太空享受七个月这种滋味呢。

在获悉五位宇航员将来成都的消息之后，《成都商报》一位叶主任约我去谈如何宣传报道。我到了她的办公室，她告诉我，

《成都商报》准备以优惠价提供版面。我一听“优惠价”就觉得意外，把价格表还给她后，我说：“你不晓得《科幻世界》卖一本挣三毛五分钱，哪有十万八万来买贵报的版面啊？”

叶主任有些不解：“你们在成都搞这么大的活动，难道不要我们《成都商报》宣传报道？”

我说：“我们肯定需要《成都商报》报道，但我们不会出一分钱。因为这事在中国是史无前例的，新闻价值就不给你细说了。我们的记者名额有限。我相信，你会来找我的。”

7月28日上午，'97北京国际科幻大会在中国科技会堂多功能厅开幕，央视《午间新闻》刚播完这个重要新闻，我立即接到了叶主任电话，她很谦和地说：“《成都商报》希望能报道'97北京科幻大会和成都国际科幻夏令营。”

我对她说：“非常欢迎！”

我完全理解叶主任为《成都商报》勤奋工作、精打细算的那一份苦心。我相信，《成都商报》会在这次采访活动中出现“惊人之笔”。

果然，7月31日傍晚，载着世界著名科幻作家、五名美俄宇航员的空客A320飞机降临成都。云层上星光初现，机翼下灯火璀璨。机上所有旅客第一眼看到的，就是《成都商报》在停机坪上打出的横幅：祝贺'97北京国际科幻大会和成都国际科幻夏令营成功。

《成都商报》派出了最强的记者队伍和第一美女记者迟阿娟。迟阿娟的相机咔嚓咔嚓“扫射”“点射”之后，大量精彩照片就出现在《成都商报》上。

更让我吃惊的是，叶主任说要安排对俄罗斯宇航员的独家采访！我算了算，每一天的日程完全排满。叶主任提出在西藏饭店午餐后，绕一弯到红星中路书院街，在《成都商报》让俄罗斯宇航员与成都SOS儿童村的孤儿们举行见面活动。

我愣住了！孤儿们，说起他们谁不同情？他们挤不进月亮湾人海，无法见到宇航员，但是三名俄罗斯宇航员愿意挤出时间，在《成都商报》的安排下与他们见面。

那一次的见面活动非常感人。

俄罗斯宇航员格列奇科博士出生于1932年，那是苏联大饥荒的年代，因而他对饥饿寒冷有着惨痛的记忆。当儿童村的几十个娃娃出现在他面前时，他抱起一个只有四岁的小男孩说："我也是个孤儿，在收养所度过了童年时光。我的童年没有鞋穿，整天吃不饱，我看见成都SOS儿童村的孩子们穿得这样好，身体结实，我为他们高兴。"

自始至终，格列奇科博士眼中都饱含着泪水。

事后，我给叶主任打电话，对《成都商报》大为称赞。

4. 人类首次在“太空行走”

从北京到成都，列昂诺夫将军多次给中国青少年讲第一次在太空行走的故事。

那是苏美两个超级大国在太空激烈竞争的年代。1957年，苏联成功发射第一颗人造地球卫星，美国紧追其后。1961年，苏联宇航员加加林成功驾驶飞船绕地球飞行，美国紧追其后。听说美国宇航员要离开飞船，在太空行走，苏联便抢先安排实现太空行走。

那是1965年3月18日，列昂诺夫和指令长帕维尔乘“上升2号”从拜科努尔发射场升空。飞船进入轨道后，列昂诺夫便开始行动。因为这是人类第一次“走”在开放的地外空间，许多困难是预料不到的，列昂诺夫从心里做好了应付一切突发事件的准备。

当他轻轻推开过渡舱盖，一下子就像瓶塞子一样弹出舱外。浑身轻如气球，人在太空中不停地翻滚。漆黑如深渊的宇宙空间远远近近悬浮着那么多星星，由于没有空气，星星只是静静地亮着，顿时有了在星星的海洋中漂流的感觉。

最要命的是太阳像光芒刺眼的聚光灯直射而来，由于当时的宇航服在设计和制作上对导热与温控考虑得不周全，面向太阳的一面是140℃高温，而背向太阳的一面是零下140℃，所以，列昂诺夫不得不在太空中不停地旋转，才没有被烤焦或冻成冰棍。如今的宇航服就完美得多了。首先，衣服的表面采用导热系数极高的材料，不会一面极热一面极冷；宇航服上还有一个按钮可以把衣服里的温度调得跟轨道平时的温度一样舒适。

列昂诺夫以极大的毅力在开放的太空中“行走”了12分钟。实际上，此时的列昂诺夫，正在距离地面500千米的高空，以比最快的喷气式飞机还要快上好几倍的速度高速飞行着。一颗巨大的蓝色星球就在他的身旁慢慢旋转。

在这短短12分钟里，列昂诺夫只用一根细细的5.35米长的系带与飞船相连。自那以后，太空出舱行走将成为载人航天中的一项常规性安排。如果没有掌握宇航员出舱活动的技术，那么从哈勃望远镜的在轨维修到国际空间站的组装都将不可能完成。

列昂诺夫遇到的第二个难题是，返回过渡舱时无法将舱外的照相机取下放入过渡舱。他一次又一次重复做同样的动作，照相机总要飘出来。最后，他不得不用脚死死踩着，照相机才没有乱动。

紧接着是最大的难题：当他试图进入密封舱时，被舱门卡住了！

原来，在完全真空的太空里，他的太空服开始膨胀变形，衣物纤维变得异常坚硬。他的手脱离了手套，脚也脱离了鞋套，这样，列昂诺夫就无法抓握并操控气闸舱门了。更糟糕的是，此时飞船正快速接近地球阴影区，5分钟之内，周围就将陷入彻底的黑暗和极度的寒冷。此刻，头盔里的汗水变成了蒸汽，使整个面罩都被雾住了，眼前一片模糊，他的心在怦怦急跳，换了几种方法都挤不进舱门。最后，他终于想到给宇航服减压。经过三次尝试，最后把衣内的压力减少至0.25个大气压时，他膨胀的航天服才开始缓缓萎缩回去，但与此同时，他开始出现减压病的症状。这个气压超过了危险水平的极限，他感到手脚刺痛，好像有针在扎。他挣扎着，拼命让自己挤入舱门。在筋疲力尽之前，他终于回到舱内，算是万幸！

但他的厄运还远没有结束：他刚刚关上的气闸舱门发生爆炸，整个舱门被炸飞，好在并不影响宇航员乘员舱的气密性。但是这次爆炸导致飞船开始失控旋转，两名航天员开始感到眩晕。与此同时，仪表显示此时舱内的氧气水平开始飙升，随时可能引发舱内火灾。他们奋力抢修了几个小时，才将氧气水平稳定下来。

列昂诺夫的画

返回地球的时间到了。他们又发现用于返回的自动导航系统失效了。没办法，只能尝试手动操作点火来调整轨道。按照设计，一旦开启返回程序，搭载两位宇航员的返回舱应当与轨道舱分离，随后由返回舱搭载两位航天员返回地球。

可是，几秒钟之后，他们感到不对劲了。列昂诺夫回忆说：“手动启动发动机之后，我们能感受到两舱分离时的一下震动，但是，有什么东西不对劲！我们随后感到一股向后拖拽的力量，于是我透过头盔面罩朝舷窗外望去，发现一根通信缆绳还将两个舱段连接着！这样一来，飞船就失去了控制，直直地朝着地球砸下去！”

以这样的角度高速冲入地球大气层是极为危险的。与大气摩擦的高温几乎让飞船解体。万幸的是，高温首先烧断了那根连接两舱的通信缆绳，返回舱终于脱离纠缠，并及时打开了减速降落伞。列昂诺夫在心里祷告：“这下我们安全了！”

由于未能按照计划轨道返回，返回舱的着陆点偏离预定位置超过2000千米，落到了乌拉尔山冰天雪地的森林里，救援人员花了两天时间才找到他们。

列昂诺夫回忆说：“我们在荒无人烟的森林挨过了两个寒冷的夜晚。幸好我们没有遭遇狼或者熊，但我们知道我们周围有很多这类猛兽。当时正值春天，动物们正饥肠辘辘。再一次，我们真的很幸运！”

短短的12分钟的“太空行走”，在人类航天史上留下了浓墨重彩的一笔。列昂诺夫以他的勇气和智慧取得了成功。

5. 迷上了中国的旋转餐桌

对于成都的美食，五位宇航员都留下了极为深刻的印象。特色川菜、成都小吃让五位宇航员赞不绝口。美国宇航员罗斯上校说，川菜厨师用的是极普通的原材料，做出来的菜是世界一流的。

罗斯妈妈更勇敢，没有吃过的菜，哪怕看起来很辣，也要夹一筷子尝尝，然后推荐给大家说："味道妙极了！"

列昂诺夫将军最怕热，一落座，第一件事是"Beer"（啤酒）。于是，一大扎泡沫翻滚的冰镇啤酒送上来，将军一口闷去半扎，才开始说话。

在成都，俄罗斯宇航员第一次看见了一按电钮就旋转的餐桌，大为称奇，说："中国人太聪明了！"

原来，俄罗斯人包括一些西方人就餐，一人一个盘子，盘子里有餐具。在家由老奶奶或老母亲掌勺，将菜肴或汤类盛入碗碟之中，吃完再添。在宾馆餐厅则有服务生掌勺，不断添菜上菜。若有很多的菜，就要换很多碗碟刀叉。这种吃法的优点是比较卫生，缺点是缺乏亲切感，有各行其道的感觉。

中国的旋转餐桌，真是好处多多。一则美馔佳肴重重叠叠就有让人眼花缭乱的效果，定睛看去，红亮青翠，雪白金黄，色彩丰美，先饱了眼睛；再则桌子一转，烧菜的浓香、拌菜的清香、炖菜的热香、炒菜的喷香形成一道旋转的香雾，扑鼻而来，让人未动筷子腮帮子先发酸，口中生津，食欲大振；三则人挨人而坐，有亲切感，我给你夹一筷子菜，你给我敬一勺汤，活跃了气氛，增进了友谊。最为重要的是，每道菜都会旋转到你面前，由你主动选择，取食方便。

于是，每餐饭，上校和博士都请列昂诺夫将军按动电钮，让餐桌中心那块圆玻璃转起来。好像那就是拜科努尔基地指挥洲际导弹发射的按钮，只有列昂诺夫将军才有按电钮的资格。

领略了旋转餐桌的种种妙处之后，三位俄罗斯宇航员提出要求，要各带一张旋转餐桌回国。中国人都懂，所谓旋转餐桌，实际上是放在大餐桌中心的一块可以旋转的圆形玻璃，玻璃下面有一带滚珠的圆环，圆环由一小电动机驱动。我当时想，已经带他们去了几家百货大楼，大包小包已经装了不少中国货，再带一张玻璃餐桌，岂不累赘？特别是又厚又重的那玻砖，扁扁的，圆圆的，又易碎，用草绳无法捆绑，用大纸箱包装又太夸张，我建议他们只带玻璃下的圆环和开关动力那一套东西，回国后，到玻璃商店去买一块圆形玻璃安上，岂不少了运输上的麻烦？可是，列昂诺夫将军坚决不同意。那表情仿佛在说，那么困难的太空行走我都做到了，带一块玻璃回国有何难哉？

格列奇科博士则以严格的科学态度说，他们要携带原汁原味的全套的中国旋转餐桌回国。关于光溜溜的一块圆玻璃能否登机的问题，他们也有准备，说实在不让发行李包裹就只好扔了。

8月5日下午，天气酷热。我们送三名俄罗斯宇航员去双流机场，他们七八个大箱、几个编织袋包包已让机场办行李的小姐头疼了，又有三张没有包装的大大的圆玻璃，实在无法托运。小姐再灿烂的笑容也无法消除将军脸上的无奈与不悦。

这时，翻译突然想到，三名宇航员将乘四川航空公司租赁的图154飞机，从成都飞乌鲁木齐再飞阿拉木图，机组人员全属俄罗斯空军。当翻译将此信息告之将军之后，将军大为高兴，立即让机场通知机组："叫他们快来——晋见列昂诺夫将军！"

离起飞时间不到一刻钟。全体机组人员身穿空军制服，领带勒紧了脖子，顶着烈日从停机坪来到检票大厅。个个满脸涨红大汗淋漓，一字儿排开，像在接受检阅。为首的机长敬了一个标准的军礼，向将军报到，请将军做指示。

列昂诺夫的指示谁都能猜到：“我命令你们，把这三块圆玻璃给我扛上飞机。”

立即有三个牛高马大的空军军官出列，轻而易举地把三块圆形玻璃扛上肩，迈着军人的阔步，朝机场里走去。将军一行在后面哈哈大笑。

别列佐沃依上校眨眨眼睛，对我们说：“你们瞧——将军总是有办法的。”翻译一直送他们到了乌鲁木齐。

中国的旋转餐桌经几千千米云游，安全飞到了莫斯科。收到俄罗斯航天局发来的感谢电之后，我眼前突然冒出一画面：中国的旋转餐桌四周，围坐着欢乐的俄罗斯宇航员家人，他们吃着喝着笑着，为友谊干杯。

第九章　银河群星，冉冉升起

1.“一家三口”出席世界科幻大会

1998年8月5日，我们飞赴美国螃蟹之城巴尔的摩，参加第56届世界科幻大会。大会会标是一只负剑微笑的大螃蟹，真有种“当今世界，科幻横行天下”的意味。

我们是带着《科幻世界》数十万读者的数十万双眼睛去观察的，我们是带着杂志社20余位同人的殷切希望登上飞机的。

我和莫树清、秦莉，总是被美国的出租车司机误认为是“瘦爸爸、胖妈妈、乖女儿一家子。乖乖女在美国留学，带着父母出来旅游”。纽约的黑人司机特别健谈，吹着口哨，开着快车，一上车话语滔滔，就说他如何喜欢中国，如何崇拜伟大领袖毛泽东。下车之前，他一番挤眉弄眼，秦莉笑一笑说：“放心，小费少不了的。”

走进气势恢宏的国际会议中心，来自世界各国的花花绿绿的科幻迷，潮水般涌向报到处。任何奇装异服，你都别惊讶：有穿短裤戴盔甲的斯巴达克战士；有把头顶当直升机停机坪的大光头；有刚从18世纪英国宫廷参加了舞会的老夫妻；有结交了外星人朋友、手背挂着外星人的地球人……总之，人人都表现出个性，力求标新立异。据会务人员称，此次盛会有6000人参加。世界著名科幻作家弗雷德里克·波尔、杰克·威廉森、罗伯特·希尔弗伯格等作为嘉宾出席大会。

这样的世界科幻盛会已经举办了56届，此前，在美国最多的一次参加者达到两万余人。

8月5日下午1时，大会举行了简短而隆重的开幕式。大会主席佩吉·雷·帕夫雷特女士致贺辞。佩吉是美国科幻作家和科幻界知名人士，尽管她只能借助轮椅行走，但一双聪明睿智、灵性十足的眼睛，却让人感到丰富的想象力赋予她的永不衰竭的生命活力。

在欢呼与掌声中，佩吉说："如果你是第一次参加大会，你就更应该大胆地向它期望，世界科幻大会首先是科幻界名流、作家、书商和科幻迷交流的乐园；名家讲座帮助你更加深入地了解和认识科幻；琳琅满目的艺术展、书展和版权交易，随时让你准备掏空腰包；科幻迷求新、求奇、求异的各种聚会，带你进入洋洋大观的科幻世界；来自五大洲、四大洋的志愿服务者，让你懂得什么是真正的科幻精神。"

开幕式之后，会议分为20个分会场继续举行。中国、日本、法国、波兰、俄罗斯，同在一个分会场。会议由中国科幻迷熟知

1998年和秦莉赴美参加第56届世界科幻大会

的美国科幻协会前主席伊丽莎白·赫尔博士主持。

会议中心议题是如何消除语言障碍，促进全世界科幻事业同步发展。在排座次的时候，我坐上了C位。这是完全按照科幻刊物发行量来安排的。因为《科幻世界》是全世界发行量最大的科幻杂志。依次排下去是：美国的《阿西莫夫》、美国的《SF》、日本的《SF宝石》、俄罗斯的《科幻》杂志、捷克斯洛伐克的《太空船》，等等。

我坐在C位上，很感动，又感觉不自在。

我很感动，是国内千千万万的读者把我抬到这个位置上来的。

赫尔博士说，过去由于经济和价值观的差异，科幻在全世界的发展参差不齐。美国在这个领域占据了很大的优势，但我个人并不认为其潜力也是最大的。中国、日本、俄罗斯、法国、波兰和其他许多国家具有悠久的历史文化渊源，其丰富的想象力资源也值得我们认真研究。赫尔博士强调说，人类社会发展到今天，我们更有理由把人类看作一个种族。科幻文学正是关注到这一种族生存条件和命运的文学。在谈到语言障碍对科幻发展的不利影响时，赫尔博士特别谈到中国。她说："通过这些年的交流，我已对中国情有独钟，对中国的《科幻世界》情有独钟。在座的先生和女士们也许有许多人未曾听说过这本杂志，但我想借此机会向大家推荐。如果说《科幻世界》是中国科幻成长的摇篮，一点儿也不为过。遗憾的是，语言的障碍使我们不能很好地欣赏这本杂志，但我想，更多的文化交流也许是最好的解决方法。"赫尔博士还盛赞科幻世界杂志社有一个非常出色的社长杨潇，为促进中外科幻文化交流做出了卓越的贡献。

坐在C位上的我发言，首先真诚地感谢关心支持帮助中国科幻发展的世界的同行。我谈到中国科幻虽然起步较晚，但正蓬勃发展，科幻书刊有着越来越大的读者群。当我谈到《科幻世界》

的月发行量为20余万册时，台下响起一片赞叹之声，接着是热烈的掌声：为《科幻世界》——全球发行量最大的科幻杂志鼓掌。

接着，我们的老朋友赫尔博士，介绍她4次访华，亲眼看到中国科幻发展的情况：1991年，她和她的丈夫、科幻大师弗雷德里克·波尔到成都出席1991世界科幻专业协会年会（WFS），当时《科幻世界》发行量不足万册，没有料想到，短短几年，《科幻世界》如此迅猛地发展。她还介绍了'97北京国际科幻大会的盛况。

会后，美国科幻女作家艾米·托姆森博士以及听众们围上来，详细询问中国科幻的情况。托姆森曾经在北京大学留学，对中国有深厚的感情。她还表示，有机会一定要再到神奇的中国访问。

8月7日晚上8点，会议中心E厅响起了欢快的科幻音乐，世界科幻的最高荣誉——雨果奖在这里颁奖。获奖者之一、《轨迹》杂志主编查里斯·布朗是我们的老朋友。他说，雨果奖是为英语国家设立的，但是如果排除这个因素，《科幻世界》的几个元老都完全有资格赢得这个荣誉。赫尔博士也鼓励我们说，你们的成绩是有目共睹的，科幻界也有破例，我们期待你们角逐下一届雨果奖，期待着杨潇社长从举办第57届世界科幻大会的墨尔本捧回奖杯。

与各种丰富多彩的聚会同时进行的是科幻图书、绘画、科幻玩具、工艺品的盛大展销会。展销会至少有两个足球场那么大，可谓“科幻超市”，置身其间恍若坠入科幻的汪洋大海。

在这里，你可以找到20世纪30年代的《惊奇故事》，阿西莫夫、海因莱因等大师最早版本的作品集，也可以买到最新科幻片录像带。那些科幻形象的工艺品、T恤衫，更让人眼花缭乱，叹为观止。

一年前，在成都月亮湾最引人注目的世界头号科幻迷阿克曼，正被一群科幻迷包围着，请他签名留念。作为82岁的老人，他童心未泯，见到《科幻世界》的秦莉，竟然大呼：“天哪，安琪尔！”意外的重逢使他万分惊喜。

画摊前排成了长队。著名科幻画家麦克·威廉森在为科幻迷签名留念。他的《冬之神》《夏之神》曾作为《科幻世界》的封面，给中国科幻读者留下极为美好的印象。

在玻璃工艺品的摊点前，赫尔博士介绍说，摊主是美国著名的工艺美术家，他的作品曾作为世界科幻专业协会（WSF）的大奖奖品，1991年，WSF授予《科幻世界》最佳科幻期刊奖时，奖杯就是他的作品。我立即从大提包里找出奖杯的照片，与这位艺术家合影留念。

我们深知责任重大，机不可失，在书海中拼命打捞——精美的科幻画册、年代久远的名著，一个摊点接着一个摊点地搜寻，其结果是两个箱子的提把手因不堪重负而断裂，登机返程时超重了57公斤！

20世纪的美国科幻大师名单中，阿西莫夫、海因莱因的名字已经加上黑框，而仅存的大师波尔年过八旬；杰克·威廉森年过九旬，身患绝症。波尔先生是一位面容和善、留着两撇白胡须的老人，他为了自己钟爱的科幻事业，不顾病体衰弱，从芝加哥来到巴尔的摩。当秦莉将刚买到的十几本波尔的作品摆在他面前时，老波尔笑得很开心，连连说：“有的版本已经很难买到。”老波尔深情回忆起1991年去成都出席世界科幻专业协会年会的情况。美丽的五月之夜，在卧龙的歌舞晚会上，波尔代表美洲，将一堆篝火点燃。如今，由《科幻世界》策划出版的“20世纪科幻大师丛书”将推出波尔的代表作。老波尔将为中国科幻的发展再添了一把火。

会上，罗伯特·西尔弗伯格、杰克·威廉森也欣然同意，由

《科幻世界》结集出版他们的作品。

在赴巴尔的摩会议之前，大卫·赫尔在纽约盛情接待了我们。大卫·赫尔以《天幕坠落》《美食》《卧底》等科幻短篇享誉中国科幻界，而大卫本人的职业是一家法国餐馆的大厨。看来，他的“科幻菜肴”很适合中国人的口味。

大卫独身，家极简陋。除一藤椅（操作电脑的座位），无床无柜无沙发无书桌，无任何家具！吃饭睡觉，全在地板上。在他家中，最引人注目的是上千部科幻书，占据了一堵墙。只能感到，这位科幻作家随时准备扛着书箱去流浪。

他盛情邀请我们“一家三口”住在他的家里。我们感到疑惑：他家除了卫生间，只有一个大房间，睡在哪里？他说他早想好了办法，说着就拖出了四张充气床垫。他牛高马大，肺活量极大，几口气一吹，一张又厚又有弹性的床垫就“吹”好了。四张床垫各放一个角落。轮流洗漱完毕，便各自穿好睡衣入睡。

我说：“我打呼噜，会影响二位女士休息。”

大卫说：“我也打呼噜。我这里有美国最新的防打鼾贴片。贴片一贴，安安静静，如同小猫一样深睡，不会影响任何人。”

于是，他给了我一张白色贴片贴在鼻梁上，就像川剧中的“三花脸”。他自己也贴了一张在鼻梁上。

白天，大卫开车带我们在纽约的博物馆、教堂、摩天大楼转了一整天，大家都疲倦极了，倒床就睡着了。

天亮前，我被大卫的鼾声震醒。那气势磅礴的“呼——隆——呼——隆”如大老虎打鼾，地板也在微微颤动。哪有“小猫一样深睡”？那“美国最新防打鼾贴片”可以说是毫无作用。

我看这空荡荡的房间里，墙上挂着去年从成都带回来的中国画——梅竹菊兰四条幅。他说，他等着哪一天到中国当英语教师，兼职在《科幻世界》当编辑。因为1997年的中国之行，给他

秦莉、谭楷与大卫·赫尔合影

留下的印象实在太美好了！

我想，呼噜声中的大卫·赫尔，也许正在做着“中国梦”吧。

在洛杉矶，迪斯尼乐园和环球影城是全世界游客必去之地。有意与我刊合作的“美国有线电视科幻频道”的谭红女士，刚从中国台湾、新加坡归来，不顾时差反应和旅途劳顿，在环球影城与我们见面，商谈有关进一步合作事宜。“美国有线电视科幻频道”属于环球电影公司，谭虹经过一番交涉，我们三个人作为嘉宾进入环球影城。

回头一看，购门票的人汗流浃背，排成长龙，门票高达69美元，约等于人民币600元。这座电影城，值得花那么多钱去游玩吗？

电影城有“回到未来”“蜘蛛人”“大白鲨”“侏罗纪公园”“未来水世界”等十余个景点，科幻景点几乎占据全部，环球影城可以说是科幻电影城！

我们登上一艘小艇，顺一条湍急的河流驶入侏罗纪。但见两岸茂密的蕨草、高大的桫椤树丛中，有可爱的小恐龙在嬉戏，不时有翼龙掠过头顶。在你开心之余，船已驶进一条地下河。黑暗中满耳是恐龙恐怖的吼声。破裂的高压电网火花四溅，爆开的排水管道飞流直下。眼前是电影《侏罗纪公园》恐龙大暴动的情景。一声巨响，一头硕大的霸王龙从山洞顶伸出头来，血红的舌头、锋利的牙齿，差点儿触到你的头发。在满船的尖叫声中，小船则突然失重，从瀑布口飞跳而下。数十米的高大浪头，铺天盖地而来，淋你个全身冰凉，小船哗啦哗啦地驶向终点。侏罗纪旅行，既惊险又刺激，令人难忘。

“E.T.”则把观众带入一个黑暗的森林里，让你与小主角一样遇到外星人，然后为抢救那个外星人，冲出警察的包围圈。最后，骑上自行车，飞翔在星光灿烂的夜空，俯瞰大地上一座灯火辉煌的城市，真有飘飘欲仙的快乐。

还有“未来水世界”，还有其他的景点。在环球影城，我们深感科幻在美国已经是集影视、书刊、光碟、游戏机、观光旅游为一体的庞大产业，已经形成了一种开启心智、寓教于乐、让人向前看的文化。成千上万的青少年科幻迷，就是在这样的文化浸泡中成长起来的，他们之中出现了比尔·盖茨，更不足为奇。

从好莱坞向西望去，太平洋彼岸是中国。出席世界科幻大会，使我们信心大增——中国的科幻发展，有着巨大的生长空间。如今，让我感到无比幸福的是，2023年第81届世界科幻大会将在成都举办。

2. 冯敏留下不解之谜

“青城天下幽”。1999年7月26日，科幻世界杂志社举办的年度笔会，在避暑胜地——凉爽的青城后山举行。

参加笔会的有王晋康、刘慈欣、星河、潘海天、柳文扬、赵海虹、凌晨、于向昀、刘维佳、何宏炜、常晓东、李成、锋寒等。

我组织和参加了多少次笔会，没有计算过。科幻世界杂志社，再穷也要办笔会，再忙也要办笔会。年年坚持办笔会，不仅是为了让作者们碰撞，相互鼓励，催生好作品，对编辑而言，也是学习的好机会。

比如，1993年8月，《科幻世界》几位作者小聚都江堰，举行了为期三天的笔会。

杜甫诗曰：“玉垒浮云变古今。”作者们登上玉垒山，望千山云涌变幻无穷，不禁感慨：云的魅力在于变幻出千姿百态，我们的思绪应该像云一样自由自在无拘无束地飞翔；云没有固定的形状，科幻创作也应该没有固定的模式。

笔会快要结束，凌晨三时，都江堰市一座深宅大院仍是灯光通明，杨鹏、星河、何宏伟、李凯军等作者与我、邓吉刚谈兴正浓。难得的幸会，难得的“放肆”，三天三夜意犹未尽。

以往的每次笔会，都是热闹非凡的团圆会，其间逸闻趣事迭出，让人日后想起忍俊不禁。1999年这次笔会却有些例外。

1999年第1期开始，阿来全面接管《科幻世界》，并在卷首开辟科学随笔“阿来专栏”。本次笔会也由阿来主持，其主导思想是开阔视野，学习和借鉴主流文学的写作技法。阿来特别邀请中国作家协会主办的《小说选刊》编委冯敏，一位帅气十足、标准军人风范的文学评论家莅临笔会。

另一位重要的讲课人是蓝仁哲——著名翻译家、四川外国语大学校长。他详细讲述了英语语境下的世界科幻状况。有许多作家和作品是我们的作者闻所未闻的。

笔会结束的那天下午，我陪同冯敏去看三星堆。天气炎热，风中有一股正在灌浆的稻谷散发出的淡淡酒香。到了三星堆博物馆门口，我们热得满头冒汗，我说赶快进去，博物馆里有空调。

我们便匆匆忙忙跨进了3000多年前的蚕丛鱼凫之国，顿觉凉风飕飕，冷气袭人。从神树到青铜面具，我们一次次被一种文明光芒击中。走出博物馆，还觉得有一股咄咄逼人的力量压迫着我们。3000多年前的神秘王国，留下了两个震惊世界的祭祀坑！太多的不可思议，随着你想象力的天马放纵到宇宙边缘也无法摸索到谜底。

我对冯敏戏言：蚕丛鱼凫留下了三星堆，冯敏给我们留下了什么？

冯敏笑曰：一个极其崇拜古蜀文化、酷爱川菜的食客，能留下什么呢？

冯敏用他操练过美声的浑厚结实的嗓音，给我们的笔会作者上了两个下午的课。我和旁听的编辑全都叫好。无论是粗线条地勾勒新时期小说还是戏说军旅小说，无论是点评王小波还是推崇阿城，都颇有见地。毕竟站在不同的山头上，眼界不一样。如果说各省的文学编辑都凭借自己的山头，按自己的标准选小说，那么冯敏是站在更高的山头、选各山头推荐的最冒尖的作品。所处的海拔高度固然重要，但站在那个位置上混日子，敲钟都舍不得多花一点力气的老小和尚还是大有人在。军人出身的冯敏责任心极强，说起鲁迅文学奖漏了一篇好小说，还痛心不已，仿佛那篇小说是失踪的亲儿子。

以下是冯敏的语录：

与写诗的人聊天才发现，写诗的人读得多、写得少，小说家读得少、写得多。

王小波苦修20年，寂寞了那么久，该他出息了。王小波绝对会留下来。

北京的市井味、上海的都市会，两者绝不能混淆。

莫言背后站着福克纳，他怎么也走不出福克纳。

鲁迅给我们留下了阿Q和孔乙已，鲁迅对中国小说的贡献是无法否认的。

徐怀中值得我们学习，他70多岁了，对文学的虔诚令人感动。人活到这个份儿上，加上他的资历，正是争个什么头衔干干的时候。可是他不，偏要衰年变法，七十脱胎换骨。最近两年，他写了几篇小说，一直不敢拿出来发表，先在家人中内部传阅，后来被编辑知道了，要去看，都认为很不错。这是厚积薄发的典型。在写对越反击战的小说中，徐怀中的《西线轶事》是最棒的一篇。

虚伪的英雄主义无根。

没有独立于社会之外的军营生活，也没有独立于社会之外的科幻小说。

多用动词，少用形容词，慎用名词。

当然，冯敏为我们留下的不只这些。我们的一些作者觉得受到一些冲击。幼稚的中国科幻文学与根深蒂固的纯文学相比，是刚刚学拳的小伙子与霍利菲尔德之比。有人说，我们的《科幻世界》不是发行了30万册吗？这说明不了什么，那些满篇奸淫烧杀的报刊

谭楷与冯敏合照

不是比《科幻世界》卖得更火吗？关键是能不能留下来！

在时光的厚土一层又一层的掩埋之下，你的作品能够留下来吗？

就像1979年，聂华苓在中国说沈从文，沈从文这个老头儿才从泥土中蹦出来，《边城》构成了中国文学的又一座金字塔。

就像1986年，四川省广汉县出土了三星堆文物。

冯敏希望，中国的科幻作品经得起时间考验，留得下来。

在青城后山，冯敏为阿来和小秦的生日高歌一曲。那声情并茂的歌声已经留在了青峰与白云之间。

在度假村游泳池，冯敏以流线型的身材和优美的泳姿，一口气游了500米，赢得一片喝彩。后来与靓丽的浙江女孩赵海虹比短池速度，冯敏居然失败了。科幻作家们认为，这就是"青春的科幻"挑战"成熟老到时的纯文学"，游泳池边一片欢呼声。

冯敏是游了二十多米半途而废的。他摇头说："呛了一口水。”

从三星堆参观回来，我又想起“比短池速度”那场比赛。我很纳闷：“你分明是一条好鱼，怎么会呛水呢？”

他说：“我在水里发笑。”

冯敏在水里笑什么？这是他留给我们的不解之谜。

3. 1999高考作文冲击波

《流浪地球2》在2023年春节全国热映之时，导演郭帆和编剧龚格尔接受科幻世界杂志社陈曜采访，谈到24年之前的往事——1999年，全国语文高考作文《假如记忆可以移植》。当时，参加高考的郭帆说："当我翻开考卷时，感到惊讶。我们所有押的题都错了，这样的考题太意外了！我并不觉得难，只觉得挺新鲜。"

这样的题目，对郭帆、龚格尔而言，是在头脑中播下一枚种子，一枚科幻的种子，对后来拍科幻片也有潜移默化的推动作用。郭帆还想：是不是可以拍一部电影，表现《假如记忆可以移植》事件所形成的对当时教育、文化的冲击波？

在电影未拍之前，让我们回到1999年的现实中去吧！

这是大决战前夜令人窒息的宁静。往日喧腾的建筑工地突然哑然失声，连张狂的卡拉OK厅也尽量降低了音量。成都市政府的有关文件此刻得到坚决的贯彻执行——为给高考考生一个安静的环境，一切噪声均在严禁之列。谁要是胆敢在居民楼扯起嗓子喊人，准会遭到左邻右舍的斥责。十二年苦读，一考定终身。高考太重要了，高考太伟大了。高考是一根无形的指挥棒，指山山低头，指水水倒流，谁胆敢与高考对抗，等于冒天下之大不韪。

这是金堂县中学考生小C的家。全家人已经有好多天没有看电视了，爸爸妈妈的脚步尽量放轻再放轻，生怕惊动了明天就要上考场的小C。晚上9点整，该服用健神补脑液"三勒浆"了，妈妈端着杭菊茶和"三勒浆"走到小C的书桌前，连连呼了几声，小C居然头也不抬。他在看什么？他正如痴如醉地在读一本花花绿绿的杂志！

这是小C平时最喜欢看的《科幻世界》。小C妈妈不假思索，一把将杂志抓过来，又急又气：“都什么时候了，你还在读这些闲书！”小C因劳累而显得苍白的脸上，露出尴尬的笑。他原来想翻一翻新买的第七期《科幻世界》换换脑筋，没料到一读便忘乎所以，幸好妈妈及时提醒。妈妈太好了，全中国所有考生的妈妈太好了。她们在说“孩子，别紧张”的时候声音是颤抖的；她们在一次次叮嘱孩子要睡好觉时，眼圈是黑黑的。小C没料到，妈妈会为高考前夜“收缴”自己手中的《科幻世界》后悔得捶胸顿足。

7月7日上午，金堂中学肖校长巡视考场。语文考卷到手之后，静静的考场响起一片翻卷声。不知是谁，居然在庄严的考场上发出了抑制不住的笑声。肖校长注意到考生脸上充满自信——原来，语文考试的重头戏作文是富有科幻色彩的题目“假如记忆可以移植”。

作文分占60分！这时已取消了原来的大作文40分、小作文20分的高考“惯例”。令考生眼睛一亮的是：体裁（除诗歌外）不限，可以大胆想象，可以编故事！

笑容在肖校长的脸上悄悄绽开。

从1992年起，金堂中学就组织学生积极参与由省教委、省科协和《科幻世界》主办的“校园科幻征文”大奖赛，每一届都有几名学生获奖。在金堂中学，读科幻写科幻已蔚然成风，面对“假如记忆可以移植”这样的题目，金堂中学的考生怎不欣喜若狂？

考生陈潼立即编了一则侦破故事，自我感觉棒极了！考生徐志成早对捕杀鲸鱼行为愤愤不平，他记叙的故事是鲸的记忆被移植到捕鲸者大脑之中，让捕鲸者知道鲸的家族多么和睦，幼鲸多么可爱。捕鲸者的忏悔是人类的觉醒。考生蒋宇写的故事是：一位电脑专家临终前，记忆被移植到一只小白鼠大脑中，后来医生准备将小白鼠大脑再移植到一个人脑中，这时小白鼠逃跑了，具有电脑专家智慧的小白鼠开始组织对人类的报复……

笔，在考卷上急行军——追赶胜利！

思绪如天马行空，精神在愉快漫游。今天，高考作文终于敞开了高天阔地，让考生们恣肆驰骋创造力、想象力，展露写作才华！

肖校长感到，高考指挥棒变了方向！高考指挥棒指向了创新！

语文老师童华池忐忑不安地徘徊在考场外，他像一位辛勤的老农等待着对自己劳动成果的最后评估。连续九次送高三学生上考场，个中的酸甜苦辣，他从未向人表述过。1992年，隆冬时节的一个星期天，他冒雨来到成都，敲开我的家门，将一叠带着体温的学生科幻故事稿送上。以后，他年年坚持让学生读科幻写科幻，不管有家长说他“不务正业”“搞邪门歪道”，他坚信：拓宽学生的知识面，坚持“处处留心皆语文”的观点，启发学生的创造性思维，正符合变应试教育为素质教育的方向！

语文考试结束。童华池老师被欢呼雀跃的同学们包围了：“童老师，你的心血终于获得了回报！”“童老师，你太伟大了！”“高考撞大运！我们撞上了！”“三年了，我们整整写了三年科幻……”“真是瓮中捉鳖啊！”“童老万岁！科幻万岁！”

更令师生们惊讶的是，《科幻世界》第七期与高考作文题“不谋而合”——第七期卷首刊登的是《科幻世界》主编阿来的文章，讲述记忆移植实现人类长生不老的梦想；同期的“每期一星”发表的《心歌魅影》，也是一篇以记忆移植为题材的科幻小说。

真是惊人的巧合！

小C的妈妈怎么不后悔？若能让小C读完这两篇文章，小C的作文肯定会做得更好。60分在高考中占有多大的分量啊！“分分分，学生的命根。”多1分，在340万考生中你的名字会排在数千人之前！

与童华池老师同样激动不已的是成都七中的文仲瑾老师（他是《全国中学生优秀作文选》编委）。成都七中是开展校园科幻写作卓有成效的重点中学。他的学生陈科屹荣获了首届校园科幻“少年凡尔纳奖”，后以优异成绩保送北京大学。当童华池和文仲瑾先后给科幻世界杂志社打来电话之后，全国各地的信函也如雪片般飞来……

武汉高三学生刘婕说，这道作文题是“高考的创新宣言”。西安财院科幻迷刘宣罡说，它标志着“高考制度锐意改革，向更合理选拔人才跨了一大步”。

青岛的于添翼在信中说：“要不是在考场上，我会跳起来呼喊‘科幻万岁’！……在最不可思议的时间、地点，以最不可思议的题目，给了我们一个大大的惊喜！”

《当代》主编何启治、《人民文学》副主编王扶认为，这道作文题给考生以巨大的想象空间，使平时注重知识积累和生活积累的同学有了充分展示才能的机会，给“应试教育”敲响了警钟。

7月9日，《成都商报》以《高考作文题早已外泄？》为题，报道了作文题与《科幻世界》第七期的惊人巧合。《北京晚报》《重庆晚报》等全国几十家报纸相继转载了这条爆炸性新闻。

紧接着，新华社记者王黎以《想象力比知识更重要——今年高考作文题在社会各界引起反响》为题，对此事做了全面报道，消息发给全国3000多家新闻单位，引起了链式反应。

340万考生，340万个家庭，千丝万缕连接着整个社会——高

成都商报

创新·务实·理性·开朗

国内统一刊号：CN51—0073

新闻热线：6612222

城市热线：6613333

CHENGDU ECONOMIC DAILY

成都商报社出版

第 1595 期 今日 20 版

http://www.cdsb.com

E-mail: cdsb@cdsb.com

1999 年 7 月 9 日 星期五

成都电脑节

市人大领导视察高新区

本报讯（记者 若乔 实习生 夏巍玮）昨日，市人大常委会主任段维义，副主任舒銮逸、邓宇民、罗宗莲、申万和、张应举、张成明，秘书长戴华璋等视察了高新区及该区的三家高科技企业。

段主任一行首先来到鼎天科技股份有限公司。在陈总裁的引导下，段主任一行参观了该公司的系列产品。陈总裁介绍说，鼎天公司资产现已接近10亿，DVD 产品占领了成都35% 的市场。段主任对此表示欣赏，并希望鼎天为成都经济发展出力。随后，段主任一行又来到了成都留学人员创业园。目前，已有18家企业进驻创业园，60% 的企业骨干是留学博士。

早就听说高新区有个"
责任制"。7月5日，记者决定
名普通老百姓的身份去试
上午10时。没有和任何
"招呼"，记者来到高新区
局。
"同志，我想问点事"，
在招商局门口碰到一位男
"有什么事需要我帮忙
这位男同志立刻停下手中
作招呼记者。
"我一个朋友在国外留
他现在想回成都搞项目开

上半年四川查处千余起职务犯罪

长钢副总涉嫌贪污立案

本报讯（记者 王鑫）记者昨日在省检察院向人大代表汇报工作会上得悉，今年上半年，全省查办职务犯罪战果卓越，1005 件职务犯罪被立案查办。

据悉，这些案件中典型的有：长城特殊钢（集团）公司副总经理徐兴卫（副厅级）伙同他人涉嫌贪污 16 万余元案；青白江区祥福镇农村合作基金会主任谢金方伙同会计赵剩勇、出纳邱之凤侵吞 167 万元案；资中县粮食局局长杨世伟、副局长唐得友涉嫌玩忽职守造成 1360 万元巨额损失案；西昌市供电局党委书记、局长傅世光涉嫌单位受贿 36 万元案；新都县邮电局局长李茂、财务科长赵彬涉嫌集体私分国有资产 1013 万余元案。

北京街头击毙枪匪

（详见 A3 版）

高考作文题早已外泄？

老师称这道考题给应试教育敲响警钟

今年高考作文题《假如记忆可以移植》一开卷即引得众说纷纭。昨日，有读者打进本报热线电话称，他在成都出版的《科幻世界》今年7月号的卷首文章中，看到有关记忆移植的话题。记者闻讯大惊，难道今年的高考作文"泄露"了？

记者随后找到这本杂志，仔细研读了卷首文章——这是讲述通过记忆移植长生不老的梦想的一篇文章，作者是畅销书《尘埃落定》的作者、作家阿来。

记者昨日下午与《科幻世界》主编谭楷取得联系，从他那里又听到一件更加巧合的事。据他介绍，该杂志有一个"校园科幻"栏目，刊登的都是中学生写的科幻来稿。今年5月，河南开封市第十中学一名高一学生的来稿，就与今年高考作文要求相符。这篇《真实的新我》讲述的是一个学习不是很好的学生，在知道记忆可以移植后，通过某种方法，将自己的记忆和班上成绩最好的同学的记忆进行了移植……谭楷还透露，在成都地区的学校里，成都七中和金堂中学的学生应该是这次高考作文的最大受益者。记者在与金堂中学的童华池老师和七中的文仲谨老师取得联系后找到了问题的答案。据两位老师介绍，两所学校重视拓宽学生的知识面，并给学生订阅了《科幻世界》。童老师兴奋地说，语文考试结束后，参加考试的学生都围着他欢呼。他们认为，今年这样大胆、新颖和有导向性的考试命题，必将对今后的语文教学产生深刻影响。

本报记者 罗海涛 雷萍

"想象力比知识更重要"

今年高考作文题在社会各界引起反响

新华社北京7月14日电（记者王黎）高考虽已结束，但别具一格、富有科幻色彩的高考作文题却在社会各界引起了较为强烈的反响。

今年的高考作文题是《假如记忆可以移植》。记者从中国科协了解到，非常凑巧的是，高考一周前出版的《科幻世界》杂志出人意料地"泄露"了这个题目。名列我国百佳期刊的《科幻世界》是国内唯一的大型科幻杂志。该刊第七期卷首刊登著名藏族作家阿来的文章，讲述通过记忆移植实现人类长生不老的梦想。它的科学原理是国外科学家正在研究的尖端的芯片植入术。这一期还刊出了一篇以移植记忆为主题的科幻小说。《科幻世界》总编辑谭楷说，"泄题"只是一个巧合。但该刊20年来坚持宣传科教兴国和发挥想象力的重要性，使偶然变成了必然。

成都金堂中学童华池老师来电话对记者说，语文课本中有一段爱因斯坦的名言："想象力比知识更重要。"他所在中学平时很重视学生的素质教育，重视学生的想象力培养，所以这次高考作文题做得非常轻松愉快。

《当代》主编何启治、《人民文学》副主编王扶认为，这道作文题给考生以巨大的想象空间，让平时注重知识积累和生活积累的同学有了充分展示才能的机会，给"应试教育"敲响了警钟。

不少人提到科幻对于提高学生素质的重要性。中国科普作家协会吴岩说，科幻是培养一个民族科学精神和创新思想的摇篮。比尔·盖茨的成功跟他是一位超级科幻迷有关。据了解，目前我国开科幻课的大学仅有一两所。

中国工程院副院长潘家铮呼吁，中学生的家长们应该支持科幻，在他们将一部部考试指南和复习大纲塞进孩子书包时，不妨也放进一两本科幻小说。

考作文题“外泄”迅速成为热点。一股强劲的冲击波冲向教育界、科学界，甚至全社会。

除了平时喜欢读科幻的考生欢呼雀跃，还有人向我提供了一条重要线索——面对“假如记忆可以移植”这个题目，作文得零分的、化名王凌飞的女孩。

王凌飞是成都某国防大厂子弟校98届高中毕业生，爸爸和妈妈亲切地叫她“飞飞”或“小飞”。一个“飞”字，寄托着前辈的希望。这位文文静静的姑娘，前一年高考以几分之差落榜。她固执地决不“降格以求”读大专或交钱走读，她要再考一次。

她在一所颇有名气的补习学校上了一年学。“一诊”“二诊”“三诊”（高考专用名词，一诊即第一次诊断性考试）成绩都不错。教语文的陈老师是“打题高手”，根据“三诊”作文题《血债——中国驻南使馆被炸事件》，陈老师认为，作文题无非是以下四个内容：欢庆建国50周年、迎接澳门回归、展望新世纪、科索沃危机。

陈老师还说，20多年来的高考，均以材料作文为主。积多年经验，总结出“作文宝典”，即：引、议、提、联、结五字“真经”。“引”就是引用材料；“议”就是发表议论；“提”就是提出自己的观点；“联”就是联系实际，特别是自己的实际；“结”就是结尾。

这是新八股的做法。陈老师以极其认真的态度，害了她的学生！

同学们按照“新八股真经”多次演练，如同流水线上的机械装配工，把作文的生产练得得心应手，对四大主题作文也做好了“预制件”，只待考卷发下来，即可熟练做组装。

没想到，高考作文题竟然是《假如记忆可以移植》！王凌飞傻了眼。平时规矩得一本课外书都不敢多读的飞飞，咬着笔杆发呆。

在跨入考场之时，她回眸望了一眼。

那是令人终生难忘的场面——考生的家长，有的举着伞，有的端着茶盅，有的提着食品袋，在校门口组成了厚厚的人墙。可怜天下父母心啊，他们在千叮咛、万嘱咐："好好审题呀，要冷静。""不要紧张，不要慌。""做完了要多检查几遍。"

妈妈瘦削的身影出现在人墙中。妈妈下了岗，到处打临工。省吃俭用给她买营养品，买参考书，陪着她熬更守夜。临近高考，妈妈服安眠药也难以入睡……

妈妈在挥手，眼中充满了企盼。

嗒——泪水落在卷子上，飞飞才醒过来。

在飞飞流泪之时，让我们审视一下应试教育：在有着悠久的"望子成龙"传统的当今中国，培养人才的模式是通过考试淘汰，最后形成"千军万马过独木桥"——上大学。为了上大学，孩子们得挤进重点中学，甚至提前挤进重点小学、重点幼儿园。高考，成为最有权威的指挥棒。

高考指挥棒为出版业开路。尽管出版业不景气，寄生在应试教育肌体上的出版物却永远走红。随便浏览一下书店，《特级教师点拨丛书》《北京名师教你学》《三点一测丛书》《考王丛书》《考霸丛书》《基点、重点、难点、巧点、考点——精五典丛书》……几十元上百元一套，让家长大出血的参考书畅销不衰。要做题，几家出版社争先恐后推出《题库》《题精》《题典》《题萃》。做作文的辅导书，从《小学作文词典》到《全国重点学校分类作文大全》，随时可以挑出几十本。前几年，高考语文中有占3分的"名言警句"题，于是各种"名家名言"书不断推出，让学生家长再出几滴血。在沉重的课程与蜂拥而至的教辅材料、参考书"贴身紧逼"之中的中学生，还有多少发挥想象力和创新精神的空间？

高考指挥棒指向医药业，各类补药一哄而上，管他药效如何，至少可以起到心灵安慰的作用。

幸好学生的脑容量有限，时间有限，要把高考前学校发的几公斤复习题做完，再投入《题海》《题经》之类的参考书中，人不变成机器才怪。

一位教育界人士痛心疾首地说，应试教育是不把人弄成废物绝不收场。因为不会做这样的作文，飞飞重重地摔了一跤。想到飞飞这样的好孩子，我的心在颤抖。让我们像鲁迅那样大声疾呼：救救孩子！

当时北京大学钱理群教授说，目前中国的语文教育，准确说是培养未来的“奴隶”和“奴才”。

《假如记忆可以移植》，一声脆响，使一些离开教参就教不了课的语文老师大跌眼镜。于是乎，有人发杂音说：“假如记忆可以移植，我就不参加高考，我就变成爱因斯坦了。”有人抱怨：“这样的命题不规范，怎么评分呢？”

对此，著名教育家、成都石室中学语文教师李镇西回答说：“实施素质教育，首先考验的是老师的素质。”

1999年的高考作文，使《科幻世界》声名大振。报社记者纷至沓来。杨潇社长笑着说：“在变应试教育为素质教育的今天，素质中最重要的是创新能力，而阅读科幻，正是激发青少年创新能力的途径。”

2023年春天，回望1999年的高考，郭帆、龚格尔有特殊的感受，而《流浪地球2》的男一号饰演者吴京，也收到了一份特殊的礼物：1999年第一期《科幻世界》，上面刊登有合肥八中女生谢楠在“奇想”栏目发表的一篇颇有创意的“结社广告”。谢楠，正是吴京的夫人。

4. 刘慈欣，与他“生命的总导演”

16岁的高中生刘慈欣，一个极其聪明的大男孩，翻开了《2001：太空漫游》，进入阿瑟·克拉克的宇宙空间，会有什么结果？

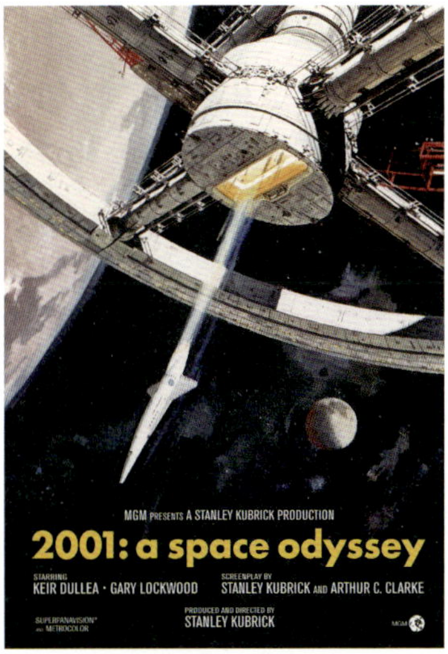

《2001：太空漫游》电影海报

一开始，也许是漫不经心地阅读，大男孩被情节牵引着，按部就班地走向东非大峡谷，一块大黑石树立在史前人类的面前，史前人类触摸大黑石之后，智力发生了巨变，学会用大棒子骨当工具。当大棒子骨朝空中一扔，划过百万年时空，就变成了宇宙飞船。人类的杰出代表，驾着飞船飞向土星，寻找永远刺激好奇心的谜团。经历了超级电脑的背叛，同行的科学家全部遇害，主人公鲍曼不得不毁掉超级电脑，成了孤独的生命——高中生自己不知不觉“被代入”，他仿佛成了鲍曼，无边无际的黑暗与孤独感包围着他，浑身冰凉。

但是，不容他思考，他发现星星在逃逸，星域在扩张，天空变成乳白色，星星变成了黑洞——他看到了银河系照片的“负片”。上帝啊，这是什么地方？空间内外翻转了。飞行器下方，也许是一百万年前巨大飞船的停泊场，在陨石的撞击下变成一座垃圾场。

接着，他飞向红巨星那一大片火焰山，躲过白矮星超强的引力，飞过等离子云形成的一大片光珠……不断地飞升，下坠，再飞升。最后，飞船的分离舱居然会停在一片光洁的地板上，这是一间雅致的、再寻常不过的饭店套房。他脱下宇航服，钻进温暖的被窝，醒来时，飘浮在离地球两万光年以外的双星火焰之间，一间空荡荡的屋子里，他睁开了婴儿的眼睛，放声哭起来……

高中生被深深震撼了。他跑到家门之外的空旷地，在中国北方寥廓的夜空下，感觉闪烁的群星从克拉克那本巨著中跳跃着，“蓝移”“红移”，进进出出——就在他沉醉于阅读之时，银河系已经发生了变化——时光在扭曲，能量在跃迁，新星在升起，黑洞在塌陷……他不完全懂得那些概念，但凭着“物理直觉”（这是杨振宁发明的词儿），他已经与阿瑟·克拉克的心灵完全相通了。

这里，紧邻万里长城第九关——娘子关。那凛冽的山风，曾吹拂过大唐王朝平阳公主的旌旗，如今吹拂着这位高中生火焰般飘起的头发。这山风，形成大地的环绕之声。日日夜夜，在为这一位高中生的成长伴奏。

阿瑟·克拉克曾用他的派克钢笔，在地球赤道上空画了一个圈，成为全世界通信卫星飞翔的轨道。然而，从两百万年前的东非大峡谷到未来数百万年，要描出人类幻想的火花传递的轨迹，阿瑟·克拉克只能用他的笔画上几根线，不得不留下大量的空白。

终于，从2006年开始，中国科幻作家刘慈欣，连续奉献出“地球往事”三部曲：《三体》《三体Ⅱ·黑暗森林》《三体Ⅲ·死神永生》，填补了克拉克幻想轨迹上的空白。刘慈欣谦逊地说：“我的所有作品都是对《2001：太空漫游》的拙劣模仿。”

发明潜水艇的西蒙·莱克说：“儒勒·凡尔纳是我生命的总导演。”

刘慈欣

阿瑟·克拉克，可以说是刘慈欣生命的总导演。

作为《科幻世界》的老编辑，我对刘慈欣和刘慈欣同时代的中国科幻作家怀着最深的敬意、最诚挚的感激之情。

当年，科幻世界杂志社的编辑曾“列队”欢迎刘慈欣。

刘慈欣首先寄来了长篇科幻小说《超新星纪元》，杨潇认为非常好，给他回了信，给予充分的肯定，并将此事交给阿来来办。阿来认为，这么好的作品应当由一流的出版社来出版，但囿于当时的出版环境，没能及时推出。2001年，阿来搭桥，让姚海军与作家出版社杨德祥联系。最后，由姚海军担任特约编辑，以“锋线丛书”之名，由作家出版社出版。

由于长篇科幻出版暂时受阻，刘慈欣便改投短篇。

田子镒回忆：作家不是谁培养的，是靠自己勤奋努力成长的。最多只能讲作家是如何被发现的。我先是在自由来稿中发现了刘慈欣的两篇短小说《宇宙坍塌》和《时间尽头》，推荐给阿来，处稿意见是：“想象奇特，描写恢宏。建议使用。”阿来留下作为待发稿。此时邓吉刚和业余编辑黎兵选出了大刘的《鲸歌》，作为“每期一星”刊发，反响不错。阿来接着在下一期刊发了那两篇短小说。因为看到了刘慈欣的潜力，青城笔会就邀请了他。他带来新作《地火》。陈进、邓吉刚和我读后，都觉得科幻构想极佳，其对人物的塑造却引起了我们的争论，争论中谭楷也参与其中。后来，我把争论的内容转告了大刘。大刘做了一些润色之后就发表了。笔会回去后，大刘又寄来了新作《带上她的眼睛》，发表后反响极好。我跟谭楷讨论过——作家和编辑是朋友，优秀的作家促进编辑提高；好编辑应当是好的理发师，为作品增色。

作为《科幻世界》的编辑，最幸福要数姚海军。姚海军于1998年来科幻世界杂志社，先做“科幻迷俱乐部”主任，后到

《科幻世界》做编辑。本世纪初，老同志先后退休，以刘慈欣为代表的银河群星冉冉升起，好稿喷涌而来。比起当年我和杨潇争夺好稿，又上了一个大台阶——海军，多么快乐啊！

我退休之后，曾多次走进他的办公室。他两眼发亮，脸色发红，沉溺在“三体世界”——由“神秘的死亡倒计时”，“能割断钢铁巨轮的纳米纤维”“降维打击”“无坚不摧的水滴”所引发的惊心动魄的悬疑故事之中，他经历了刘慈欣的《三体》从杂志连载，以及整个“地球往事”三部曲从电子文本到杂志连载、到出版的全过程。作为一位编辑，太令人羡慕了！

2015年北京时间8月23日下午，当美国宇航员林格伦在国际空间站宣布，刘慈欣荣获第73届“雨果奖”最佳长篇科幻小说之时，全国科幻迷欢呼雀跃，大刘却冷静得不可思议。他对《环球人物》的记者调侃道：“除了我自己以外，别人似乎都比我兴奋。”

从2015年获“雨果奖”到2019年、2023年科幻大片《流浪地球》系列热映，刘慈欣的美名如雷贯耳，天下赞誉。我几乎每年都要见到大刘，虽然谈话不多。我感到大刘非常低调，坚守着平易近人的可贵品质。

星星还是那个星星，大刘还是那个大刘。

他仍然是牛仔裤、T恤衫，穿着十分简便；他仍然是大馒头、白米饭，只要管饱，吃啥不重要。姚海军去山西看他，他开一辆旧车去接姚海军，见面就谈新的构思，沉浸于科幻的思维之中。姚海军说，生活中的大刘，普通得不能再普通了。

6月10日，大刘在成都接受我的专访。

我问到他的“超级粉丝”奥巴马在北京见到他时，聊了些什么。他笑笑说：“聊女儿。奥巴马问到我的家人，我说我有一个女儿，今年考大学。奥巴马说他的女儿也要考大学。然后又谈到我和他的女儿学什么专业……”

因为要与奥巴马谈话的人比较多，他们只谈了十几分钟。

我问，我接触过许多科幻作家，每个人的“路数”都不一样。我从你作品，感觉到你的“胃口”超大，从“幻想”的那个创意核心看来，涉及天文学、天体物理学、现代物理学、量子力学、无线电传播学、分子生物学、遗传学等多学科，你还专注于学科最前沿、新动态。你写小说是先有人物、故事，还是先琢磨科技前沿的那些事？

大刘回答：我认为，科学的神奇性，就是科幻小说用之不尽的创意。有了创意，人物只是讲故事、演释创意的工具。

我问，从文学上说，做辉煌的大构架的作品，哪一位作家的作品对你影响最大？大刘说：“托尔斯泰的《战争与和平》。”

刘慈欣为读者签名

克拉克式的脑洞大开，结合托尔斯泰式的宏大构架，加上“刘氏提炼法”，将现代科技的神秘元素融入“故事”与“人物”之中，这也许就是大刘科幻创作成功的“路数”。

为什么大刘如此低调与平静？

当我问到他将在哪个城市生活时，他浅浅一笑说：“得看女儿毕业之后在哪儿工作。她在哪儿，我们得跟着，一家人在一起。”

看来，他一直把自己定位于一个普通人。对于自己非凡的成就，他从未表现出一种惊喜与自得。

为什么刘慈欣能取得如此非凡的成就？许多评论家、作家一直没有给予准确的回答。这个谜，也让我琢磨许久。

我仔细阅读李淼先生的《〈三体〉中的物理学》，没有找到答案；我仔细阅读刘慈欣为《〈三体〉中的物理学》写的那一篇洋洋洒洒的序，也只是猜到一些他“永不满足的‘野心’”；直到翻阅23年前他的一篇自白——发表在2000年2期《星云》（姚海军主编的中国科幻迷“内刊”）上的《筑起我们的金字塔》，才恍然大悟。

他最早投给《科幻世界》的两篇科幻作品《宇宙坍塌》和《微观尽头》，让人阅读后有读阿瑟·克拉克的《与拉玛相会》的感觉。《与拉玛相会》有大段对于“拉玛”、天外飞来的一个不明物体的细致描述，它的文学描写都集中在对其中的技术内核上，除了技术内核什么都没有，但它却是经典中的经典。

刘慈欣表示：“没有多少人认为《宇宙坍塌》和《微观尽头》有多出色，但正是这样的小说把我引进科幻，我写作的最终目标也是这样的小说。”

当时，《带上她的眼睛》已获银河奖一等奖，刘慈欣感觉“给我带来的思考远多于喜悦：我发觉自己完全错误地估计了中国科幻读者的价值取向，他们想看的不是我热爱的那种科幻……选择《鲸歌》和《带上她的眼睛》这样的写法是为了作品能发出去，其目的就是能够回到出发的地方。”

他写道：“一座金字塔，最令人神往的是那高高的塔尖，但如果把塔尖切下来放在地上，它只是沙漠中几块不起眼的锥形石块，很快就会被时间之沙吞没。只有在宏大的塔身之上才能显示它的神圣。中国科幻（外国也一样）的塔身是那些拥有大量读者的作品。只有这样的作品达到一定的数量，科幻作为一项产业达到一定的规模，高层的作品才有存在的基础。”

大刘最后写道：“我向往那座云中的金字塔，但现在要做的，还是齐心协力，在中国大地上放好第一块沉重的基石。”

原来，亲爱的大刘，心中一直向往着金字塔之尖！

如何为刘慈欣画像？我特别注意到他饱满的前额，说明他可能有着超越一般人的脑容量。就在大脑的沟回之中，是否藏匿着银河计算机、哈勃望远镜、高能对撞机、超级电子显微镜等，不得而知，这让医学科学家去专题研究吧！今年，大刘满60岁，正是作家从事创作的黄金岁月。我们期待着大刘的新作问世，给地球上数以亿计的“科幻迷”带来新的、更大的惊喜。

5. 少年凡尔纳与“林聪”

当刘德华红透中国大半边天之时，在成都举办过盛大演唱会。粉丝们想法在停机坪扯横幅，献鲜花，释放激情。同机到达的杨振宁博士下机之后，看见了盛大的欢迎场面，非常感动，正欲上前，却被接机的四川大学副校长拦住，解释说，这是欢迎著名歌星刘德华的粉丝团，这才避免了一场误会。

后来，刘德华的演唱会观众爆满，票价飙升，一名打工仔卖血换得400元，买了一张票，进入火山喷发一般的演唱会现场，体验了粉丝的快乐。因为玉林中学紧邻着四川省体育馆，演唱会的火爆，人山人海、交通堵塞的场景，给中学生们切身体会。打工仔卖血的“事迹”传开之后，引起了中学生们的热议。

不久，爆出经营刘德华演唱会的公司偷税漏税——这当然不能怪刘德华（我至今对这位德艺双馨的艺术家深怀敬意），却使舆情大反转，损害了刘德华的公众形象。

当时，玉林中学有一位很有眼光的语文教师叫李镇西，谈到徐悲鸿抗战时的遗作展在成都展出时，观众大多数是怀旧的老年人，鲜有年轻人观看，比较冷清，与刘德华演唱会的火爆成了鲜明对比，希望同学们就此写一篇作文。

那时，我的小儿子胡小鸥正在玉林中学读书，他写了一篇作文，得了高分。他的好朋友、文理科皆优的彭倍来我家蹭午饭，谈及此事，彭倍认为，生活是多姿多彩的，大家都一窝蜂去追歌星，非常之“瓜”。为什么不去追科学之星呢？正好，我们杂志上在举办校园科幻征文，我就请他写一篇故事。结果，彭倍就在午休时间一挥而就，写了一篇《复制刘德华》，一个近于荒诞的科幻故事：因为男生们崇拜刘德华，利用高科技“换脸”，纷纷变成了刘德华，立即引起极大的混乱，唯一未变脸的小刚，反而成了“帅哥”……当天下午上班时，我把稿件带到了杂志社，几个老编们传阅后哈哈大笑，都说好。于是，《复制刘德华》发表在1993年12期，并获得校园科幻奖。

从1991年开始，科幻世界杂志社便得到省教委的特别支持，让我们走进校园，举办科幻故事大赛。此赛吸引了众多的中学生读者，一方面扩大了刊物的影响力，另一方面也培养了科幻写作的后备队伍。

《科幻世界》还与四川经济广播电台合作，开辟了“科幻故事”节目。与湖南广播电台合作，开辟了“科幻时空”节目，校园科幻优秀作品，插上了电波的翅膀，飞向广阔天地，吸引了更多听众。

当四川经济广播电台播送金堂中学学生的科幻作品时，学校组织了全校师生在大操场集体收听。写在作文本上的故事，被播音员富有磁性的声音讲出来，那抑扬顿挫引发的心潮起伏，极大地激发了同学们的创作热情。

一天，德国著名记者天使·库尔勒，在我的老朋友、教授级导游周小丁陪同下，来杂志社采访。他非常支持举办校园科幻征文，当场表示每年付出1000马克，奖励写出优秀作品的小作者，我们将此奖命名为“少年凡尔纳奖”。

1991年，全美大学生数学竞赛中勇夺第一名的是中国留学生杨俊。杨俊毕业于成都七中，读高三时写了一篇颇受同学们赞誉的科幻小说《太阳晶体》。该校的濮京京，以《真实的桃花源》获1992年校园科幻故事大奖赛初中组一等奖。该文被选入新编的九年义务教育初级中学语文教材之中。初中生的作品被选入课本，真是令人振奋的好消息。

1993年的校园科幻故事大奖赛，历时9个月，收到2000余篇稿件，四川经济广播电台播出了180篇，《科幻世界》发表了20篇，从中评出优秀作品117篇。获奖作者中，有满身稚气的山村小学生，也有学有所长的京城学子。四川省中江县的丁红玉和成都的王星星，一个因残疾卧床，一个从小丧失听力，他们都是科幻迷，经刻苦努力写出了获奖好作品，非常难能可贵。

1995年，来自全国各地的校园科幻故事征文突破1万篇，几乎天天用麻袋装稿件。以后，年年保持着八千至上万篇稿件的数量。参加评选的作家、教授和编辑们一致认为："后起之秀正以咄咄逼人的气势冲向舞台，显示出中国科幻的灿烂前景。""校园科幻，一届比一届质量好！"

为了辅导中学生写好科幻故事，我与成都七中的语文老师文仲瑾合作，起名林聪，在《科幻世界》上开辟了"林聪讲科幻""林聪点评科幻"专栏，深受读者和小作者欢迎。

比如"林聪点评科幻"之一《走老路与"直说"》：

《无悔瞬间》从科幻构思来说，走的是"时空隧道"的老路，但韩丹选择了一个很妙的"瞬间"，展示出人的感情。作品结构严谨，加之有个很耐人寻味的结尾，使满篇皆活。这说明，老题材也可以写出新意来。

《初次接触》属于一般"轻音乐"。外星人哈里光临地球时的感觉，对地球景物的描写，使读者"大饱眼福"。然而，在这美的背景下，出现了小小的遗憾。就是哈里想与地球人接触，挨了"格子服"的石头。此篇作品写得轻快、流畅。若能在前面埋下一个小伏笔，后面故事发展到石头击中到哈里某个特殊部位，比如"喷眼泪"的部位、"大笑不止"的部位或"唱歌"的部

1997年四川科幻夏令营，作家刘兴诗给青少年签名

1997年四川科幻夏令营，作家大卫·赫尔给青少年签名

位，也许这个故事会更有趣。

《丧失》和《爱的概念》的作者江京海与彭柳蓉，都是上届校园科幻的获奖者。两篇作品显得深沉、厚重。《丧失》写战争不断，人类美好的东西一点点丧失；《爱的概念》写狼星人“候鸟”在地球生活，逐渐获得人性，狼星虽有高度文明，却无法召唤“候鸟”回去。两篇作品一反一正呼唤美好的人性，说明校园科幻作者在认真地探索，大胆地想象，已经在考虑许多同龄人未想到的问题，令人欣慰。

校园科幻征文活动在出了一批好作品的同时，也涌现出了一批很冒尖的少年作者。《科幻世界》又开辟了一个新栏目“小行星的轨迹”，先后介绍了获奖作者曾仪、杨雪峰、彭柳蓉、赵海虹、陈科屹、杨鹏、唐旭利、田肖霞、杨军等，继续助推让他们飞得更高。

如今，赵海虹、杨鹏、彭柳蓉已经是著名作家，更多的获奖作者成为各方面的栋梁之材。

校园科幻征文让科幻扎根于中学校，让《科幻世界》影响扩大。获奖作者陈理考上清华大学之后，陈理的父亲陈兆荣向记者说：“向你透露培养女儿成才的秘诀：请订阅《科幻世界》！”

当年，写《复制刘德华》的彭倍，1995年考入北京航空航天大学，然后到清华大学读研。读研没过一年，美国西北大学著名微纳米技术专家埃斯皮诺萨教授就看中了他，为他提供全额奖学金赴美硕博连读，彭倍以优异成绩获得了西北大学博士学位。如今，他已经是电子科技大学机械电子工程学院副院长、博士生导师，四川阿泰因机器人智能装备有限公司董事长。他在电话里对我说：“我一直在研究机器人，没有离开科幻啊！”

举办校园科幻征文更使我们领会到，在青少年的心田撒下科

1997年四川科幻夏令营，作家王晋康给青少年签名

幻的种子是多么重要。宋健主任在给科幻世界杂志社的信中有一句话，应当镌刻成黄金大字之匾，悬挂于各中小学校，匾上直书：

科幻，是培养一个民族科学精神的摇篮。

6. 令我一生感动的科幻迷

大约是1996年底，最忙碌的日子。白天忙各种事务，堆了许多退稿和读者来信。编辑已定的退稿，我还要滤一遍，最后才退给作者。我用大塑料袋装了一大袋，拿回家中慢慢阅读。对于退稿，我一向慎重。因为我也是中学时代就投过稿，懂得投了稿之后盼望编辑回复那一种望眼欲穿的心情。

后半夜，我读到最后几封信。一封来自新疆哈密某中学，名叫朱志丽的初中生给“谭楷主编”的信，使我兴奋起来。

这是让我感动了一生的信。可惜我收藏起来之后，不知藏哪里了。但我能大致背下信中的主要内容，信中写道：

“我叫朱志丽，也曾经叫张志丽、王志丽，因为我的妈妈改嫁，我不得不改姓。同学们都嘲笑我，你到底姓啥呀？”

一见面就这样坦诚，对我是多大的信任？信中接着写道：“我是一个丑女孩。因为我丑，班上没有什么同学搭理我。”

这个朱志丽，太耿直了。一个女孩自己说自己丑，需要多大的勇气啊！接着，她描绘了一个画面：“圣诞节快到了，同学们互赠贺卡，有从街上买的精美贺卡，也有自己绘制的贺卡。一张张贺卡就在我头顶上飞来飞去，没有一张是赠给我的，连一张小纸片我都没得到。所有的男生，没有拿正眼看过我一眼！”

读到这里，我的眼睛模糊不清了。

一个因母亲改嫁而承受巨大心理负担、自认为自己丑的女孩子，多么孤独和寂寞。但是，她能正视一切，说了一句让我振奋的话：

“我虽然丑，但我的心灵是美的。我心中的幻想是美丽的！我要把我心中的幻想写出来！”

我有点透不过气的感觉，呆呆地坐了好久。

再读编辑要退掉的朱志丽的稿件，确实没有达到发表水平。但是，《科幻世界》一直在每页正文下面设有“边栏语”，都是从读者来信中摘抄一两句话，或是对作品的评论，或是一个科幻小构思。我从朱志丽的稿件中挑出颇有想象力的两句话，发表在1996年4期第3、第4页：

我可不是垃圾箱，请不要随便扔废品！——太空检举箱。

朱志丽　新疆某中学初三（1）班

宇宙像一只有无穷层次的大洋葱，剥了一层又一层，没有尽头啊！

朱志丽　新疆某中学初三（1）班

我还给该学校校长寄去了几本1996年4期《科幻世界》，希望对朱志丽给予鼓励。后来，朱志丽来信，对我表示感谢。

其实，阅读读者来信被感动不止一次。

《科幻世界》发表过江西省大余县吉村中学初三学生邓缘的来信，他在信中说：“我生活在一个偏僻的小山村，这里很穷，我家庭生活情况也很差，爸爸病逝了，我们兄弟姐妹6个，全靠妈妈一个人把我们拉扯大。我虽然生活在穷世界里，但我还是向往未来，憧憬未来。我从一位朋友那里借来贵刊，读了之后就像生活在另一个世界里，有一种身临其境的感觉。我相信未来是美好的，于是我突发奇想，拿起笔来，加入科幻迷的队伍。”

河北衡水市桃城区河东办事处中心校的邢东老师，曾组织学生参加校园科幻征文比赛，取得了好成绩。2001年初，邢东给我的来信说："当时，我组织征文的目的是为了给我那40多个'弟子'一个树立信心的机会——你可能不会理解一座简陋农村小学的学生们在全国性的大刊物上看到自己的名字时，对自己心灵的震撼和在村中的轰动。"

由于奖品——两台价值上千元的"天狼50T"天文望远镜——迟迟未到，村里有一些风言风语，让邢东老师感到了迷惘。几经周折，天文望远镜终于送到了农村小学。

邢东在信中说："我的父母、亲友、学生都通过它看到了月亮上的环形山、太阳上的黑子。今后，我将用望远镜把更多人的目光引向星空。WFS（注：《科幻世界》杂志的英文缩写应当是SFW），在我眼里是Wife、Father、Son的缩写，《科幻世界》是我的亲人，我离不开他……"

为了更好地联系科幻迷，杂志社有一个化名"小雪"的编辑，专门负责与科幻迷和大学、中学的科幻协会联络，支持他们举办的各种活动。"小雪"最初是《科幻世界画刊》美编王茂兼任，后来，天津的郑军成为历任"小雪"中的一员——郑军是胸怀宏图大志的青年，干了一年多便离去，以后成为著名科幻作家、理论家；比郑军稍晚一些，姚海军也加入了"小雪"。姚海军在任期内，将他在大兴安岭办的油印刊物《星云》变成一本全国科幻迷喜欢的、铅印的《星云》，内容非常丰富，信息量很大。比如刘慈欣对20世纪80年代中国科幻的评论，阿来在中国科普作协的发言，还有尹传红、师博、史志成、吴岩、张士放、顾备、刘维佳、资民筠、董鼎山、周宇坤等业内业外人士的相关文章。由于它是非正式刊物，仅做内部交流，尺度开放，读来轻松，还长见识。

除了姚海军创办的《星云》、北京科幻迷创办的《立方光年》，还有周宇坤和曾德强合办了《宇宙风》，徐久隆创办了

《上天梯》，天津科幻迷创办了《超新星》，河南范霖创办了《银河》，生机蓬勃的自办内刊，字里行间都保存着世纪之交之时，科幻迷们的脉动与心跳。

我经常参加科幻迷们的各种活动。1998年北京科幻节，我有幸成为推轮椅的人，将令人景仰的郑文光老师推到掌声雷动的会场；1999年，我在长沙和湖南广播电台著名主持人王欣然走进长沙科幻迷的大集会，有一种滚滚热浪扑面的感觉；在电子科技大学的科幻节，带梦幻色彩的布景下，全是科技精英们信心满满的表情，而在偏僻的金堂县白果中学；在简朴的露天讲演场所，全是一双双好奇的眼睛……

从90年代开始，我给大学生、中学生讲科幻，特别是后来，我连续担任“全国青少年科技创新大赛”的科幻绘画评委（省级评委和全国评委），给美术老师也给中小学生讲科幻与科幻绘画，至少讲了200多场。由于有几十年的丰富积累，一眼就可以看出模仿和有真创意的绘画作品。讲故事，我一般这样开头：

1818年的欧洲，寒冷多雨的冬季，喜欢各种酒会舞会的英国诗人拜伦和雪莱，不得不困守公寓。他们的夫人也觉得百无聊赖，于是，有人建议讲故事吧——故事要自己编，还要独特、刺激。雪莱的夫人玛丽·雪莱，就讲了一个科学家制造的怪人“弗兰肯斯坦”的故事。拜伦、雪莱都觉得故事非常精彩。这就是被称为科幻小说开山之作的《弗兰肯斯坦》。

从1818年开始，二百多年来，伴着工业革命、第三次科技浪潮，科幻小说风靡世界。19世纪是欧洲科幻的黄金时代，出现了儒勒·凡尔纳、威尔斯那样的科幻大家；20世纪30年代，开始了美国科幻的黄金时代……之后，科幻电影开始风靡世界。

谭楷与科幻迷

后来，讲课方式不断变换，越讲越自在，越讲越“互动”。最后，要让中小学生“疯狂”起来，“脑洞”大开。

我始终想到詹姆斯·冈恩与中国科协主席周光召对话时，并没有引起记者们注意的话：“比尔·盖茨，只不过是科幻迷，读中学时就参加科幻集会。他总是抱着一摞书，追着科幻大师们签名……”

我们总是希望，从科幻迷中出现比尔·盖茨、保罗·爱伦那样的科学家、工程师。其实，更为广泛和积极地体现科幻价值的是提高人的素质。流沙河说：“没有幻想的人，是灵魂的残废。”灵魂健全的人放到宇宙中，以时空为经纬、以星空为参照时，任何不幸都显得渺小。

大学生孔斌也有此认识，他在给《科幻世界》的来信中说：

“也许将来有一天金钱能买到一切，甚至买到人类的感情，但我相信50亿地球人不会个个都被套上铜臭的枷锁，茫茫太空总能觅到久违的知音。我相信，心有灵犀一点通，而科幻就是无价的灵犀。”

1998年12月12日，家中已经准备好酒菜，准备庆祝我的55岁生日。恰好那一天晚上，西南交大科幻迷集会，我讲完之后，同学们接二连三地提问。应同学们要求，我唱歌，我背诗，没完没了……最后，响起了“祝你生日快乐”的合唱声。原来，有同学临时去采购生日蛋糕，必须拖住时间。只见同学们齐声欢唱，向我围上来，献上了诚挚的祝福。

那一个晚上，给了我永生难忘的快乐与感动。

最近，我从杂志社获悉，一位名叫河流的铁杆科幻迷，拖着生病的身体，北到哈尔滨，南到广州，西到成都，东到上海，走了全国20多个城市——经河流统计，全国高校科幻协会总计是98个！

这个数量与规模，比我在职之时大大增加了。大学的示范效应，让全国更多的青少年成为“科幻迷”。

中国科幻的前景，如同初升的朝阳。

第十章 一个老兵的回望

1. 激励中国幻迷——追赶太阳

2002年9月初，北京城仿佛还滞留在盛夏，被火辣辣的太阳笼罩着。我陪同美国宇航局杰弗里·兰蒂斯博士夫妇走在京城的大街上。不一会儿，兰蒂斯就汗流浃背。兰蒂斯是研究火星机器人的专家，又是著名的科幻作家，被中国青少年誉为“火星叔叔”。我问他对北京印象如何，他耸耸肩说：“热得有点儿像登陆火星的感觉。”当天晚上，我问博士想吃什么，博士毫不犹豫地说，想喝稀粥。我心中暗暗称奇，因为成都市民在最热的日子，晚餐总喜欢熬一锅绿豆稀饭来吃，兰蒂斯居然跟我这个成都人的想法不谋而合。

接待杰弗里·兰蒂斯，是我退休之前，科幻世界杂志社给我的最后一件“外事任务”。

兰蒂斯的名著《追赶太阳》由石坚（张劲松）译成中文后，发表在《科幻世界》1996年第5期上。《追赶太阳》讲的是这样一个故事：

飞船在降落月球时突然失事，只有宇航员翠茜一个人活了下来。翠茜携带的太阳能电池板能够提供水和空气。她又在失事的飞船中找到食物，好不容易与地球的大本营取得联系。大本营告诉她，救援的飞船一个月后才能到达。这样，只要她背上的太阳能电池板能得到阳光照射，她就能活下去。但是，太阳要坠落，她必须不断地追赶太阳——所幸月球引力只有地球的1/6，她可以像袋鼠那样跳得很远，经过一个月不停地跳跃，她沿月球赤道绕行一万一千千米，终于等到了地球的救援飞船，将她救走。

这是一篇情节紧张、扣人心弦的硬科幻，又是一篇励志作品。“追赶太阳”有着非常好的寓意。本文荣获了雨果奖和星云奖两项世界级科幻小说大奖，被翻译为16种语言，在全球科幻迷中广为流传。

但是，却有中国读者认为“绕月球赤道跑一圈实在太不划算”。

重庆读者邓键与安徽、吉林等地读者向兰蒂斯提出了质疑。邓键认为：极点，即月球北极就是极昼，他给出了“更好、更聪明”的方法，就是直接跳向月球北极。邓键甚至还推算出了月球极昼的面积。《科幻世界》当时便把邓键的质疑转告了兰蒂斯先生。兰蒂斯深感震惊，因为他的作品被译成十几个国家文字并广受好评，邓键是所有这些国家中唯一对他“挑刺”的读者。

为了回答中国科幻迷的质疑，兰蒂斯早就有来中国的计划。因他的工作繁忙而不得不一再推迟。兰蒂斯是美国宇航局约翰格伦研究中心的光电能及太空环境研究专家、1997年的火星探路者计划的参与人之一、2003年火星探测漫游者计划的入选成员。火星机器人的任务就是“背着”太阳能电池板，行走火星，采集并送出各种资料。读《追赶太阳》，感觉到是兰蒂斯的科研成果在延伸。

兰蒂斯博士在中国科技馆与北京青少年见面了。

当“欢迎火星叔叔兰蒂斯”的横幅挂出来之后，原中国科协国际部副部长程宁宁觉得异样又亲切，她一猜就是科幻世界杂志社那一帮人在“鼓捣”。正在此时，我从会场出来碰见了她——原来，她已经从国际部调到科技馆任职，她非常欢迎“火星叔叔”来做演讲。

兰蒂斯用生动的语言、精彩的幻灯片介绍了美国的火星计划，不断赢得礼貌的掌声。最后，他说：“我已经向美国宇航局提出要求，如果要派专家上火星，我愿意报名！”听众们用最热烈的掌声，对兰蒂斯的决心表达了敬意。

到了提问的环节。更多的小读者，对翠茜追赶太阳的方法表示质疑。还有小朋友提出，用撑杆跳高的办法，可以跳得更远。兰蒂斯认为小朋友想法很美妙，又反问：“请问，从哪里去找一根撑杆跳高的杆子呢？”引起一阵哄堂大笑。

谈到邓键提出的方案：翠茜可以一直朝月球的北极走，要近得多，只要待在北极，永远对准太阳，可省许多力气。兰蒂斯便展示了一张月球地形图，指出翠西从遇难飞船所处的位置去北极，要经过很多座环形山，有些山高达数千米，还有深达数千米的陨石坑，高山深坑会形成巨大阴影，几天走不出去，太阳能电池板就没法工作，这条路看起来近，却是一条死亡之路——兰蒂斯不愧是大专家，把月球都研究得那么透。这么一说，中国科幻迷们真是口服，心服，不得不服。

轮到兰蒂斯向现场的中小学生提问了。

兰蒂斯请在场的听众给火星探测器（机器人）起一个名字。许多人举手，报出来的名字有“童年”“探路者”“孙悟空”“光荣使者”，一个个名字毫无新意，在一片嘘声中都被听众们自己否定了。

北京的记者在报道“火星叔叔兰蒂斯”的科学报告会时，透出两点发人深省的信息：一是听众们“不会笑”，兰蒂斯的幽默风趣没有得到回应；二是应试教育之下思维模式化，给机器起了一大堆名字，居然没有一个富于想象力或童趣的名字。

9月11日，兰蒂斯夫妇来到成都，来到科幻世界杂志社。编辑唐风记下了编辑们与兰蒂斯有趣的对话。

有编辑问：你觉得科幻写作是否有助于你自己的科学研究？

兰蒂斯回答：“是的，科幻容易使人具备一种开放心态，对那些崭新的、奇异的事有想法、有包容心。而且能够更多地关注自己研究的课题是否对将来有什么好或坏的影响。”

又有编辑问：你认为从事科学研究，是否对科幻写作有帮助？

兰蒂斯沉思片刻说：“对我而言，科学研究不见得能促进科幻写作。我本能地把许多时间精力放在构思科学背景上，而忘记了人物和情节的构筑。”后来，他在都江堰时又补充：“你瞧，罗伯特·谢里克，他可对科学没有研究，但他的故事写得非常好，他能让人笑死。”

接着，兰蒂斯对近几年雨果奖获奖作品偏纯幻想、让人失望做了解释：“风水轮流转，过两年，纯幻想不吃香，又该科幻——特别是硬科幻——占上风了。”

接着，唐风陪同兰蒂斯夫妇，花一天时间参观了三星堆博物馆，计划再花一天时间参观都江堰水利工程，游览青城山。

兰蒂斯对鱼嘴、飞沙堰、宝瓶口以各自不同的功能互相配合，完成分水、扬沙、节流的任务表示怀疑。特别是对“扬沙”表示：“我不相信。”唐风无法给予满意的解释，来来回回看了几个小时，也没法让兰蒂斯弄明白这个都江堰，为什么是“世界上最伟大的水利工程”。最后，他们走进离堆公园，电影厅正在播映有关都江堰的科教片，是英语配音。看过电影短片之后，兰蒂斯明白了“飞沙”的道理，非常兴奋，连连赞扬：“真是一个伟大的工程！”

唐风后来告诉编辑们：“太认真了！足足转了8个小时，累惨了。最后，兰蒂斯赞扬，让我脸上有光，就像都江堰是我修的一样。”

归途上，已有记者打来电话，向唐风询问兰蒂斯夫妇今天参观的感受。兰蒂斯请唐风转告记者：“我对伟大的都江堰留下很强的印象，今天的游览我很满意。”他的夫人补充说：“我在那

兰蒂斯到成都七中做报告
右起：秦莉、谭楷、阿来、文仲瑾、兰蒂斯、兰蒂斯夫人、王志坚、杨潇等

兰蒂斯和小读者对话

又摇又晃的铁索桥上获得了很大的乐趣。”

兰蒂斯不喜欢住宾馆。就住在郫县（今郫都区）团结镇府河源头，《科幻世界》的培训中心——听江浦。听江浦一边靠府河第一道大跌水，一边靠灌渠，是一片花木繁茂的半岛。入夜，田野一片寂静，河风吹得人透体清爽。我和兰蒂斯夫妇坐在流沙河先生起名为“响雪”的凉亭，一口接一口地喝着冰镇啤酒。

凉亭之下，雪浪翻滚，涛声如雷。此时此刻，绝不能说什么，也无须说什么。听江浦，就是要来此一游的人听一听江河之声。

饮至半夜，博士终于说：“这一片土地太神奇了。”

他滔滔不绝地说到三星堆、都江堰、青城山，在这片具有古老历史的土地上，竟有众多科幻迷……

在中国的日子，他去学校讲火星，与科幻作家交流，日程安排得满满的。兰蒂斯天天用他的言行在激励中国“幻迷”——追赶太阳！

2. “支教”小学让我慢慢疼痛

1996年元旦之夜，家中的电话铃突然响起。我拿起电话，传来一阵嘈杂之声。一名女士柔声问我：“是胡世楷先生吗？”（胡世楷是我的本名）我说“是”。她说：“恭喜你，获奖了。”我愣了一下，一时想不起这是怎么回事。她说：“你的《西伯利亚一小站》获得小说奖第一名。”

我这才想起，大约半年前，我的一位在四川省民革工作的同学，翻阅台湾地区《“中央”日报》，发现《“中央”日报》副刊举办了全球华人作家的征文活动。她抄下地址，让我投稿。我便写了一个短篇小说《西伯利亚一小站》，投寄给台北的《“中央”日报》。之后，就忘了这事。

我连忙表示谢意，并问：“请问，你是谁呀？”

对方说：“我是陈若曦。”

啊，陈若曦？她以在中国大陆“文革”中的特殊经历，写出了小说《尹县长》，被认为是“伤痕文学”的开山之作。这一次征文，她是主评委。接着她讲，将给你寄来邀请函，请你来台湾领奖。

由于手续繁杂，3月1日的颁奖会我肯定赶不上了。我于5月底才办完手续，正好参加由《“中央”日报》举办的“百年来中国文学研讨会”。这是纪念甲午海战大败、清廷割让台湾，以及梁启超提倡小说以来的“中国文学一百年”。有吴祖光、贾植芳、张贤亮、叶文玲、陈思和、陈平原、沙叶新、何启治、谢冕、熊秉明、李泽厚、严歌苓、北岛、许子东、齐邦媛、纪弦、痖弦、陈若曦、隐地等著名作家、评论家。开幕式由余光中致辞，这位深怀乡愁的诗人引用杜甫诗“万里悲秋常作客，百年多病独登台”表达了心中隐忧。因为，那时的民进党已经在大张旗鼓宣扬“台独”。“百年多病”的中国，怎能容忍“独登台”？余光中一头白发在聚光灯下闪耀。在座的中国作家完全听懂了他的呐喊，他心中痛苦的“海啸”。

开幕前一天晚上，我在六福客栈拜会了余光中，并交给他流沙河的亲笔信和照片。他回忆起童年在重庆乡下的生活，用纯正的重庆口音吆喝了一声：“炒米糖开水——”令我开怀大笑。

我非常感谢科幻世界杂志社，由于“贫穷”而给了我另外一笔巨大的财富——认识苦难。

1992年，科幻世界杂志社派出我和莫树清参加在德国举行的WSF年会。由于经费有限，我们全程坐火车，从德国、波兰、俄罗斯返回中国。因为莫斯科到北京的全程车票才一百多美金，而飞机票要七千多美金。

在横穿欧亚大陆漫长的六天六夜，我看到中国倒爷们如何“以次充好，以假乱真”，将假冒伪劣商品高价卖给俄罗斯民众，还在列车上一路招妓，尽显暴发户穷凶极恶嘴脸。由此，我写下了中篇报告文学《倒爷“远征”莫斯科》，发表在《人民文学》上。当时，全国有18家城市报纸转载，1994年获《人民文学》奖和“全国城市报刊优秀连载作品一等奖”。

《西伯利亚一小站》是从《倒爷“远征”莫斯科》中截取的一个片段。写的是一位倒爷，在小车站买下一口袋鲜嫩的黄瓜，卖黄瓜的是很诚实的、在“劳改营”这个地方长大的小姑娘，追着火车拼命跑，递上了该找回的零钱。而倒爷在吃着黄瓜时，良心苏醒了，因为他付给小姑娘的是假币。他骂了自己一句：“不是人！”

在西伯利亚漫长的旅途中，苏俄文学作品中描绘的场景一路闪现。俄罗斯伟大作家陀斯妥耶夫斯基的名言不断响起：“我担心，我们配不上我们经历的苦难。”

无论是写熊猫，还是写“倒爷”，我自己严守“业余作者”本分，坚持在下班之后，在节假日创作。2003年，我面临退休，一方面我想好好休息，另一方面我也想静下心来，写自己想写的作品。特别是科幻——因为我学的是雷达专业，又在微电子研究所工作了16年，有点现代科学的意识，想写一部科幻小说来给24年的深陷科幻打个总结。

一件小事，让我定位于“现实”，无法“科幻”。

大约是2003年春天，阿来当时已经接下杨潇的社长之职，成为科幻世界杂志社社长兼总编。他派我去阿坝州搞一次“支教”活动。姑隐其名，经过与当地教育局联系，选定了某县某校为“支教小学”。

我想，那里地处高原，离天空很近，入夜时满天星光闪耀，如果架起天文望远镜“观星”，是多么美妙的事情啊。好，送给他们两台“天狼”望远镜。再一想，必须带上我们的《科幻世界画刊》《飞·科幻世界少年版》，还有图书。最后，了解到学校只有四五十个学生，我再买上几十斤水果糖、奶糖，平均一人一斤，精神和物质的礼品就都有了。

省教委的一位处长陪同我一起去。他是管基础教育的，一直对科幻世界杂志社的活动给予大力支持。他叮嘱我不要暴露他的身份。

我们到了乡上，科幻世界杂志社的桑塔纳底盘低，无法上山，乡上换了一辆老旧的北京吉普和熟悉路况的驾驶员，沿着急弯套急弯的机耕道，一直往山上开，终于到了小学校。

小学校正在开午饭。厨房里的大蒸笼冒着热气，学生们排队领取他们带来的午餐：好一些的是馒头、饭团，差一些的是苞谷饼。苞谷、老咸菜发出一股馊味，学生们吃得很香。校长介绍说：“学生娃娃来自远远近近的山村，最远的要走二十多里，上学是很辛苦的事。”我看学生们吃得那么差，问学校能不能办食堂，中午给娃娃加餐，吃好一点。校长苦笑着说：“以前也办过食堂，亏得凶，哪个来贴钱？”

我想，家境最好的有馒头吃——要能让全校同学都吃上白面馒头，应当不是太难的事情吧？

午餐后，学校集合了全校学生，在有些泥泞的小操场正式欢迎我们。我发现，至少有几十个娃娃围着。一个老师说：“正式的学生只有40个，其他的都是周边没有上学的娃娃。”

我讲了话，赠送了天文望远镜和图书，学生们跟着老师礼节性地鼓掌，而他们的目光全都盯着那几箱糖果。

我和校长开始发糖果，让同学们排队领取。呼啦啦，一下子就变出一条长龙，不管是不是该校的学生，全都排起来。我和校长商量了一下，不能按一人一斤发了，只能一捧一捧地把水果糖和奶糖混在一起，让学生们双手去接。手小一点的同学干脆扯起衣服前襟，把糖果兜在怀里，此“发明”一下子推广开来，排在后面的孩子干脆脱下外套当包装袋，或打开书包，让我们把糖果往外套、书包里放。他们领到第一轮糖果之后，立即排第二轮。有急不可待的娃娃，已经把糖纸剥下，往嘴里塞了糖块，嚼得口角流涎。排到第三轮时，糖果不多，娃娃心慌了。有娃娃把糖掉到了地上，几个娃娃去捡，把队形冲乱了，趁我和校长维持队形，几个小娃娃冲到桌前去抓抢，让糖块掉了一地。

这下子全乱套了！书包、衣兜装满糖果的学生，为了扩大战果，立即在地上捡糖。校长、老师怎么吼也不管用。

我看见了什么？

有好几个娃娃，从泥里抠出奶糖，糖纸还未剥干净，就把糖和泥巴一起塞进嘴里。一张张小嘴黑乎乎的。

我想制止娃娃连糖带泥巴一齐吞，怎么制止得了？

我回头看看那位处长，羞惭得不停摇头。

“支教”活动就在混乱中草草收场。一路上，我在想，我原来准备让孩子们“仰望星空”，请他们讲一讲心中“美丽的幻想”，结果，因为发糖失误，被搅黄了。

不知中了什么魔怔，一连数日，我都在编另一部“科幻”。我想，我若是亿万富翁，我要办一百座“馒头小学”，每天给上学的娃娃，免费供应加奶加糖的大馒头，管吃饱！

“支教”小学，记忆中无法抹去的一张张黑色小嘴，让我患了慢性疼痛病。我更关注现实生活中的中国，写吃树皮的小平故乡的天翻地覆，写中国经济腾飞背后农民工的血汗付出。后来，汶川特大地震中，我立下生死状，绕道500多公里，去“孤岛”卧龙，采访抢救大熊猫的人们。以后，又参与灾后重建……

有一张照片，拍的是因原油泄漏在海边，一只海鸟翅膀上粘满原油。“现实”就是那黑色的黏稠的东西，让它再也飞不起来了。

——这不是我的自画像吗？

但是，我的心——仍然盼望在科学幻想的天空飞翔。

3. 2007：尼尔·盖曼、布格罗夫在成都

2004年，杨潇荣获了中国出版工作者的最高奖——韬奋奖。

2007年，国家颁发了我国新闻出版最高奖——首届中国出版政府奖，全国共评选表彰了50个先进出版单位，《科幻世界》榜上有名。同年，《科幻世界》再获四川出版期刊一等奖。

在此之前的2006年11月，阿来辞去了科幻世界杂志社所有职务。

对于离开的原因，阿来在接受《华西都市报》记者采访时披露："第一是《科幻世界》的工作影响我的写作。第二则是市场运作上有问题，现在正处于市场经济转型时期，虽然《科幻世界》算比较早进入市场的一批，但是市场环境太糟糕了，太多人不讲诚信，这些状况跟我自己的想象有很大差距。如果市场环境好的话，它应该发挥更大的能力。我写作付出100%，那么得到也一定要100%，但是在杂志社的工作上付出那么多，收获却是不能预期的。"

我想，让才华横溢的阿来少写作品、陷入烦琐的行政事务中，实在是"不可持续发展"。

后来，阿来调入四川省作家协会，成为一名专业作家。

2005年，由秦莉接任科幻世界杂志社社长，2006年兼总编。秦莉推荐并经科协批准，由刘成树任副社长、姚海军任副总编。

刘成树，1996年9月加入科幻世界杂志社财务部，以后主管财务和发行。他作风踏实，为人低调，热爱科幻事业，对杂志社的经营与发展有清醒的认识。2010年和2013年，杂志社发生两次人事危机之后，均由刘成树主持工作，度过了危机。可以说，是

科幻世界杂志社的发展史选择了刘成树。

自1979年创刊开始，四川省科协就是科幻世界杂志社的主管单位。省科协是党管群团组织，杂志社长期属于事业单位，2018年年底改制为企业。不管如何变，44年来，历届科协党组书记——从李力众、周玉振、周新远、聂秀香、李洪福、吴凯、吴群刚等，到现任的毛大付书记都非常重视《科幻世界》，给予了各方面的有力的支持。为保护中国这一本唯一的科幻杂志，做出了特殊的贡献。

2007年8月24—27日，第三届中国（成都）国际科幻·奇幻大会在四川科技馆隆重召开。这是中国举办过的规模最大的以幻想文学为主题的聚会。由文化部、科技部、国家航天技术总局、中国科协支持，四川省科协主办，科幻世界杂志社承办。

大会专程邀请数十位中外科幻奇幻作家、幻想画家、科学家、俄罗斯宇航员齐聚成都，在成都市中心天府广场旁的四川科技馆与读者面对面。场内，中外嘉宾18场主题演讲报告会，场场精彩；场外，超大型科幻书展、幻想画展、幻迷藏品展都吸引了大量科幻迷。白天，全国高校社团方阵、Cosplay真人秀盛装上演；夜晚，幻迷大联欢、主题Party烛光梦幻，让人流连忘返……

我于2003年12月退休。在2007年中国（成都）国际科幻·奇幻大会上，科幻世界杂志社给杨潇、阿来和我颁发了“中国科幻终身成就奖”。这是我永远珍惜的崇高荣誉。

当时，应秦莉社长的邀请，我协助大会安排了两项有趣的活动。

一项是由我陪同中外科幻作家参观成都大熊猫繁育研究基地。经我与基地商量，再经大会协调，选出了英国的尼尔·盖曼、日本的清水玲子等10名科幻作家代表，与大熊猫“亲密接触”。

就这样，10名科幻作家喜滋滋地走进太阳产房，换上防护

尼尔·盖曼

服，坐在大型根雕木椅上，抱着啃吃竹笋的熊猫幼崽愉快地合影。

众所周知，日本国民对大熊猫有着特别的热情。东京上野动物园的大熊猫“兰兰”病逝，数十万人排队悼念；第一只出生于日本的熊猫“童童”与公众见面时，正值酷暑高温天气，人们排着长队等候两三小时，只能看30秒。所以，抱过了熊猫的冰川玲子，高兴得热泪长淌，不断地向我鞠躬致谢。她在留言簿上写道：“一直以来我的梦想便是到成都抱一抱大熊猫宝宝，所以这次能够如愿以偿让我兴奋不已。怀中的熊猫宝宝如同皮卡丘玩偶一般大小，膝盖上的它很重，却有着不可思议的可爱劲儿。它吃竹子时天真无邪的样子就像人类婴儿般，真是可爱。这次经历让我十分感动，因为这就是我想做的，我的梦。”

冰川玲子还补充了一点：“我感觉，大熊猫一看见我就兴奋，它肯定是一个科幻迷。”

而高个儿、鬈发、相貌很酷的好莱坞金牌编剧尼尔·盖曼在留言簿上写道：“让我们来看看大熊猫。我从一个朋友那儿知道了成都大熊猫繁育研究基地，他在那里工作过一个夏天。事实上，这就是我对成都仅有的了解。应该说在某地被视为一个受尊敬的外国游客是一件非常不错的事，比如能够欣赏所有‘酷’的东西，见到熊猫（大熊猫和小熊猫），而后穿上蓝色的工作服和手套（保护熊猫以及自己）将一岁大的大熊猫抱在膝盖上，这种绝对的幸福胜过抱上奥斯卡奖杯——对于作家，这种经历完全值了。说真的，如果每月人们能去与大熊猫亲密接触，我猜想世界和平与融合将于一周内实现。”

尼尔·盖曼对大熊猫如此之高的认可，令成都大熊猫繁育研究基地的所有专家和工作人员欣喜不已。

科幻，是一种世界语；大熊猫，是地球的LOGO。如果一个外星人到地球考察，可以看到联合国的旗帜，维护着人类社会秩序；而世界自然基金会的熊猫旗帜，则保护着所有动植物。两面旗帜，概括了这颗蓝色星球的共同理念。从1991年WSF年会上，中外科幻作家在卧龙与大熊猫亲密接触，到2023年世界科幻大会在成都召开，吉祥物又是大熊猫，科幻与熊猫已经结下了不解之缘。

我为2007年国际科幻大会做的第二件事，就是邀请中外科幻作家参加一次休闲讨论会。那一年，四川省休闲文化研究会刚刚成立，我被选为副理事长。这个研讨会为成都争得了“休闲之都”的美名。研究会需要借科幻作家富有创意的大脑，为打造休闲之都建言献策。

那一天，在“皇城老妈”环境优美的竹林茶舍，听科幻作家说“休闲”，穿插有四川曲艺、日本岩上治的二胡独奏、大卫·赫尔的厨艺等，然后就是吃火锅。

下午，在双流县永安镇参观红提葡萄园。俄罗斯宇航员布格罗夫对此最感兴趣，钻进园子里边采边吃，高兴得连声叫“哈拉索”。参观了新农村建设后，中外科幻作家吃到了最具有乡土气息的“九大碗”。九大碗，是现杀现做的鸡鸭鱼，用的是最新鲜的大地蔬菜。吃惯了“会议正餐”的贵客们，一看摆了一大桌子大海碗盛下的典型农家美味：凉拌土鸡、红烧什锦、连山回锅肉、大蒜烧鲢鱼、魔芋烧鸭、韮黄肉丝等，味蕾便深受刺激。

我注意到，日本代表团的各位先生小姐也喜欢大碗喝酒大块吃肉，大呼小叫，笑语喧哗，一改平时的温文尔雅，至少干掉了两件啤酒、三瓶“剑南春”。

主宾席上的布格罗夫，把白酒当水喝，先干掉两大杯。翻译劝他说：“中国白酒厉害，适当控制一下。”他更要“大干杯”。我算了一下，他一个人干掉了接近两斤“剑南春”。

布格罗夫

在归途的大巴车上，欢歌笑语不断。“唐时宫廷酒，今日剑南春”，千年美酒发力，“液体火焰”燃烧。布格罗夫便开始“独唱”。他的嗓音浑厚高亢，气息充足——一首接一首地唱着《卡秋莎》《山楂树》《红莓花儿开》《列宁山》……掌声，加上叫好声，如火上浇油，让布格罗夫越唱越兴奋，从双流永安乡一直唱到天府大道。

想到秦莉、姚海军、刘成树和杂志社的同人们，胜利圆满办成了又一次科幻盛会，我非常陶醉。“九大碗”之夜，以布格罗夫的歌声谢幕，真好。《列宁山》有两句歌词，让人回味：

当我们回忆少年的时光，
当年的歌声在耳边荡漾……

4. 说一说几件糗事

回忆在科幻世界杂志社工作的24年，光鲜事写得差不多了。其实，我还经历了许多难以启齿的糗事，挑几件事来说一说。

第一件糗事，办广告公司失败而扫屎。

杂志社一直在刊登广告，后来成立了广告公司，杂志社让我分管，一连两三年，没有做起来。经一位美编介绍了一位叫BJ的能干人。BJ先生确实能说会道，租房买车，准备大干一场，还通过关系办到了户外广告的经营权。但一年过去，光打雷不下雨，广告公司眼看要大亏惨。为避免损失，先把杂志社买的吉普车要回来。BJ还是很实在地讲出了种种困难，说是干不下去——因为按科幻世界杂志社的办事准则，不可能“行贿铺路”。吉普车退回来之后，停放在省科协大院里，准备卖掉。

后来，一老板与我们谈好了价钱，要买下吉普车。头一天已经把车擦洗得锃明瓦亮，如同新车。没料到老板来的那天上午，我再次检查车内时，闻到一股臭气。不知是什么人，在车上拉了一泡屎。眼看老板要来了，我只好自己动手处理掉，然后用水冲洗得干干净净。

此事，我自认为是对我办广告公司不力的一次处罚。

第二件糗事，为寻找一只拖鞋“下跪”。

此事稍微复杂一点，涉及1996年创办的《科幻世界画刊》（以下简称《画刊》）。

那个年代，日本漫画《圣斗士》《龙珠》已经风靡中国，成都希望书店老板出品的漫画期刊《画王》，以刊登日本漫画为主，一开机就是40万册。《圣斗士》《龙珠》的单行本在书刊市场上非常抢手。一时间，各大城市的希望书店纷纷开张，非常红火。

据悉，在仅有两千万人的中国台湾，一部畅销漫画书可以发行十几万套；在日本，每周要发行一千万册漫画书。日本漫画（卡通）已经是成熟的、庞大的文化产业，而中国的漫画尚在起步阶段。希望书店全面引进的日本卡通，一引则灵，走出了一条暴富之路。

国家投巨资在北京、上海搞中国风格的漫画，科幻世界杂志社自己投资办《科幻世界画刊》，以为搞国产漫画也会“赚”。结果从1996年创刊起，《画刊》一直亏本，北京上海的同行们“吃皇粮”日子也不好过。为此，我与国内各刊编辑们多次交流，2000年又去香港参加了第二届漫画节，才发现差距有多大。

上万名漫画迷在国际会议中心，通宵达旦，排成长龙。8月9日上午9时开幕，数万漫画迷欢呼雀跃，潮水般涌入展览大厅，气势不亚于维多利亚湾的海潮。

数倍于足球场大的展厅是漫画大超市，海外及港台公司分设展台，扮演着漫画人物的少男少女表演着精彩节目，博得阵阵喝彩声；蝙蝠侠、汽车人、超人、机器猫、阿童木、圣斗士和各种武侠模型，加上他们的配套武器，成了抢手货；电子游戏光盘、VCD碟片和周边产品——T恤、服装、鞋帽，小到同学互赠的贺卡，大到青龙偃月刀，展品之丰富，令人眼花缭乱。

参加世界漫画高峰论坛的各方代表，参观了香港最大的玉皇朝漫画公司。这是用海岸边的大仓库改建的“纸上电视剧”生产线。仅《天子传奇》工作室就有20多人参与。由主笔起草之后，勾画面部表情、衣纹服饰、刀剑武器等各有一名助手完成，速度快，质量又好。

火爆的市场、丰厚的收益，刺激漫画公司投入竞争，漫画人玩命工作，不断推出新书。画漫画的人都知道手冢治虫、藤子不二雄、石森章太郎的生命在高速转动中耗尽，但仍有漫画人前仆后继。在玉皇朝，我们看见一位疲劳不堪的助理，钻到书桌下蒙头大睡。参观者路过他身旁，无不表示敬意。

《画刊》决定组织笔会，集合了十几名作者，并请日本漫画学院院长木村忠夫来授课。在国内小有名气的几位作者，年龄不满二十岁，个个都显得青涩。

开课那天早晨，木村忠夫院长按约定时间在酒店大堂等候。他将和作者一同乘大巴去郊外一风景区授课。我到了之后，才发现几个“名家”还没有起床。据说，他们昨晚“接见”成都的漫画迷，喝多了。他们完全不听《画刊》编辑招呼，早就催他们起床，偏偏赖着不动，蒙头大睡。我吼叫着催他们起来，一个个才仓促洗漱，拖着行李，没精打采地上了大巴车。

那时，坐在大巴上的木村忠夫院长已恭候了二十多分钟！

大巴车准备开车时，《画刊》一编辑气喘吁吁地跑来说：“宾馆不让走，有几双拖鞋找不着了。”我问车上的小青年们，一个个都说没有带走宾馆的拖鞋。

我和一位编辑立即到各个房间去寻找。原来，他们相互串门，也许是喝多了，把拖鞋乱扔一气。有的房间三双半，有的房间只有一只。

最后，有一只拖鞋被扔在床下伸手够不着的地方。我不得不跪下来，弯腰伸手去把那一只拖鞋捡出来。

虽然，我跪下是找拖鞋，但心中非常愤怒！只因为木村忠夫在车上等候着，不能再耽误了，又不能发作。

——中国人的面子，实在太重要了！

顿时，我心中明亮了，靠这几个狂妄的“胎神”支撑《画刊》，没门儿。显然，他们连木村忠夫都瞧不起。

《画刊》很艰难，因为读者根本不喜欢国内作品，偏爱“日本料理”。当时，最有名的深圳漫画家颜开的《雪椰》也只卖出7万套。

后来，北京开过一次漫画期刊研讨会。有人给我打招呼，我要多说国产漫画的“丰硕成果”。我却没有听招呼，坦诚地讲了三点：

首先，我们的漫画作者都非常年轻，艺术积累和生活积累严重不足，还要负担“编剧”任务，更是力不从心。“剧本”是连环漫画的灵魂，是基础，没有好“剧本”，绝对不可能有好的漫画作品。所以，当务之急是要下功夫抓“好剧本”。

其次，漫画主笔难觅助理。会画几笔漫画的“文人相轻”，个个都急于成名家，谁都不愿当配角。一个人单打独斗，累死累活，要完成每月连载几十幅的任务难上加难，要完成每周连载更甭提了！

张晓雨《死神的吻》插图

最后，编辑本身的漫画理念也需要不断提高。

我还说，漫画期刊多，有影响力的作者实在太少。各个画刊都在抢作者，抬稿费，使作者不但骄傲，还骄横，自认为“皇帝女儿不愁嫁”，难免粗制滥造。与玩命的日本、中国港台漫画家相比是不是太轻松、太浪漫、太缺乏压力了？

我的意见，得到京沪编辑同人的一致赞同。

后来，我与“中国漫画教父”王庸生老师有过深入交流。他投入巨大精力，培养了一批漫画作者，最后只留下一声长叹。

《画刊》让杂志社投入不少财力人力，收获了一大堆教训。

这期间，仍有一件让我欣慰的事，就是贵州的漫画作者张晓雨被编辑张蕾发现，推荐到《画刊》当编辑，后任杂志社美术总监。他有一种可贵的艺术直觉与悟性，加之肯刻苦钻研，让《科幻世界》的插图变得更精美。如今，他出版了《铁血骑士》《流浪地球》等20多部连环画作品，成为中外驰名的画家。

张晓雨《死神的吻》插图

第三件让我难忘的糗事，是被C厂长“玩”了一把。

某国营大厂，从华蓥山搬迁到新都，生产相机和天文望远镜。在《科幻世界》上打广告，欠我刊12000元广告费，一拖两三年。我一次次打电话催，一次次去找销售科长，甚至他住医院时我还开车去慰问。他也挺为难地说，厂长不签字，有啥法呢？眼看又到了年关，我只好直接去厂里找C厂长。结果，门口的保卫人员挡住我不让进，我就在厂门口盯着。12点，下班了，全厂职工纷纷出了厂门。我一直等到12点30分，终于等到C厂长缓缓走出厂门。我突然迎上去，喊一声：“C厂长！”他愣了一下，说：“哦，广告费的事，厂里同意了，你到厂办公室去办吧！”我说：“厂办公室现在还有人吗？”他很肯定地说：“有人，有人。”

我快步进了厂里，直奔厂办公楼。结果，又是敲门又是喊，整个办公楼空无一人。C厂长“金蝉脱壳”逗我玩，算他高。

事后，我跟河北任丘“天狼望远镜”公司的CEO梁钊通了电话。梁钊哈哈大笑说：“我从新都厂拿镜片、拿配件，自己动动手，几年就发展起来了。他们端铁饭碗，毫无危机意识，一年不如一年，高精尖项目，他们拿不下来；望远镜，他们嫌利润少，不想干。一年年坐吃山空。1万多元的广告费也要拖，太丢人了！”

还有一件糗事，是我们跟进一部连播的日本科幻自筹短片，改编成彩色系列连环画，请一老朋友、某电视台一摄影记者L帮助校对一下。不料，L将就我们提供的资料改名换姓，变成了L“原创”，不久就成了报刊亭的畅销书，使我们的彩色连环画销售大受影响。

总之，在科幻世界杂志社24年，经历的一件件糗事，没齿难忘。只希望杂志社年轻一代比我们更聪明、更理性，更有警惕性。把上述之事，当作反面教材吧！

5. 感谢天下各路朋友们

走进科幻世界杂志社，新来的年轻编辑认不得我这头发花白的老人，让我想起了苏联一位科幻作家讲的故事。

一位女明星驾着飞船，在天宇间闲逛。飞船出了点毛病，不得不降落在风光如画的湖滨，惊动了隐居在那里的老科学家。老科学家一看，这正是自己年轻时最迷恋的女明星，而女明星也认出“湖滨隐士”就是忠实的追求者。四目相对，无语凝噎。老科学家终于开口说了：“无法否认——你，就是我的青春！”

想起“湖滨隐士”，我不由得感叹：

“无法否认，《科幻世界》——你，就是我的青春！”

如今，《科幻世界》从一本杂志，发生“能量跃迁”，正在形成科幻产业。2018年12月，科幻世界杂志社顺利完成转企改制，成为“四川科幻世界杂志社有限公司”。作为中国科幻出版领域最专业、最具影响力的机构，被誉为中国科幻大本营，旗下拥有《科幻世界》系列期刊方阵和图书出版“视野工程”，推出了以刘慈欣为代表的中国主要科幻作家群和以《三体》为代表的优秀原创科幻作品。公司以拥有的大量优质科幻故事资源为本，成立了“融创影业”，为推动中国科幻走向影视时代而努力。

因为《科幻世界》的存在，和几十年来中外科幻作家与中国科幻迷的“加持”，成都顺理成章地成为中国科幻之都。

1984年“悬崖决战”之时，杂志社只有七八个人。如今，公司设立了图书、期刊、影视部，拥有120名员工。

回顾往事，我常对刘成树、姚海军说，越是发展，越不能忘记在困难时给我们鼎力支持的朋友们。

《科幻世界》名扬全国，得感谢骆汉城、吴方两位央视记者。

1981年8月，大洪灾让天府之国蒙受巨大损失。当时，科幻作者骆汉城在《科学文艺》发表了一篇小说，得了82元稿费。他来信说，稿费就别寄来了，捐给灾区吧。我想，一个大学生好不容易挣了一笔稿费，何必全捐了呢？况且，当时普通职工的月工资也就50多元。我让他再考虑考虑。他回信说，全捐了吧，这是我早就想好了的。

就这样，科幻世界杂志社的老编辑们认识了著名记者骆汉城，他和他的夫人吴方，成为杂志社几十年的挚友。

1994年8月初，骆汉城率央视“质量万里行”摄制组来成都，曝光“注水猪肉”。他说，准备挤出点时间来杂志社看看。

当时由于电梯停电，杨潇带领全体员工一趟一趟地把上万册杂志搬上十楼，一个个累得直不起腰。不知是谁提醒杨潇：从1979年《科学文艺》创刊，到1994年《科幻世界》8月，正好是100期！

好啊，《科幻世界》100期了！我们立即着手，在墙上贴上了横幅：15个无悔的春秋，凝成100期《科幻世界》。

想不到电梯开通之时，骆汉城一行突然来了！与骆汉城同行的还有国家质监局的李文飞和《北京青年报》的沈峥嵘。骆汉城非常感动地说：“这15年的坚持，太不容易了。”

这一年的11月13、14、15日，中央电视台在“晚间新闻”黄金时间，连续播出关于中国科幻的专题节目，对坚守中国科幻阵地的《科幻世界》杂志给予充分的肯定。节目中，记者采访了著名科幻作家郑文光、金涛，还采访了《科幻世界》编辑部和北京景山中学，又穿插大量外国科幻片、科幻画的镜头，十分精彩又发人深思。这档节目的播出，极大地增加了《科幻世界》的全国

《科幻世界》100期，央视记者骆汉城（后排左四）来访

知名度。

科幻世界杂志社走向世界，得感谢申再望。他是杨潇在石室中学的老同学，长期在四川省外事部门任职，是杂志社不挂名不领工资的“外事顾问”。他和杨潇、向际纯一起去海牙争得了1991年在成都举办WSF年会的举办权。后来，由他牵线搭桥，使科幻世界杂志社与著名作家韩素音建立联系，获得更多的支持。几十年来，他总是在关键时刻给杂志社有力的支持。

宋锦燕，在四川经济广播电台工作时，就想方设法宣传校园科幻征文。她参与了'97北京国际科幻大会的筹备工作。她曾以惊人的想象力，拦下准备起飞的大客机，把央视当夜急用的录音带送上去，保证了有关科幻的重要节目当夜播出。

除了外事、新闻界，在书刊市场、邮局发行、税务征收、出版印刷等各行各业，都有支持《科幻世界》的铁杆朋友。他们是：王书琼、薛钟英、冷寅逵、张平寇、朱德林、杨朝辉、李天国、黄可、张静、大小王厂长，等等。

天津摄影家管海寅，成为“中国科幻”的专业摄影家，每当杂志社在北京举办活动，他总是赶到现场，拍下珍贵的“历史瞬间”。

科幻世界杂志社一直得到马识途、流沙河的鼎力支持。在中国科幻最低潮期，马识途先生指示四川省作家协会成立科幻文学委员会；2017年，他已是103岁老人，还专程到“东郊记忆”出席杂志社承办的中国（成都）国际科幻大会。

流沙河先生，对科幻世界杂志社的事可谓有求必应。杂志社要招编辑，请他出题。他认真细致地出了“考卷”，那是一篇有100个错误的文章，涉及多学科知识，题出得非常之妙。此考卷已经成为杂志社的“文物”。

进入新世纪，中国科幻的生态环境大为改善。在科幻产业开拓方面，董仁威的“时光幻象”、杨枫的“八光分文化”，已经取得了可喜的成绩，并积累了丰富的市场经验；还有青海冷湖、重庆钓鱼城的科幻活动，搞得有声有色。新老朋友们提供了许多宝贵经验，也形成了无形的压力。如果说20世纪80年代是《科幻世界》孤舟奋进，如今已经是百舸争流。

2023年，81届世界科幻大会将在成都举办。巨大的商机，意味着巨大的挑战。科幻世界杂志社董事长刘成树曾与我谈过，他感到压力山大——科幻世界要跃上新台阶，就需要苦练内功，培养人才，还需要借脑，结交更多新朋友，获得多方面的支持。

2023年春节，《流浪地球2》在全国热映，票房天天飙升，在成都峨眉电影厂路演时，科幻世界杂志社又结交了一批影视界的新朋友。他们是导演郭帆、主演吴京、编剧龚格尔等。在峨影

成都科幻馆全景

厂的首映会上，我见到这一批为中国科幻电影开疆拓土的大功臣。我对导演郭帆说：

“我做梦也没有想到，中国科幻会有今天！”

真诚地感谢天下各路朋友！

尾声：登上牛背山顶

2023年3月25日，在荥经县委县政府的支持下，第33届中国科幻银河奖颁奖盛典在雅安市荥经县隆重举行。荥经县，因拥有大熊猫和“亚洲第一观景台”——海拔3666米的牛背山闻名于世。这里是离银河很近的地方。当天晚上，在荥经县举办了隆重的颁奖晚会，连线牛背山顶，工作人员在暴风雪的呼啸声中揭开帷幕，一座中国科幻银河奖纪念碑屹立在牛背山顶的观景平台。

3月26日上午举办了科幻产业论坛；当天下午，与会的科幻作家和编辑们93人，分乘12辆中巴车，绕道100多公里，到了甘孜州泸定县，再换乘上山专用车，朝牛背山上进发。

行至半山，雨夹雪扑面而来。越往上行，雪下得越密。在一大转弯处，我们的车辆打滑，竟然开始后退，真是太危险了。整个车队不得不停下，安防滑链。凭我多年来走川藏地区的经验，开春后还给车轮安防滑链，实属少见。因为牛背山处于四川盆地向青藏高原的过渡地带，太多雨雪落在公路上，一层层结成冰凌。凭窗看到路面闪闪发光，像铺了玻璃——这是驾驶员们最痛恨的“桐油凌”，在昔日的二郎山、泥巴山，“桐油凌”是造成无数次车毁人亡大悲剧的元凶。

绑上防滑链的车轮，轧轧轧地辗过冰凌。车队在横飞的大雪中缓缓前行。大约晚上10点钟，才到达牛背山的游客中心，穿着单薄T恤的青年们冷得哇哇直叫。由于雪与雾搅和，能见度很低，路上有没膝深的雪，从游客中心到星珀宾馆，几百米距离也得坐车往返。

原以为下午就能够到达，晚上安排了一个“星空下的笔会”，此时不得不临时取消，并入第二天的新作品研讨会。

刘成树董事长早已给同行上山的拉兹副总编打了招呼：谭老师能在这天寒地冻、空气稀薄的高山上平安住下就不错了，尽量劝说他，不要“登顶”。

夜里11点过，匆匆吃过晚饭，回到住房，积雪把门封住了。屋内虽有空调，仍感到四面透风、寒气袭人。我想，我必须休息好，为明天的“登顶”做好准备。

回忆起卧龙自然保护区的巴朗山山口，海拔4200米；夹金山的几个山口，海拔4500米——年轻时多次往返，没有高山反应。

2008年，5·12汶川特大地震之后，我立下生死状，绕道500多公里去卧龙采访，经过夹金山、巴朗山口时，同行的林业部官员已经出现眩晕、呕吐等严重的“高反”，我只有轻微不适应的感觉。

时过境迁。毕竟，今年满80岁了。况且2022年年底“阳”了，发烧，干咳，胸闷，躺平一周之后，走路脚下有些发飘，一直觉得没能恢复到“阳”之前的健康状态。

翻过来再想，我毕竟跟踪大熊猫40多年，川、陕、甘三省的大熊猫保护区，已经走了大半。最难爬的青川唐家河摩天岭——《三国演义》中邓艾率魏国将士翻过那一座山——我去攀登过；最危险的是，大雪初融的初春，独自走过崎岖的森林小路，半夜爬上了大熊猫野外观察站“五一棚”，让胡锦矗教授和他的弟子们大吃一惊。

我骄傲，青壮年时吃过苦，积攒下身体资本；我相信，行走在海拔4000米以下的山上，身体不会“背叛”我。

手机上有好几条短信，都是朋友劝我，明天不要登顶。门外，风雪呼啸，气温已经降到了零下10摄氏度。

我突然想到“坚强”二字。从1979年到2023年，科幻世界杂志社已经挺立44年了。如果没有“坚强”二字，能坚持下来吗？

我想到了一件最揪心的往事：1998年6月的那一天，莫树清的丈夫突然遇害，杂志社所有人都陷入悲痛之中。

阿来对我说：“我算是很坚强的人了。看到杂志社安排如何瞒过莫老师即将高考的女儿，我心头就难过起来。听莫老师哭喊：‘我们约好了，女儿高考完了，全家去云南旅游……到我当知青的地方去哦……你就走了！你怎么就走了呀！’我忍不住流泪了。”

因为莫树清负责财务、发行、行政，她一倒下，杂志社全面瘫痪。那混乱的三天，杂志社乱了套。

终于，到了那一刻，杨潇变得无比坚强，朝哭哭啼啼的小莫一掌推去，大吼着：“莫树清，你下周必须上班！”

莫树清一愣，从来没见过杨潇对她如此“凶狠”！

杨潇再吼一声：“听清楚了？下周上班！”

杨潇摔门而去，却在背地里痛哭流涕。这么多年来，我才慢慢领悟到，人选择坚强，不一定是自觉自愿，往往是被逼的。

因为，除了坚强，你别无选择！

想到36岁那年，投身于中国科幻事业，以杨潇为首，同人们团结一心，如何使《科幻世界》坚守下来，发展起来，兴旺起来——

黑云压城的日子，我们没有低头；泥石流断路，我们没有退缩；贫穷的苦日子，我们没有抱怨；稍有一点成绩，我们没有张扬。

每一次遇到了障碍、出了问题，我们都是选择坚强！

此时，我已经到了牛背山上了，只要再走3000米，攀爬百余米，就到山顶了。我决不能半途而废，一定要登顶！一定要登顶！

凭我的身体状况，我想我绝不可能倒下。

即使出现意外，倒在80岁的门槛上，也值了！如果我不做这一次勇敢的冲刺，我的余生，会后悔不已！

半夜三时，风雪稍停，远方的浓积云撕开了一缝隙。雪山在云缝中闪现之后，又被深灰色抹去。我抓紧拍下了云缝中的雪山。这一夜，断断续续睡了几个小时。

早上，山风仍然在断断续续地刮，扬起一片片雪花。

我吃饱喝足，感觉精神很好。这时，杂志社安排的佳骏、单反、子旋三个年轻人围上来。他们传达了笔会活动总指挥陈曜的“旨意”：杂志社领导再次坚决劝阻谭老师登顶。因为早餐时，一位70多岁的游客发生高山反应，突然休克，科幻世界杂志社租用的救护车急送这位游客下山了。谭老师一旦出现“高反”，将无法救助。

我让子旋回复陈曜：“请相信，我不会给大家添麻烦。”

就这样，三个小伙子小心护着我，在溜滑的雪坡上拾级而上，为了使年轻人放心，我时而吸几口氧气，一步一步，走得很稳健。

我终于看到了海拔3666米的观景平台了！

若是晴天的早晨，四周是以贡嘎雪峰为首的金光闪耀的群峰，四姑娘山、峨眉山一字排开。俯瞰山下，是大海潮涌一般的云瀑布。而此刻，风雪稍停，薄雾散开，显现出一座平台。登上平台的阶梯，巍巍然耸立着一座“中国科幻小说银河奖”巨型奖杯。奖杯底座上，是中国科幻银河之星——著名的科幻作家、编辑的名字。

抚着纪念碑，心中呼喊着那些熟悉而亲切的名字：

郑文光、童恩正、叶永烈、柳文扬、绿杨……

想起了他们的音容笑貌。他们在天之灵，或许正透过云缝关注着荥经、牛背山、科幻研讨笔会。九十多名中国最年轻的科幻

谭楷与作者、编辑登上牛背山顶

巍巍然耸立在海拔3666米的牛背山顶的“中国科幻小说银河奖”巨型奖杯

作家和编辑正在热议着一篇篇新作，那充满青春锐气的声音，被凛冽的山风传向四方，也传到了九天之上。

想起36岁那一年，写的那一首诗《银河礼赞》，我情不自禁地朗诵起来：

银河，星星汇成的莽莽天河，
无数亮点织成你绚丽的光波。
上亿个太阳在你的河床尽情燃烧，
每一颗小行星走在你胸中自由闪烁。
你托起成年的星座像丰硕的果实，
你抚育新的星系像盛开的花朵。
你无情地疾扫崩溃的星体和尘埃，
使壮阔的河面更深不可测。
你不断吸引着河外星系的来客，
使星星团结一片，越汇越多。
你不停地带着星星旋转、飞翔，
给他们力量，给他们光和热。
你永不满足地创造、毁灭、创造……
那旺盛的生命力永不枯涸。
于是，你像看不见首尾的大队伍，
闪闪发光，在浩渺的星空走过……

写毕于2023年8月27日星期日